Katja Peters

5

Tage ohne

Leere Seite

5

Tage ohne

2023 Katja Peters

Herstellung und Verlag: BoD – Books on Demand, Norderstedt

ISBN: 978-3-7392-37695

Impressum

Leere Seite

Leere Seite

INHALTSVERZEICHNIS

Kapitel 1
Mädels-Abend

Wieder war es der erste Freitag im Monat und wieder hieß es für uns fünf Frauen „Cocktailabend", auf den wir uns alle einstimmig freuten. Wir, dass sind vier Frauen Ü50 und Jana, aber auch ihr Zeitzeiger bewegte sich langsam auf die nächsten Vollen zu.

Die Sonne schien angenehm vom Himmel, während Hanna, unsere heutige Ausrichterin, Getränke kalt- und Knabbereien bereitstellte. Sie suchte gerade die Speisekarte von unserem Stammitaliener heraus, als es an ihrer Wohnungstür schellte. Luna, ihre alte Beagle-Dame, begleitete sie kläffend zur Tür, an der ein Paketzulieferer mehrere aufeinander gestapelte Kartons gestresst abstellte und ihr ein Klemmbrett unter die Nase hielt. » Frau Schneider? Wenn Sie bitte hier den Erhalt quittieren würden? «
Hanna schüttelte den Kopf. » Tut mir leid, doch dieses Mal nicht. «
Erstaunt blickte der junge Mann auf. » Wie bitte? «
» Sie haben schon richtig gehört, dieses Mal nicht, weil ich nichts bestellt habe. «
» Sie vielleicht nicht, aber Ihr Sohn. Die Pakete sind alle für einen Fynn Schneider. «
» Tja, dann tut es mir leid für Sie, aber so wie es aussieht, müssten Sie dann noch ein paar Minuten warten. Mein Sohn wird jeden Moment von seiner

Arbeit kommen und quittiert Ihnen den ganzen Haufen hier bestimmt sehr gerne. «

Hanna wollte die Wohnungstür schließen, doch der Zusteller steckte sein Klemmbrett zwischen Tür und Rahmen. » Also entschuldigen Sie mal, verstehe ich Sie jetzt richtig? Ich meine, ich liefere Ihnen fast täglich irgendwelche Sachen und auf einmal stellen Sie sich quer und verweigern die Annahme? «

» Richtig verstanden und am besten notieren Sie sich die Arbeitszeiten meines Sohnes, dann treffen Sie ihn auch persönlich an und wir zwei müssen nicht weiter im Treppenhaus diskutieren. «

Der Bote lachte gekünstelt auf. » Entweder stehe ich hier gerade vor einer versteckten Kamera oder bei Ihnen ist im Oberstübchen heute nicht alles gerade. Das habe ich ja noch nie erlebt! «

Hanna blieb gelassen. » Sie sind noch jung, sie werden noch so einiges erleben. Setzten Sie erstmal Kinder in die Welt, dann wissen Sie, wovon ich rede. «

» Für dummes Gequatsche werde ich nicht bezahlt und dafür fehlt mir auch die Zeit. « Erneut hielt er ihr sein Klemmbrett unter die Nase.

Hanna schaute den jungen Burschen erstaunt an. » Streit? Aber ich möchte mich doch nicht mit Ihnen streiten! «

» Ich habe doch nichts über streiten gesagt! «

» Ach sie meinten Reiten! Werden die Pakete neuerdings mit einer Kutsche geliefert oder was möchten Sie mir jetzt erzählen? Fragt sich, bei wem im

Oberstübchen nichts stimmt, oder? «Hanna tippte sich an die Stirn.

Zum Glück des mittlerweile völlig verwirrten Paketboten, wurde die Haustür aufgeschlossen und Fynn kam wie gerufen nach Hause. » Oh Hallo, da komme ich ja gerade richtig. Soll ich Ihnen etwas quittieren oder hat das meine Mutter mal wieder bereitwillig erledigt? «

Der Bote atmete hörbar auf. » Verweigert hat das Ihre Mutter und ja, es wäre sehr passend, wenn die Zulieferung hier bald quittiert wird, denn meine Zeit ist knapp bemessen und ich habe noch weitere Auslieferungen zu tätigen. Tut mir leid, aber ich kann mich nicht stundenlang in einem Hausflur unterhalten oder wie Sie es empfinden «, er schaute nochmal zu Hanna, » streiten. «

Hanna lachte auf und schaute zu ihrem Sohn. » Da! Schon wieder. Hörst du Fynn, die Pakete werden jetzt wohl hoch zu Ross ausgeliefert! Back to the old School. «

Bei Fynn klingelte es, aber nicht an der Tür, sondern im Kopf. » Mensch Mutter, kann es sein, dass du deine Hörhilfe nicht eingelegt hast? « Er nahm das Klemmbrett, unterzeichnet dem mit den Fingern auf dem Treppengeländer ungeduldig trommelnden Paketzulieferer alles und noch bevor er das Verständnisproblem aufklären konnte, stürmte dieser eilig kopfschüttelnd davon. Hanna drehte sich ebenfalls ab und ging mit Luna zurück in die Wohnung.

>> Hallo? Mutter? Hilfst du mir vielleicht mal bitte beim Reintragen? Wie soll ich denn sonst in die Wohnung kommen? <<

>> Deine Bestellungen, deine Probleme. Ich bin es nämlich leid, jeden Tag zig Pakete von dir anzunehmen und in deinem Zimmer zu stopfen. <<

>> Jetzt übertreibe mal nicht. Du tust ja gerade so, als ob ich jeden Tag zehn Pakete zugestellt bekomme. <<

>> Fast mein Freund und jetzt sehe zu, dass du die Sachen reingetragen bekommst, ich muss nämlich gleich mit Luna noch Gassi gehen und da würde ich gerne ohne Hürdenlauf die Wohnung verlassen. <<

>> Sag mal, bist du wieder offline oder was war gerade mit deiner Hörschwäche? <<

Hanna reichte es. >> Meine Hörschwäche, mein Lieber, ist manchmal wahres Gold wert. Ich habe jedes einzelne Wort verstanden, doch wie sagt man so schön, stell dich doof, dann hast du es gut! Ich wette, der Bote hat sich jetzt die Uhrzeit gemerkt wann er dich persönlich antrifft und wird in den nächsten Tagen erst liefern, wenn er dein Auto in der Einfahrt stehen sieht und genau das war mein Ziel. <<

Fynn wurde langsam sauer. >> Na toll und wenn ich mal später aus der Firma komme muss ich die Sachen bei der Packstation abholen oder was? <<

>> C´est la vie. So ist das manchmal im Leben. << Hanna
drehte nicht nur sich, sondern jetzt auch ihre Hörhilfe
ab.

*

Vor gut zehn Jahren erwischte Hanna leider die
heimtückische Krankheit Morbus Wegener; eine
Rheumatische Erkrankung mit Nebenerscheinungen
wie unter anderem die Gehörlosigkeit. Lange wehrte
sie sich gegen eine Hörhilfe, doch irgendwann
akzeptierte sie ihre Krankheit und trug nun zum Dank
ihrer Mitmenschen ein kleines Designergerät im Ohr.
Naja zumindest meistens, denn manchmal empfand
sie es einfach nur störend und alles wollte sie auch gar
nicht hören.

Hanna ging zurück ins Wohnzimmer, überlegte kurz
wo sie vorhin stehen geblieben war und suchte die
Speisekarte für heute Abend heraus. Fynn, der in
dieser Zeit schnell seine neuesten Errungenschaften in
seine vier Wände verfrachtete, kam hämisch grinsend
mit einem kleinen Paket zu ihr. >> Von wegen du
bestellst nie etwas. Und was ist das bitte schön? <<
>> Was denn? <<
>> Na hier mit dem Karton. <<
>> Das weiß ich doch nicht. << Hanna rollte Besteck in
Servietten ein.
>> Aber da steht DEIN Name drauf. Oder bist du nicht
Hanna Schneider <<
>> Ich wüsste nicht, was das sein könnte. Mach doch
mal auf. <<

Fynn rollte ein Messer wieder aus der Serviette und schlitzte damit den Karton auf.

>> Sag mal, spinnst du? <<

>> Was habe ich jetzt wieder falsch gemacht? <<

>> Was meinst du warum ich das Besteck einrolle? Vielleicht damit nichts dran kommt? Und du Basel öffnest damit die Verpackung. Jetzt kannst du mir gleich ein neues Messer aus der Schublade geben. <<

>> Boah Mudder, reg dich ab, ist doch schließlich nichts passiert. Soll ich jetzt dein Überraschungspaket auspacken oder möchtest du nicht wissen, was du bestellt hast <<, wartete keine Antwort ab, öffnete die Lieferung und zauberte ein Edelstahl Eiswürfel-Behälter hervor. >> Wofür brauchst du denn sowas? << Hanna schaute auf und grinste. >> Ach der Behälter! Stimmt ja, den hatte ich ganz vergessen und wie praktisch, dass der heute geliefert wurde, dann kann er später direkt zum Einsatz kommen. <<

>> Was ist denn später? <<

>> Cocktailabend! <<

>> Ach nö. Hier bei uns? <<

>> Nee, bei Katja! Mensch Fynn, manchmal stellst du aber auch blöde Fragen. Natürlich bei uns, warum sollte ich sonst alles Eindecken? <<

>> Ist ja gut. Bist du heute schlecht gelaunt oder was? <<

>> Nee, eigentlich nicht, ich habe eben nur keine große Lust mehr, mich ständig um andere Dinge zu kümmern. Es reicht mir schon, wenn ich in dein Zimmer gucke, dann … <<

» … ja dann lass es doch! «

» Witzig mein Sohn, sehr witzig. Spätestens wenn der
Bote schellt, muss ich mit aller Kraft deine Zimmertür
öffnen, um wenigstens den Fluchtweg im Hausflur zu
gewährleisten. «
Fynn verdrehte genervt die Augen, er hatte keine Lust
mehr auf Diskussionen und wechselte zurück zum
Thema. » Wann kommt denn dein Besuch? «
» Wie immer um 18 Uhr. Warum fragst du? «
» Na weil ich auch später Besuch bekomme und
eigentlich mit meinen Jungs auf der Terrasse
abhängen wollte. Wir wollten chillen und Shisha
rauchen. «
» Tja das geht nicht, tut mir leid, da müsst ihr es euch
wohl zwischen deinen Kartons bequem machen. Kann
ja auch gemütlich sein. «
» Au Mann, dann muss ich wohl doch noch etwas
aufräumen. «
» Das Leben kann schon manchmal grausam sein! «
» Ha ha, sehr witzig. «
Hanna rollte zufrieden das nächste Besteck ein. »
Fand ich auch. «

*

Ich freute mich immer meine Mädels wiederzusehen,
denn unsere Cocktailabende wurden bei uns nie
langweilig. Wir spielten sowohl lustige, wie auch
herausfordernde Gesellschaftsspiele, probierten
immer mal neue Getränke aus, bestellten bei unserem
Lieblingsitaliener und um Gesprächsthemen

brauchten wir uns auch keine Sorgen zu machen, denn irgendetwas stand immer an, irgendjemand hatte immer Ärger mit der Familie oder im Job und irgendeiner musste sich auch schon mal einen über den Durst trinken, was bei uns meistens Jana betraf. >> Stefan? Ich stelle dir dein Essen schon mal in die Mikrowelle, dann brauchst du nachher nur auf zwei Minuten stellen, okay? << >> Okay! <<, kam es aus dem Garten zurück. >> Kann ich dir noch irgendetwas helfen? << >> Nein, ich kümmere mich schon um deinen Vorgarten, mach du dir mal einen schönen Abend. << Ich hasste solche Momente, denn das konnte mein Mann sehr gut. Wenn er allerdings seinen Männerabend hatte, vergaß er nicht nur sein Clubshirt anzuziehen, was ich ihm dann spätestens an der Haustür hinhalte, sondern auch schon mal sich zu verabschieden. Ein bisschen grummelte es in mir, dass Stefan an meinen Abenden immer so tat, als würde sein Leben nur aus Arbeit bestehen und ich mich ständig amüsieren, dabei sorgte ich wirklich vor und spätestens, wenn ich dann loswollte, waren meine Landschildkröten versorgt, stand sein Essen aufwärmebereit in der Mikrowelle und seine Lieblingsschokolade wartete auch auf dem Couchtisch. Bei Hanna sah das ganz anders aus. Sie konnte auch bei schönem Wetter über Wäscheberge, Kochen und Abwaschgeschirr hinwegsehen und es gerne dem überlassen, den es störte. Irgendwie war meine Freundin zu beneiden, denn ich stand immer unter Strom und konnte sehr schwer abschalten. Bei mir musste alles organisiert und im Kopf abgehakt sein, damit ich etwas runterkam und das konnte ich heute. » Dann düse ich jetzt! «

» Ja ja, mach das. Ich brauche noch etwa eine Stunde, dann sieht der Vorgarten wieder ansehnlich aus und mache dann auch Feierabend. «

» Du sagst das immer so vorwurfsvoll! Wir hätten den Vorgarten auch morgen gemeinsam durchharken können. «

» Wann denn morgen? Zwischen Rasen mähen und düngen oder zwischen Hecke schneiden und … « Ich schaute auf meine Armbanduhr, drehte mich ab und unterbrach ihn. » Schönen Feierabend gleich. «

» Habe ich schon wieder zu viel gesagt? «

» Nein, aber zu wenig auch nicht, außerdem wartet Anke sicher schon. «

» Na dann viel Spaß und trink nicht so viel. « Jetzt musste ich doch grinsen. » Den Part überlasse ich Jana, da kann ich eh nicht mithalten. « Winkend verließ ich wacker unser kleines Häuschen, schob mein Fahrrad aus der Garage und sah Anke, die schräg gegenüber wohnte, hektisch winkend an der Straßenecke stehen. Sie war mal wieder überpünktlich, zeigte schon von Weitem auf ihre Armbanduhr und empfang mich mit einem » Na endlich Katja, schön, dass du endlich da bist! «

» Na das ist ja eine tolle Begrüßung. « Unsere Dorfkirche läutete. » Ich weiß gar nicht warum du so hektisch bist. Ich bin doch wohl pünktlich wie die Mauerer! «

» Ja ja, schon gut und jetzt lass uns bloß schnell in den Sattel kommen und verschwinden, bevor Peter mich weiter nervt. «

Aha, daher wehte der Wind! » Stress? «

» Indirekter. «

Ich lachte auf. » Okay, lass mich raten, heißt dieser indirekte Stress eventuell Schwiegermutter? «

» Der heißt jetzt erstmal so viel wie ab vom Hof und nachher vielleicht mehr. Komm, tritt in die Pedale, Katja. «

» Ist ja gut! « Und somit fuhren wir die paar Minuten durch unseren Ort und tauschten uns dabei über den Verlauf der letzten Woche aus. Das Wort Schwiegermutter traute ich mich nicht noch einmal zu erwähnen, denn ich wusste, dass Anke und Peter bei der Planung ihrer silbernen Hochzeit fleißig von Ankes Schwiegermutter Renate unterstütz wurden. Renate hatte sowohl früher, als auch heute, immer schon gerne das letzte Wort und wickelte ihren herzallerliebsten Sohn Peter immer um den Finger und Anke, als Schwiegertochter, war ihr von Anfang an suspekt und ein Dorn im Auge, schließlich hatte sie ihr ja auch den Sohn weggenommen! Renate war biestig, sogar als sie dank eines Beinbruches auf Hilfe angewiesen war, lehnte sie Ankes Einkaufs-oder

Haushaltshilfe ignorant ab, schließlich hatte sie noch nie Hilfe von Fremden angenommen! Anke versuchte trotz der kleinen Tritte eine gute Schwiegertochter zu sein. Schenkte sie ihrer Schwiegermutter zum Geburtstag Blumen, bekam sie davon mindestens eine Allergie, bei Pralinen wurde über den Geschmack diskutiert und wenn Anke einen Kuchen backte, schmeckte dieser ja schlimmer als die abgepackten aus dem Supermarkt. Ich konnte mich noch gut an Ankes Wutausbrüche erinnern, wenn sie mal wieder flüchtet und uns im Garten um ein Glas Sekt zum Runterkommen bat. Renate konnte eben ein richtiger Drachen sein der genau wusste, wie man Menschen verletzte und Anke, ja Anke nahm es anfangs sehr persönlich, doch mittlerweile recht sportlich, es sei denn, es ging um Peter und ihre bald stattfindende silberne Hochzeit. Die Tage hatte sie uns schon einmal eine Kiste Sekt zum Deponieren vorbeigebracht, damit sie im Notfall genug Vorrat hat!

Fahrradklingelnd fuhren wir über den Hof direkt in Hannas Garten hinein und jagten Luna kläffend aus ihrem Hundekörbchen heraus. Ich stellte mein Rad am Zaun ab und bückte mich um den Beagle zu begrüßen. Anke stellte ihre Tasche auf einen der Stühle ab und rief nach unserer Freundin. »Hanna? Huhu, wir sind da! «
Keine Antwort, nichts rührte sich, alles blieb ruhig. »Hanna? «, rief Anke ins leere Wohnzimmer hinein. »

Hallo? Einer zuhause? «Wieder kam keine Reaktion, nur Luna tanzte schwanzwedelnd um uns herum. » Komisch. Es wird doch wohl nichts passiert sein? Haaaannaaaaa! Halloooooo! Wir sind daaaaaa! « Endlich hörten wir eine Tür und unsere Freundin steuerte mit einem Korb Getränke auf die Terrasse zu. » Huch, ist es denn schon so spät? « Ich schaute auf meiner Uhr. » Zwei Minuten vor 18 Uhr. « » Ach tatsächlich? Ich muss irgendwie die Zeit vergessen haben. « Wir begrüßten uns, halfen Hanna noch ein paar Details hinzustellen und dann kam auch schon Ines um die Ecke geschlichen. Sie wirkte gestresst, was bei ihrem privaten Leben aber auch kein Wunder war, denn sie lebte mit ihrem Mann Thomas und Sohn Yannik ebenfalls im selben Wohnort wie wir alle, hatte zwei Jobs und versorgte neben den beiden Herren auch noch ein Haus mit großem Garten. Für unsere Freundin eine tägliche Herausforderung alles zu bewältigen, zumal sie, wie von uns vermutet, unter einem extremen Putzzwang litt. Ines gab sich nie mit einhundert Prozent Reinheit zufrieden, alles und jeder wurde von ihr abgescannt, bevor er Haus oder auch nur Garten betreten durfte. Bei unserem letzten Cocktailabend war Ines die Ausrichterin und wir anderen Clubmitglieder hatten uns aus Spaß hinter ihrem Rücken verabredet, dass Grundstück mit unseren Hauspantoffeln zu betreten. Beim Anziehen wurden wir auf den Bürgersteig zwar skeptisch von den Nachbarn beäugt, aber wir fanden unsere Idee lustig und waren gespannt auf Ines Gesichtsausdruck, der dann beim Betreten des Gartens keine Freude zeigte. Sie war tatsächlich den ganzen Abend eingeschnappt und konnte an unserer Idee überhaupt nichts Lustiges finden.

Ein weiteres Thema Namens Essen sorgte für eine weitere Herausforderung bei ihr! Zugegeben, ich bin auch nicht so einfach, aber Ines toppt uns alle, denn sie rührt kaum ein Essen auf Geburtstagen an, es sei denn, ein Caterer hatte es geliefert. Für uns als Freundinnen war es am Anfang fragwürdig und jeder fühlte sich etwas persönlich angegriffen, aber mittlerweile wussten wir, wie Ines tickte, denn schließlich konnte man bei ihr blind vom Fußboden essen, doch leider fand man da nichts und würde verhungern.

>> Hey Ines, na du siehst aber fertig aus. << Ich setzte mich zu ihr an den Tisch.

>> Bin ich auch. Langsam merke ich doch, dass ich älter werde. <<

>> Kälter? Wer sagt das? Deine Kollegin Anja? <<
Ines schaute Hanna an. >> Älter, Hanna, nicht kälter. Hast du deine Hörhilfe nicht eingelegt? <<

>> Erzähl. Wie hat sie dich reingelegt? <<

>> Hannaaa! << Ich zeigte auf ihr Ohr und sah erst in ein verdutztes, dann aber verstandenes Gesicht. >> Ach, habe ich ganz vergessen. Ich hole mal schnell meine Hörstütze. << Sie verschwand kurz und kam zurück.

>> So, fertig, gerade noch pünktlich, bevor Jana sich wieder aufregt, dass sie alles wiederholen muss! <<
>> Ich wiederhole gar nichts, es sei denn es geht ums anstoßen. Tach Mädels. Wie? Gibt's heute keinen Begrüßungsdrink? << Da war sie, unsere immer zu spät kommende Jana, die immer einen Extra-Auftritt brauchte, um mal wieder im Mittelpunkt zu stehen.
>> Mahlzeit Jana. << Konnte sich Anke nicht verkneifen.
>> Wieso Mahlzeit? Ich bin doch diesmal nur 20 Minuten zu spät. Ich weiß gar nicht, was ihr immer für ein Pünktlichkeitssyndrom habt. <<
>> Pünktlichkeit, meine liebe Jana, Pünktlichkeit ist für mich ein Zeichen des Respekts und der Höflichkeit. <<
>> Papperlapapp, dafür gibt es auch andere Zeichen. Hallo Hanna, bist du online geschaltet oder müssen wir alle vor dem Essen schon zwei Schnäpschen trinken, um auch etwas Gehör zu verlieren? <<
>> Hallo Jana und keine Angst, ich habe gerade nur für dich das Gerät eingesetzt! <<
>> Hoffentlich das heile und nicht das alte mit dem Wackelkontakt, denn dafür fehlen mir heute garantiert die Nerven. <<
>> Warum denn diesmal? Hast du wieder Ärger mit Henning? << Ich goss mir ein Glas Cola ein.
Jana und Henning lebten in wilder Ehe, stritten und litten öffentlich und gerne auch mit Zuschauern. Vieles in ihrer eigenen Beziehung wurde gegenseitig schlechtgemacht, ständig waren beide genervt und wenn auf Feierlichkeiten Alkohol im Spiel war, kamen

zu dem Übertrumpfen noch Vorwürfe, Beschimpfungen, sowie Anschuldigungen. Beide konnten nicht mit,- aber auch nicht ohneeinander leben und puschten mit ihren Bemängelungen jeden Tag ihre Beziehung auf. Klagte der eine über Kopfschmerzen, hatte der andere mindestens einen Migräneanfall, beschwerte sich der eine über seinen Teamkollegen, hatte der andere das ganze Team gegen sich und hatte der eine den Schreibtisch voller Arbeit, wurde dem anderen vor Arbeit bald der Jahresurlaub gestrichen. Für uns Freunde und im Endeffekt Zuhörer war es oftmals einfach nur noch nervig, so wie jetzt wieder und ich sah, wie Jana mich kopfschüttelnd anschaute. ≫ Natürlich Henning, mit wem sonst? Der Kerl macht mich noch wahnsinnig. Stellt euch mal vor! Erst ruft er mich heute mitten im Meeting mit einem Dozenten an, um völlig bescheuert zu fragen, ob wir noch Knoblauch im Haus haben da er ein neues Rezept ausprobieren wollte. Sag mal, Katja, jetzt mal im Ernst. Der Kerl war zuhause! Er konnte doch wohl mal eben selbst im Schrank nachgucken ob wir dort noch Knoblauch hatten und dann, als ich später total gestresst und fertig nach Hause kam, fand ich eine nach allem Möglichen stinkende und vermüllte Küche vor. In mir zündeten sämtliche Sicherungen durch und glaubt mir Mädels, ≪ Jana schaute triumphierend in die Runde, ≫ so nicht! Nicht mit mir, das sag ich euch, dem habe ich dann erstmal die Leviten gelesen, der wird mich in der nächsten Zeit wegen solch banalem Zeug nicht mehr wagen anzurufen. «

Ines holte sich ihre Zigaretten aus der Tasche. » Eigentlich fände ich die Idee schön, wenn Thomas oder auch Yannik sich mal an die Töpfe stellen würden, aber wenn danach die Küche wie ein Schlachtfeld aussieht, lieber nicht. «

Jana schaute zu Ines. » Du mit deinem Putzfimmel hättest mit Sicherheit gleich einen Herzinfarkt bekommen. « Sie schaute in ihr leeres Sektglas. » Ihr müsst ja jetzt auch nicht meinen, dass Henning ein Fünf-Sterne-Koch ist, denn da bin ich durch meine Dienstreisen einiges anderes gewöhnt, aber ... «

» JANA! Fuß vom Gas. « Hanna mochte Henning und stellte eine Flasche Sekt in den Kühler. » Er hat sich bemüht und das zählt, außerdem ist noch kein Meister vom Himmel gefallen. «

» Doch einer, und der sitzt direkt vor dir und verdurstet langsam. Was ist das denn heute für eine trübe Veranstaltung hier? « Jana griff zur Sektflasche, goss sich ihr Glas voll, leerte es in einem Zug und dem einen folgte direkt noch ein weiteres Glas, so dass die schnelle Wirkung ihr die Augen öffnete. » Ja ja ja, Mädels, ich sag ja schon nichts mehr. Ihr habt ja Recht. Ich habe meinen Job, eine tolle, aber leider mit Anhang, Wohnung und stöhne euch gerade die Ohren voll. Euch, die Kinder und oder Tiere, sowie Haus und Garten zu bewältigen habt. Ihr, die Voll- oder Teilzeit arbeitet, teilweise sogar zwei Jobs ausübt und nebenbei noch einen Drachen als Schwiegermutter besitzt. Eigentlich sollte ich zufrieden sein. Mein Henning vergöttert mich und liest mir jeden Wunsch von den Augen ab. Er ist zwar nicht Mr. Perfekt aber er verwöhnt mich. «

Anke viel vom Glauben ab. » Amen und endlich, endlich hat unsere Jana eingesehen, dass sie eigentlich ein Leben wie eine Prinzessin führt. Hat zufällig jemand von euch die Worte gerade per Video aufgenommen? Das glaubt mir doch sonst keiner. «

» Was heißt denn hier keiner? « Jana schaute fragend über ihre Sonnenbrillengläser zu Anke. » Soll das heißen, dass das, was ich euch hier in der Runde so anvertraue, überall weitererzählt wird? Ich dachte, ich kann euch vertrauen und es bleibt unter uns. «

Anke verschluckte sich. Unsere kleine Tratschtante bekam tatsächlich Farbe im Gesicht, denn sie wusste selbst, wie gerne sie sich mit Peter, ihren Geschwistern und auch Nachbarn über den neuesten Klatsch unterhielt und fühlte sich ertappt. » Natürlich bleibt das unter uns. Das ist doch selbstverständlich. «

» Na darum möchte ich auch bitten und jetzt Hanna, füll mal langsam alle leeren Gläser hier auf oder stehen die hier nur zu Deko? «

Kapitel 2
Der Schwieger-Drachen

Hanna goss allen ein Gläschen Sekt ein, dann wurde das Essen beim Italiener bestellt und anschließend spielten wir zum Start eine Runde Karten. Ines mopperte sofort wieder los, als sie die ersten beiden Runden verlor, doch wir reagierten nicht auf ihre Meckereien, die erst endeten, als unser Essen geliefert wurde.

>> Anke? Bist du krank? Isst du heute nur einen Salat oder ist das eine Beilage und deine Pasta wird nachgeliefert? << Ich staunte, denn unsere Freundin liebte und lebte das Essen in vollen Zügen.

>> Der Salat reicht mir heute. Hanna, kannst du mir bitte die Flasche Wasser reichen? <<

>> Ich glaube du bist doch krank. << Jana schaute skeptisch. >> So kennt man dich gar nicht und Wasser an unserem Cocktailabend zählt nicht. Möchtest du wenigstens noch ein paar von meinen Teigbrötchen haben? <<

>> Nein Danke, der Salat reicht mir wirklich. << Sie stocherte lustlos in ihrer Schale herum.

*

Satt und zufrieden startete unser Spieleabend in die zweite Runde und Jana, die immer einen Grund für ihren Durst fand, schob diesen diesmal auf die sehr pikant belegte Pizza. In solchen Situationen suchte sie immer jemanden, der mit ihr anstieß. Anke, die nicht so viel gegessen und sogar die Knabbersachen missachtete, hatte bereits nach dem zweiten Verdauungsschnaps einen kleinen Schwips. Beim Spiel Scrabble musste sie etwas länger überlegen, klatschte dann spontan in die Hände, legte das Wort Fasten aus und sah uns herausfordernd an. » Stoppt mal eben das Spiel Mädels, ich glaube, das wird die Lösung meines Problems. « Ich schaute sie erschrocken an. » Nanu? Was ist denn jetzt los? « Anke lachte hämisch auf. » Was los ist? Wollt ihr das wirklich wissen? « » Na sonst würden wir doch nicht fragen. « Hanna drehte die Musik leiser, Ines zündete sich eine Zigarette an und Jana füllte schnell ihr Pinnchen. » Na dann schieß los, ich bin ja froh, wenn nicht immer ich das Problem bin. Skål. « Anke holte kurz tief Luft. » Eigentlich wollte ich ja nicht darüber sprechen und mir selbst einen schönen Abend gönnen, doch Worte können manchmal wie Dornen schön verletzend sein und deshalb müssen sie jetzt gezogen werden. Ich meine, dass mich meine bekloppte Schwiegermutter überhaupt noch verletzten kann, wundert mich zwar selbst, aber sie hat es mal wieder geschafft, dass ich mich über sie ärger. Dass Biest ist so gehässig, dass es dem Fass den Boden ausschlägt! « Aha, daher wehte der Wind, dachte ich, wahrscheinlich war das auch der Grund, warum sie vorhin so schnell von Zuhause fortwollte.

>> Jetzt mal langsam und auch von Anfang an. Was hat Renate denn diesmal wieder vom Stapel gelassen? << Anke, unsere Gelegenheitsraucherin, bediente sich mit den Worten ´ich kauf dir neue` an meiner Schachtel und Hanna bat wacker um eine Geduldsminute um sich schnell neue Batterien in die Hörhilfe einzulegen, damit sie nichts verpasste.

Anke holte tief Luft. >> Ihr wisst doch, dass Peter und ich bald silberne Hochzeit haben, naja, nach Aussage meiner Schwiegermutter hat diese nur Peter, ich gehöre sowieso nicht dazu und heute, wie auch schon die letzten Wochenenden, ist das ihr absolutes Lieblingsthema. <<

>> Naja, darauf könnt ihr ja auch stolz sein <<, schob Hanna dazwischen.

>> Bin ich ja auch, aber die blöde Kuh gibt mir immer noch die Schuld, dass sie jetzt im Seniorenheim und nicht bei uns am Küchentisch sitzt. Ehrlich Mädels, das ist so ein verbitterter alter Drachen geworden. <<

Ich überlegte kurz. >> Geworden? Sie war doch immer schon anstrengend, oder nicht? Wenn ich mich recht erinnere, hat Renate doch nie wirklich zu dir gehalten, sondern immer nur zu ihrem Sohn. <<

Ines nickt zustimmend. >> So kenne ich die Geschichten auch. <<

>> Pssst, jetzt lasst Anke doch erstmal erzählen, es wird doch gerade spannend. << Jana grinste, froh zu sehen, das auch andere Probleme hatten.

\>> Egal was ich sage, Peter hält immer zu seiner Mutter. Er nimmt sie immer in Schutz und umgekehrt ist es genauso, da kann ich machen und sagen was ich will. Er spricht ihr total nach dem Mund. Koche ich sein Leibgericht, schmeckt in ihrem Beisein plötzlich alles nur fad, schlage ich mal einen Restaurantbesuch vor, stochert Madame, ähnlich wie ich gerade, gelangweilt in ihrem Essen herum, pflanze ich neue Blumen ein, werden die sowieso nicht angehen und bringe ich ihr Pflegeprodukte ins Heim vorbei, ist es garantiert die falsche Marke. Aber wisst ihr, mit allem kann ich mittlerweile leben und umgehen, denn Gott sei Dank kommt sie ja nur in der Regel samstags zu Besuch und da versuche ich ihr so gut wie möglich aus dem Weg zu gehen, doch letztens hat die alte Schrulle den Bogen überspannt. Der gute Peter hat mal wieder sein bekanntes Pulled Pork zubereitet, als beim Essen mal wieder das Thema silberne Hochzeit von Renate aufkam. Ich stand direkt auf um noch eine Flasche Wein aus dem Keller zu holen, denn ohne eine kleine Betäubung hätte ich den Nachmittag nicht weiter ertragen und stieß genau wieder zu den beiden, als es um die Gästeliste ging. Peter, der genau wie ich, keine Feier, sondern eine gemeinsame Reise plante, schaute mich hilfesuchend an. Ich enthielt mich erst deren Unterhaltung und aß schweigend weiter, doch als meine Schwiegermutter, die ihrem Sohn die Feierlichkeiten selbstverständlich ausrichten möchte, anfing, einen Teil ihrer Heimbewohner einladen zu wollen und sogar schon eine Lokalität inklusive Menüplan reserviert hatte, verschluckte ich mich fast. Ich trat Peter unterm Tisch so fest vor seinem Schienbein, dass er vor Schreck und Schmerz hochsprang und seine Mutter beinahe einen Herzinfarkt bekam. Im Nachhinein eigentlich schade, dass das nicht klappte. «

» ANKE! «

» Ist doch wahr, Hanna, denn pass auf, jetzt kommt der Hammer. Als sich Renates Pulsschlag wieder beruhigte, verlangte sie doch tatsächlich von ihrem Sohn, dass er an seinem Ehrentag den Hochzeitsanzug von vor 25 Jahren anziehen müsste! Es sei eine Familientradition. Ich dachte ich hörte nicht richtig und sah den ungläubigen Blick meines Mannes. Ja, da habe ich dann doch etwas geschmunzelt, aber dann …

« Anke bekam feuchte Augen. » Dann schaute mich das alte Biest zickig von oben bis unten an und zischte höhnisch `Tradition hin oder her, du wirst sowieso nicht mehr in dein Brautkleid passen. Ich verstehe gar nicht wie man sich so vernachlässigen kann, schau mich an, ich war immer schlank und rank wie eine Tanne und hätte mich nie gewagt, mich so hängen zulassen´. «

Stille. Wir starrten Anke alle mit großen Augen an. Das war wirklich unerhört. Ich reichte Anke zum Naseputzen meine Serviette. » Und? Das hast du dir doch wohl nicht gefallen gelassen, oder? «

» Nein. Ich habe in diesem Moment zwar geschluckt, mir dann aber ganz ruhig und genüsslich eine

Zigarette angezündet, dem Drachen den Rauch ins Gesicht geblasen und freundlich gefragt, was der Unterschied zwischen einer Zigarette und einer Schwiegermutter sei. «

» Erzähl! « Ines war ganz weg.

» Ganz einfach. Bei der Zigarette ist der erste Zug der Beste, bei der Schwiegermutter der letzte. «

» Richtig so, Anke. « Jana sprang Händeklatschend auf. » Hätte glatt von mir stammen können, alleine für deinen Spruch spendiere ich doch glatt noch 'ne Runde. «

Jetzt musste Anke auch etwas grinsen. » Anschließend kam ich richtig in Fahrt und es folgten noch so ein paar Sachen, die endlich mal gesagt werden mussten. Peter und Renate waren beide Mucksmäuschenstill, keiner wagte es, mich zu unterbrechen und am Ende meiner Durchsage bin ich zu Peter, habe meinen Arm um ihn gelegt und den Schwiegerdrachen direkt in die Augen geschaut. *'Aber weißt du was`, habe ich ihr dann noch gesagt, `ich würde deinen Peter glatt noch einmal heiraten, alleine schon, um dich zu ärgern`.* «

Wir schluckten. So kannten wir unsere Anke nicht, da musste es aber ganz schön in ihr gebrodelt haben. Ines war sprachlos. Sie hatte zwar manchmal einen speziellen Mann an ihrer Seite, doch wenigstens nette Schwiegereltern und wollte die Geschichte jetzt noch zu Ende hören. » Ja und dann? Wie hat dein Mann reagiert? Hat sich Peter wenigstens auf deine Seite gestellt und seine Mutter zum Gehen aufgefordert? « » Leider nicht und deshalb war ich natürlich auch doppelt enttäuscht. Peter ist ein Mann wie ein Baum, aber nur äußerlich, innerlich hat er absolut keine Eier in der Hose. « Anke nippte an ihrem Glas. » Ich habe die beiden einfach draußen sitzen gelassen und wenn ich sage sitzen gelassen, dann meine ich es auch so, denn ich habe die Tür von innen versperrt, die Türschelle und das Handy abgestellt und die Rollos geschlossen. Erst wusste ich gar nicht, wie ich mich beruhigen konnte, ließ mir zum Entspannen ein Bad ein und machte es mir anschließend mit einer Tüte Chips im Bett gemütlich. «

Hanna tätschelte Ankes Arm. » Au Mann, warum hast du denn keinen von uns angerufen, wir wären doch sofort bei dir aufgetaucht und hätten dich unterstützt. Ich meine, dass Renate nicht gerade höflich ist, ist uns allen ja bekannt, aber dass Peter dir in den Rücken fällt, hätte ich nicht gedacht. Ganz schön feige, das muss ich aber mal sagen. «

Anke nickte zustimmend. » Du hast Recht. Leider. «

» Und wie ging es weiter? « Jana hing quasi an Ankes Lippen.

» Naja, Peter hatte natürlich an der Tür geklopft und gerufen, aber ich habe nicht reagiert. Ich war so sauer, Mädels, das könnt ihr euch nicht vorstellen. Sauer, enttäuscht und ach, einfach alles. «

Ich nickte. » Verständlich. «

>> Später, als ich mich etwas beruhigt hatte und von den Chips Magenschmerzen bekam, meldete sich mein eigener Schweinehund. Ich lag rücklings im Bett und hatte nur noch ein Bild vor Augen. Ich musste es dieser blöden Ziege beweisen, dass ich noch in mein Brautkleid passte. Neugierig bin ich dann wieder aufgestanden, habe aus der Holztruhe im Flur mein Kleid hervorgeholt und es mit angehaltener Luft anprobiert. <<

Jana zündete sich eine Zigarette an. >> Und? Passt es noch? Nun erzähl schon! <<

>> Also an für sich schon. Ich meine, als ich die Luft ausatmete nicht mehr ganz so locker wie vor 25 Jahren und der Reißverschluss ging nur halb zu, aber von der Länge her sieht es noch genauso aus, wie damals. <<

>> Also bist du schon mal nicht geschrumpft <<, stellte Hanna fest.

>> Vielleicht ein bisschen und dass bisschen, was ich an Länge geschrumpft bin, sitzt nun in der Mitte fest, aber egal, denn in diesem Moment, als ich so halb angezogen vor dem Spiegel stand, wusste ich, dass ich etwas ändern möchte und jetzt gerade, als ich das Wort Fasten auslegte, sah ich die Lösung meines Problems. <<

Ines schaute Anke immer noch etwas irritiert an. >> Fasten? Und wie möchtest du fasten? Nur auf Süßes verzichten oder auf alles, was süchtig machen kann? <<

>> Ich werde Heilfasten! <<

Kapitel 3
Die Zusagen

>> Heilfasten? << Hanna schaute entsetzt. >> Wo willst du das denn machen? <<

>> Das weiß ich auch noch nicht, aber ich denke, ich werde mal meine Krankenkasse anrufen und mich dort erkundigen. <<

>> Stell dir das nicht so einfach vor! Ich habe Arbeitskollegen, die jedes Jahr von Aschermittwoch bis Ostern fasten und die sind wegen dem Entzug dann unerträglich. <<

>> Egal, ich schaffe das, denn ich habe ein Ziel am Kleiderbügel hängen. << Anke schaute jeden Einzelnen von uns in der Runde an. >> Möchte mich jemand freiwillig begleiten oder sollen wir auslosen? <<

Ines stand abrupt auf. >> Ich weiß, dass ich auch ein paar Kilos verlieren könnte, aber Heilfasten? Alleine bei dem Gedanken drückt meine Blase schon. <<

Hanna bekam auch panische Augen. >> Ujujuj Anke, also ich lass dich ja ungerne in Stich, aber du weißt selbst wie anstrengend unser Pubertierender Zuhause ist und wenn ich ihn ein paar Tage mit Sven alleine lasse, wird es einer von beiden garantiert nicht überleben. <<

Anke schaute als nächstes mich erwartungsvoll an und ich bekam Schnappatmung >> Also, ich, ja ähm also im Grunde bestimmt eine gute Sache und schaden würde es mir auch nicht, aber ich müsste erst mal nachfragen, wie viele Resturlaubstage ich noch in diesem Jahr habe und ob meine Kollegin urlaubsmäßig etwas geplant hat, nicht das wir uns als Vertreter in die Quere kommen. Wenn es nur ein Wochenende sein sollte, … «

» … mit einem Wochenende kommt man nicht weit, Katja, es müssten schon mindestens fünf Tage bis zu einer Woche sein. «

» So lange? Das müsste ich definitiv mit meiner Kollegin absprechen. «

Anke schaute zu Jana. » Und du? Was ist mit dir? Vielleicht würden dir ein paar Tage ohne Alkohol auch mal guttun. «

Jana, die eigentlich für vieles zu haben war, schaute Anke an. » Ich? «

» Ja, warum nicht? «

Jana drückte ihre Zigarette aus. » Genau. Warum eigentlich nicht. Wenn es dort hübsche Hotelangestellte gibt, dann wäre ich dabei. «

Anke hielt Jana sofort die Hand hin. » Versprochen? Dann schlage ein und ihr anderen bezeugt das. «

Nichts leichter wie das, denn wir waren ja froh mit einem blauen Auge davongekommen zu sein…

*

Keine drei Tage später vibrierte mein Handy in der Mittagspause und zeigte eine neue Nachricht in der Cocktailgruppe an.

Absender: Anke

´Hallo zusammen ☺,

ich habe mich mal mit meiner Krankenkasse wegen des Heilfastens auseinandergesetzt und dadurch, dass momentan in vielen Kurhäusern ein Sommerloch herrscht, könnte ich schon im nächsten Monat mit einer Zusage rechnen. Jana? Ich baue weiter auf dich und dein Versprechen und da wir beide in derselben Krankenkasse versichert sind, wird es wohl auch bei dir keine Probleme geben. Und ihr anderen? Ihr seid doch auch in derselben Kasse. Hättet ihr nicht doch Lust uns zu begleiten? Zusammen lässt es sich bestimmt leichter leiden! Also ich würde mich freuen. Überlegt es Euch doch bitte nochmal. Liebe Grüße, Anke ☺ ʼ!

Ich hatte noch knapp zehn Minute Pause und rief spontan Herrn Google auf um mich über das Heilfasten zu informieren und speicherte am Ende des Berichtes folgende Vor- und Nachteile:

<u>Heilfasten Vorteil:</u> Beim Fasten verzichtet man für eine bestimmte Zeit vollständig oder teilweise auf bestimmte Speisen, Getränke und Genussmittel. Der Gedanke liegt nahe, mit einer Fastenkur abnehmen zu wollen. Dafür gilt es allerdings, die richtige Form des Fastens auszuwählen - nämlich ein Kurzzeitfasten. Es trainiert den Stoffwechsel. Wenn der Körper nicht verdauen muss, können wichtige Zellreinigungsprozesse besser ablaufen. Fasten fördert sozusagen die körpereigene Müllabfuhr.

<u>Heilfasten Nachteil:</u> Ein Jo-Jo-Effekt droht. Die Gegenregulation des Körpers führt nach der Wiederaufnahme des Essens leicht zu einer

Gewichtszunahme: der gefürchtete Jo-Jo-Effekt. Es ist wichtig, die Energiezufuhr sehr langsam zu erhöhen. Teil dieser Ernährungsumstellung können regelmäßige Fastentage oder der Einstiege ins Intervallfasten sein. Des Weiteren sollten Menschen mit schweren Herz- und Nierenerkrankungen, Krebserkrankungen, Gicht oder Gallenproblemen nicht fasten, ebenso wenig Schwangere und Stillende. Okay, der Punkt würde bei uns Ü50er nicht in Frage kommen. Alle Menschen mit Stoffwechselerkrankungen oder chronischen Krankheiten sollten vor jeder Art des Fastens einen Arzt konsultieren.

Ach du liebe Zeit, dachte ich, was möchten sich Anke und Jana denn da antun? Fünf Tage nur Suppe löffeln, sich bewegen und dabei noch gute Laune haben? Ich konnte es mir beim besten Willen nicht vorstellen, außerdem machte mir der Bericht wegen Hanna etwas Sorge, schließlich litt sie ja unter einer chronischen Krankheit und schickte ihr gleich den Link weiter. Selber nahm ich mir erstmal vor nicht auf Ankes Frage zu antworten und legte mein Handy zur Seite, aber irgendwie beschäftigte mich das Thema doch den ganzen Tag weiter und ich schaute mir mal meine Schreibtischschublade am Arbeitsplatz genau an, in der neben Büromaterial sehr viele Schokoriegel, Weingummis, Lakritze und Kekse auf den Verzehrer warteten, sogar an Lutsch-und Hustenbonbons mangelte es bei mir nicht. Ich war für alle Fälle gewappnet, zumal eine Schublade tiefer noch in Reih und Glied Müsliriegel, Zwieback, Terrinesuppen und sogar zwei Säfte schlummerten. Verhungern konnte ich hier schon mal nicht, aber was mir plötzlich besonders auffiel, war die Radiowerbung. Seit knapp dreißig Jahren begleitet mich mein Radiosender im Büro, aber noch nie war mir die Werbung so extrem aufgefallen, wie an diesem Tag! Alle zwanzig Minuten schaltete unser Lokalsender zur Werbung über, die gerade heute irgendwie nur von Fast Food Restaurants und sämtlichen Discountangeboten bestand, an denen ich auf dem Nachhauseweg zufällig vorbeifuhr. Ich schaute aus dem Fenster, schüttelte den Kopf und merkte, wie mich doch das Thema Heilfasten irgendwie beschäftigte und als ich abends mit meinem Mann auf der Terrasse saß, erzählte ich ihm von Ankes Idee, ohne ihm den Hintergrund zu nennen. Stefan schüttelte nur den Kopf. » Eigentlich sollen ein paar Tage Entspannung für Körper und Geist bestimmt gut sein, aber das hört sich ja eher nach Quälerei und Frust an. Also für mich wäre das nichts, aber wenn du möchtest, dann melde dich doch mit an. «

» Ich? « Schlagartig setzte ich mich auf.

» Naja, warum denn nicht. Erstens schimpfst du selber immer über deine Schwimmringe, wie du sie nennst und zweitens dachte ich, dass Freundinnen immer zusammenhalten. «

>> Na das machen wir ja auch, aber was hat das eine denn mit dem anderen zu tun? <<

>> Nichts, aber wie ich euch kenne, werdet ihr trotz Fasten euren Spaß haben und für den Fall, dass du meinst zu verhungern, packst du dir einfach heimlich eine kleine Notfalltasche zusammen. Braucht ja keiner wissen, dass du Bockwürstchen dabeihast. <<

>> Bockwürstchen? << Ich war fassungslos.

>> Ja oder meinetwegen auch Käsewürfel, aber darum geht es doch nicht, Katja, denn, wenn ich mich richtig erinnere, seid ihr Janas Hilferuf gefolgt, als sie Probleme mit Henning hatte und sie alle spontan auf eine Reise begleitet, und letztes Jahr, als du wegen der ganzen Renovierung kurz vor dem Exitus standst, sind deine Mädels ebenso spontan mit dir zur Nordsee gefahren und dieses Mal, ja dieses Mal sucht Anke Hilfe und Halt und da finde ich es eben nur fair, wenn du oder besser ihr alle, Anke helft und auch begleitet. <<

So hatte ich das Ganze noch gar nicht gesehen und kam ins Grübeln. So ganz Unrecht hatte mein Mann nicht, aber musste es tatsächlich Heilfasten sein? Konnten wir nicht irgendwo fünf Tage Wellness buchen, uns dort gesund ernähren und etwas beim Aquafitness bewegen? Oder irgendwo ans Meer fahren und vielleicht mal eine Radtour durch Wald und Wiesen einplanen oder meinetwegen auch in die Berge und mit den Gondeln die Hüttengaudis besuchen? Ich war zu vielen Schandtaten bereit, aber Heilfasten?

*

Am nächsten Morgen schaltete ich mein Handy an und wurde gleich von neuen Nachrichteneingänge überrascht. Hanna fing an:

Absender: Hanna
´Hallo Ihr Lieben 😊,
ich habe nach Katjas Nachricht vorsichtshalber meinen Arzt kontaktiert. Ganz ehrlich hatte ich gehofft, dass ich so eine Heilfastenkur aufgrund meiner chronischen Erkrankung nicht antreten dürfte und ich somit euch gegenüber mit keinem schlechten Gewissen absagen muss, doch der riet mir nicht nur dazu, sondern gab mir sofort grünes Licht. So eine Kur hätte noch keinem geschadet, waren seine Worte und er kannte überraschend gute Erfolge, was zeitweiliges Fasten bringen konnte. Studien belegten sogar, dass Rheumapatienten während und nach der Nahrungspause längerfristig weniger Gelenkbeschwerden und weniger Schmerzen hätten. Hm, dieser Aspekt wäre schon einen Versuch wert, oder? Aber eine Garantie, dass ich den Wahnsinn durchhalte, gebe ich nicht.
Jetzt würden nur noch Ines und Katja im Bund fehlen. Los ihr beiden, gebt euch auch einen Ruck. Wie sagt man immer so schön, einer für alle, alle für einen. Einen schönen Abend euch. Eure Hanna ᶻᶻᶻ`

Ich war baff. Da meinte ich, meine beste Freundin, die ich bereits seit über 45 Jahre begleiten durfte, in- und auswendig zu kennen und dann las ich so eine

Nachricht von ihr. Also da musste der Haussegen aber gewaltig schief hängen, dass sie freiwillig so eine Tour einwilligte. Staunend öffnete ich die nächste Nachricht, die von Ines kam.

Absender Ines:
'Guten Morgen und schön, dass Hanna euch begleitet. Ich bin und werde bestimmt nicht der Fan von irgendwelchen plörrigen Suppen sein, aber ich denke, ich würde es fünf Tage aushalten. Meine Kollegin erzählte mir gestern, dass sie jedes Jahr so eine Kur anginge und sich danach wie neugeboren fühlen würden. Also als Teenie möchte ich zwar auch nicht unbedingt nach Hause kommen, aber mein Rücken könnte ein paar Jahre Verjüngung vertragen. Anke? Stielst du die Buchung ein? Meine Versicherungsnummer schick ich dir separat. Was ist denn mit Dir, Katja? Lass uns bloß nicht hängen! Mitgehangen, mitgefangen. So, ich muss jetzt zur Schicht und wünsche euch allen einen schönen Tag! Gruß Ines`🍀.

Das konnte doch nicht wahr sein! Was war denn mit meinen Mädels los? Wurden wir jetzt tatsächlich alt und schwankten von Abenteuerurlaub auf Kur um? Meine Großmutter hatte mir früher zwar gesagt, dass im Alter das Leben noch schneller rannte, aber so schnell? Letzte Woche war doch noch alles normal. Fassungslos steckte ich mir auf der Terrasse eine Zigarette an, denn ich fühlte mich unter Druck gesetzte. Natürlich fand ich es toll, dass wir immer zusammenhielten und auch diesmal keinen alleine mit seinem Problem dastehen lassen wollten, aber musste es Heilfasten sein? Andersrum hatte mein Mann Recht, ich könnte ja pro forma meine Mädels begleiten, aber nicht unbedingt auf meine Genüsse verzichten. Wenn ich ein Einzelzimmer hätte, würde ja niemand mitbekommen, wenn ich mir abends doch noch etwas die Nacht versüßte, aber belog ich mich dann nicht selber? Ich fand es unheimlich schwierig, wollte aber kein Querspieler sein und nahm nach einer weiteren Nachdenker-Zigarette mein Handy zur Hand:

´Guten Morgen und Hallo zusammen. Also ganz ehrlich...reizen tut mich der Trip nicht, aber ich bin auch kein Spielverderber und deshalb auch dabei. Wer weiß, vielleicht täuscht man sich im Vorfeld oder ist voreingenommen und am Ende sogar froh, seinen Körper mal etwas Gutes getan zu haben?!? Wie auch immer, mich kannst du bitte auch mit einloggen, Anke, aber nur, wenn ich ein Einzelzimmer bekomme. Ihr wisst ja, dass ich im Schlaf schnarche und möchte keinem die nächtliche Ruhe nehmen. Versicherungsnummer folgt. Macht euch einen schönen Tag! Gruß Katja` 😡😡😡

und drückte schnell auf Nachricht senden, bevor ich es mir doch noch überlegte.

*

Am Nachmittag ging ich zu meinen Schildkröten, um die Kräuter im Gehege etwas zurück zu schneiden. » Na, Katja? Übst du schon den sterbenden Schwan zwischen den Kräutern? « Ich hatte Sven gar nicht kommen gehört.

» Ha ha, sehr witzig. «

Sven lachte. » Ihr macht das schon und Hanna wird es bestimmt guttun. «

» Ich bin mir da noch nicht so sicher, aber jetzt habe ich zugesagt. « Hoffnung kam in mir auf. » Sag mal, bist du zufällig hier, weil du mich bitten möchtest, auf euren Pubertierenden aufzupassen, während Hanna kurt? «

» Äh, eigentlich nicht. «

Hm, schade, ich versuchte es weiter. » Oder suchst du noch jemanden, der mit Luna spazieren geht? Also, noch kann ich bestimmt absagen und dir helfen. Es wäre zwar sehr schade, aber ich passe gerne … «

» Vergiss es! « Stefan wandte sich an Sven. » Katja versucht jetzt nur ihre Zusage zu stornieren. Ich kenne doch meine Frau. «

» Du bist genauso witzig wie Sven. « Langsam wurde es mir zu blöd.

» Genau und deshalb radeln wir jetzt zu Henning. Ein bisschen Bewegung kann keinem schaden. «

Hätte ich jetzt einen passenden Gegenstand in der Nähe, würde ich vor Wut bestimmt einen Volltreffer landen, doch ich konnte weder Eimer noch Schere nach den beiden hämisch grinsenden Männern werfen und bückte mich zu meinem kleinen frechen Schildkrötenmännchen, der mir über die Schuhe lief.

» Männer sind doch alle gleich, ich hoffe du bist ein bisschen netter zu deinen Damen! «

Später fragte ich Herrn Google nochmal vorsichtig nach Heilfasten ab. Irgendwie wollte ich die Hoffnung nicht aufgeben, dass diese Kurart doch etwas Gutes für sich haben musste und wurde fündig.

Bei dem echten Heilfasten muss man nur wenige Tage auf feste Nahrung verzichten. Man nimmt nur Wasser, Säfte, Gemüsebrühe und Kräutertees zu sich. Zum Fasten gehört eine Darmreinigung, denn nur mit leerem Darm lässt es sich gesund und angenehm fasten.

Ach Herrje, Gemüsebrühen? Ich scrollte zum nächsten Beitrag.

Der totale Verzicht auf Nahrung löst im Körper eine Stress-Reaktion aus!

Ha, bei mir bestimmt!

Der Energieverbrauch wird gedrosselt, um möglichst lange mit den Reserven auszukommen. Zwar zapft der Körper seine Fettspeicher zur Energiegewinnung an - aber leider auch die wertvolle Muskelmasse. Muskelkrämpfe, Herzrhythmus- und Kreislaufstörungen mit Schwindelanfällen können beim mehrtägigen Fasten auftreten. Auch die Nieren werden unter einer Nulldiät stark belastet. Nierensteine und Gichtanfälle können die Folge sein. Ein Grund, warum Menschen mit Vorerkrankungen diese Methode möglichst nur in einer Fastenklinik durchführen sollten.

Mein Handy vibrierte und unterbrach die Schockbilder, die vor meinen Augen tanzten. Ich

wechselte schnell die App und las die eingegangene
Nachricht von Anke.

*

ʹMahlzeit und Juchu, denn schon bald heißt es: Pack
die Badehose ein, nimm dein kleines Freundelein und
dann geht es ab zum Heilfasten! Mir hat gerade die
Krankenkasse eine Mail mit allen Unterlagen
zugeschickt und daraus kommt hier erstmal das
Wichtigste, damit ihr euren Urlaubsantrag einreichen
könnt: Heute in genau drei Wochen gehtʹs los. Unser
Ziel heißt nicht nur Abnehmen, sondern auch Bad
Salzuflen und unsere Unterkunft nicht Ballermann 6,
sondern Haus der Ruhe. Müsst ihr euch bei
Gelegenheit mal angucken, sieht wirklich nett aus,
also mir gefällt es und es sind ja auch nur fünf
Aufenthaltstage. Ach Mädels, ich freue mich und
wenn ich danach wieder etwas Luft in meiner
Kleidung bekommen sollte, noch mehr. Wir können ja
später noch mal schreiben oder noch besser, kommt
doch einfach heute Abend auf ein Gläschen vorbei.
Noch dürfen wir ja! ☺
Eure Ankeʹ

Mein Magen fing sofort an zu rebellieren und ich
fragte mich in diesem Moment, wozu Heilfasten,
wenn eine Handynachricht schon den Darm reinigen
konnte! Haus der Ruhe ... alleine der Name wird für
uns eine Herausforderung und das ganze sollte schon
in ein paar Tagen starten! Ich, als gut organisierter
Mensch, merkte, wie sich Stresshormone in mir
ausbreiteten, denn es musste bis dahin noch viel

erledigt werden und im Geiste fing ich bereits an zu packen.

Kapitel 4
Bad Salzuflen

Da war der Tag, der unser aller Leben verändern sollte und während mein Mann freiwillig frische Brötchen beim Bäcker holte, packte ich gelangweilt meine Reisetasche, suchte meine Kosmetiksachen zusammen und überlegte, welche Sandalen ich mitnehmen sollte.

>> Ich weiß gar nicht, was du alles einpackst? Du benötigst doch eigentlich nur Bade- und Sportsachen, sowie einen Schlafanzug und deinen Kosmetikbeutel. << Er ging direkt in die Küche durch und klapperte mit dem Geschirr.

Ich reagierte nicht. Stefan wusste eigentlich genau wann der Punkt bei mir war, an dem er mich besser lassen sollte, doch heute nicht, er drehte die Musik am Küchenradio etwas lauter und pfiff mit. Mein Mann pfiff zur Musik?!? Ich hielt kurz inne. Waren das etwa Freudepfiffe, weil er ein paar Tage Strohwitwer war? Pfiff er mich aus, weil ich schlechte Laune hatte? >> Huhu, guck mal um die Ecke, Katja <<, kam es aus der Küche.

Was kamen jetzt denn noch für Spielchen?! >> Um welche Ecke? <<

>> Na zu mir. <<

>> Und warum? << Ich tat es und sah Stefan mit einem Ei auf dem Löffel an der Spüle stehen. >> Prima, das Ei ist schon mal abgeschreckt. <<

>> Sehr witzig, Stefan. «

>> Na ist doch wahr. Du ziehst vielleicht ein langes Gesicht! Ich verstehe das gar nicht. Du hast Urlaub und machst dir mit deinen Freundinnen ein paar schöne Tage! «

>> Schöne Tage? « Ich stopfte die braunen Sandalen in die Tasche.

>> Na immerhin hast du freiwillig zugesagt. Man hat die ja nicht gezwungen. «

>> Stimmt nicht ganz. Gruppenzwang ist auch ein Zwang. «

>> Da soll euch Frauen mal einer verstehen! «

Er hatte ja Recht und im Prinzip freute ich mich auch auf meine Freundinnen, auf den Spaß den wir hoffentlich haben würden und auch auf die Herausforderung, wenn diese nicht Heilfasten, sondern All Inn hieße. Stefan ging zum Wandschrank.

>> Hast du dafür noch Platz? «

>> Für einen Rucksack? Also wandern wollte ich jetzt nicht. «

Stefan lachte. >> Dafür ist der auch nicht gedacht. Es ist dein Notfallrucksack! «

>> Mein Notfallrucksack? «

>> Dein Rucksack für alle Fälle, dein Retter in der Not oder auch einfach nur deine Überlebungshilfe. Ich habe ihn mit ein paar Kleinigkeiten gepackt. «

Abrupt hellte sich meine Stimmung etwas auf und als wir mit dem Frühstück fertig waren, hupte es auch schon vor der Tür.

Anke, unsere Fahrerin, sammelte uns nacheinander zufrieden ein, um mit uns zuversichtlich erfolgreiche Tage zu erleben und startete ihre Runde bei mir.

Ich schnappte meine Reisetasche und meinen heimlichen Proviant-Notfallrucksack, verabschiedete mich von meinen Landschildkröten und meinem uns viel Erfolg wünschenden Ehemann und verstaute meine Utensilien in Ankes Kofferraum.

» Na endlich! Du bist doch sonst immer zeitig fertig. Guten Morgen Katja, setzt dich, schnall dich an und dann geht es los. «

» Guten Morgen Anke, was bist du denn so aufgekratzt? «

» Bin ich gar nicht, aber ich möchte die kostbare Zeit auch nicht vertrödeln. Schreib am besten Hanna an, dass wir in zwei Minuten bei ihr sind, sie trödelt doch immer so und dann kannst du auch gleich Ines Bescheid geben und auf jeden Fall Jana. Jana bitte noch vor Ines, auch wenn wir erst in 15 Minuten bei ihr sind. Wir kennen sie ja! «

» Ey Ey, Sir, wird erledigt. « Und somit sammelten wir alle Mitreisenden ein, verstauten Reisetaschen, kleine Beutel, sowie Rucksäcke und machten uns auf den Weg nach Bad Salzuflen. Jana hatte sich mal wieder nicht an die ´jeder bitte nur eine Reisetasche`- Abmachung gehalten und rollte ihren Koffer stolz über den Parkplatz.

» Was hast du denn alles eingepackt? Wir brauchen doch nur ein paar Sport-und Badesachen. «
» Man(n) weiß ja nie. Mann, mit doppelt N, verstehste? Wer weiß, welche Leckerchen dort auf uns warten! Vielleicht ein netter Bademeister, ein hübscher Masseur, ein … «
Ines rollte mit den Augen und murmelte ein » … nicht schon wieder, Jana. Hört das eigentlich nie auf bei dir? Also langsam bist du doch auch im gesetzten Alter und irgendwann muss doch auch dein Hormonhaushalt mal satt sein. «
» Nur, weil du zu frigide bist, gönnst du mir auch keinen Flirt. Mensch Ines, werde mal locker, es ist doch alles easy. « Doch Ines war zu müde zum Diskutieren, denn sie hatte bis spät in die Nacht noch Essen für ihre Männer vorgekocht, das Haus geschruppt, in der Früh erst ihre Tasche gepackt und nebenbei noch schnell den Vorgarten durchgeharkt.
» Außerdem, was kann ich dafür, dass du deinen Männern alles hinterher räumst und unter einem Putzwahn leidest. Mensch, das Leben besteht doch nicht nur aus Lappen und Eimern. «
Ines schaute eingeschnappt zu Jana. » Das sagst du! Der Managerin von allem, ohne die augenscheinlich gar nichts laufen würde! «
„Na das fing ja schon gut an", dachte sich Hanna, die zwischen den beiden saß. » Was macht ihr zwei denn erst mit eurer Laune, wenn wir nichts mehr zu essen bekommen und ausgehungert ums wahre Überleben

kämpfen müssen? Ich würde mir die noch
vorhandene Energie lieber aufbewahren, sie wird am
Ende der Reise Gold wert sein. «
Jetzt mussten wir doch alle lachen, denn das war
wieder typisch Hanna. Sie liebte Krimis, je
spannender, desto besser und am allerliebsten noch so
richtige Psychos, egal ob im Fernsehen oder als Buch,
sie brauchte immer den Nervenkitzel, deshalb wurde
sie von uns auch gerne Miss Marple genannt.
Anke schüttelte den Kopf. » Mensch Hanna, wir
fahren doch nicht ins Dschunglecamp! Und jetzt ein
Themawechsel, zählt mal lieber eure Ziele auf, die ihr
in den nächsten fünf Tagen erreichen möchtet. «
» Welche fünf Fragen? Habt ihr einen Fragebogen
zugeschickt bekommen? «
» Ich habe nach den Zielen gefragt! «
Hanna schaute suchend aus den Autofenster. »
Schade, habe ich nicht gesehen. «
Ich drehte mich um. » Was suchst du denn? «
» Na die Ziegen, die Anke gesehen hat. «
» Hanaaahhhh «, Jana verdrehet die Augen, nahm
Hannas Kopf in beide Hände und rubbelte am Ohr,
bis es Plöpp machte. » Dachte ich's mir doch. Warum
hast du die alte Hörhilfe mit dem Wackelkontakt
eingelegt und nicht dein neues Hightechgerät? «
» Weil das zu schade wäre. Wenn mir das alte Gerät
beim walking Death herausfällt, ist es nicht ganz so
schlimm. «

Ines tippte sich an die Stirn. »Den Walk würde man mit und ohne Hörgerät nicht überleben. «

»Katja? Jetzt sag du doch mal was, du bist so ruhig. «

»Ich höre euch zu und merke, dass ich mich jetzt doch so langsam auf die paar Tage mit euch freue. «

*

Den Rest der Fahrt sprachen wir mehr über Ankes Problem namens Schwiegermutter. Sie war immer noch extrem wütend und sprach kein Wort mit ihr, höchstens über sie. Auch mit Peter, der sie ebenfalls so enttäuscht hatte, sprach sie nur das Nötigste, teilte ihm sogar erst gestern beim Tasche packen mit, dass sie mit uns verreisen würde und fuhr uns bis zur ersten Pause sichtlich zufrieden über die Autobahn. Jana zauberte gerade eine Flasche Sekt aus ihrer Tasche hervor, doch ein tadelnder Blick von Anke ließ die Flasche schnell wieder verschwinden. »Ich dachte, Jana, dass du in den fünf Tagen mal keinen Alkohol anrühren würdest. «

»Die Würde des Menschen ist zwar unantastbar, aber die vom Sekt nicht, deshalb habe ich extra alkoholfreien gekauft und mich damit in unserem Supermarkt bereits blamiert. «

Hanna schaute irritiert zu Jana. »Wer geht auch schon mit einer Flasche Sekt durch den Supermarkt flanieren. Jana, Jana, manchmal übertreibst du es aber auch mit deinem Drang nach Mittelpunkt. «

Jana stutzte kurz. »Das halte ich nicht aus. «

Ich drehte mich zu Hanna, zeigte auf ihre Ohren, sie schubberte kurz am Gerät bis es Plöpp machte und schon war sie wieder Online. Jana lehnte sich aufatmend zurück und schnappte das Thema von vorhin nochmal kurz auf. » Also nur noch mal für euch zur Information. Ich habe extra alkoholfreien Sekt gekauft, damit ihr nicht ständig meint, ich hätte ein Problem mit Alkohol! «

» Ich denke eher ohne, oder? «

» Danke, Katja, du mich auch. Aber eines sage ich euch. Bei so einem komplizierten und chaotischen Mann wie meinem Henning, würdet ihr auch keinen Abend ohne Doping überstehen. «

Einstimmig rutschte uns allen ein ´Bla Bla Bla` heraus und hüllte Jana ins schweigen.

Ich schaute einem Lebensmitteltransporter hinterher. » Kehren wir gleich oder heute Abend noch irgendwo gemütlich ein? «

Ines sah ebenfalls den LKW hinterher. » Wir? Einkehren? Du weißt schon, dass wir uns die nächsten Tage nur von Tee und Wasser ernähren und mitten im grünen hausen werden? Wir werden von der Welt abgeschirmt und mitten in der Pampa leben. «

Ich guckte ungläubig. » Aber ich dachte, der Kurs fängt erst morgen an und wir könnten heute den Abend ausnutzen und nach Herzenslust nochmal so richtig dinieren gehen! «

Anke schüttelte lachend den Kopf. » Daraus wird wohl nichts. Ich stelle mich lieber auf ein strammes

Programm ein und denke, dass wir direkt nach dem Einchecken gewogen sowie gemessen werden und dann nach einem Stundenplan leben werden. «

Ines nickte von hinten bestätigend. » Und ich fürchte, Anke sagt die Wahrheit. «

» Ist nicht euer Ernst, oder? « Ich schaute Ines mit großen Augen an. » Aber, wenn du doch weißt, was auf uns zukommt, wundere ich mich gerade doppelt, dass du der verrückten Idee zugestimmt hast! «

Ines schaute aus dem Fenster und zuckte mit den Schultern. » Mitgehangen, mitgefangen. «

Na toll! Ich drückte meinen Notfallrucksack, der Dank Janas Koffer nicht mehr im Kofferraum passte, mit den Beinen an den Sitz und war froh, dass Bockwürstchen und Co. jetzt nicht Aua riefen und mich verrieten.

*

Nach gut einer Stunde Fahrt, lasen wir am Ortseingang den Wegweiser zum „Haus der Ruhe". Ich überlegte laut. » Hoffentlich heißt das Haus auch noch so, wenn wir wieder abgereist sind. «

Anke schaute mich von der Seite an. » Aber warum denn nicht? Meinst du wir feiern nachts heimlich eine Poolparty? «

» Warum denn nicht? Ich wäre dabei. Ein bisschen Spaß muss für so viel Geld drin sein, oder? « Typisch Jana. » Und Mädels, falls alle Stricke reißen, ich habe hier links gerade einen großen Biergarten entdeckt. «

In mir kam wieder Leben. » Merk dir bitte den Weg! «

Im Schritttempo fuhr Anke den Alleeweg zum Kurhaus und wir schauten uns still um.

» Stockenten. «

» Ohhh, wo? « Unsere tierliebe Hanna machte sich groß.

» Na da vorne. Die Walkinggruppe da. « Jana zeigte nach links.

» Ach du bist doof. « Hanna schaute zur anderen Seite. » Guckt mal da vorne die riesen Holzliegen! Die sehen aber bequem aus. «

Ich nickte. » Stimmt. Aber meinst du wir haben so viel Glück und auf unserem Stundenplan steht eine Stunden Probeliegen? «

Anke parkte den Wagen in einer Parklücke und drehte sich uns lächelnd zu. » Packen wir´s, Mädels? «

Wir schauten uns an und antworteten skeptisch » machen wir! «

Jana steckte sich darauf mitten auf dem Parkplatz erstmal eine Zigarette an und wurde gleich von mir ermahnt. » Lass dich nicht erwischen. Da vorne habe ich gerade ein Schild mit der Aufschrift Rauchen verboten gesehen. «

Jana tippte sich an die Stirn. » Du spinnst ja « und Ines schaute mich mit großen Augen an. » Wie jetzt? Im Ernst? «

» Ja natürlich, wir haben schließlich gerade den Entgiftungsweg befahren. « Ich blieb ernst, aber nur so lange, bis ich Hannas erschrockenes Gesicht sah und sie hektisch die Zigarette wieder einpackte.

>> Das war gemein, Katja <<, lachte Ines mit mir, doch so ganz sollte ich mit diesem Scherz nicht verkehrt liegen.

Kapitel 5
Die Hausordnung

Anke, ab heute keine Gelegenheits-, sondern Neu-Nichtraucherin, ging schon mal zur Rezeption. Ich schaute mir das Haus von außen an, welches wie ein kleineres Familienhotel mitten in einer gepflegten Parkanlage gebaut wurde. Freudig nahm ich wahr, dass die Zimmer mit einem kleinen Balkon ausgestattet waren und im Kellerbereich konnte ich ein kleines Hallenbad entdecken. Der Außenbereich wirkte sehr gepflegt, sämtliche Rasenflächen waren mit den gemütlich wirkenden Relax-Liegen und Bänken ausgestattet und alles wirkte total gepflegt. Ich drehte mich um, entdeckte eine wunderschöne Trauerweide und da ich diese Bäume mochte, holte ich mein Handy hervor und machte ein Foto von dem Riesen.

Jana schaute von mir zum Baum. >> Also Katja, ich an deiner Stelle würde das Handy schnell wieder einstecken. Für manche sind Smartphones nämlich eine Sucht und diese suchen ebenfalls Hilfe in solchen Einrichtungen wie hier. Die Krankheit nennt man digitales fasten. <<

>> Quatsch. <<

>> Nicht quatsch, kannst du mir glauben. <<

Ines meinte darauf nur trocken. >> Gut, dass wir wieder Handyverbot haben <<, denn immer, wenn wir zusammen verreisten, wurden unsere Handys in

Quarantäne gelegt, um die Zeit gemeinsam zu verbringen und nicht ständig abgelenkt zu werden. »Ja klar, neuer Ort, alte Sitten! Handynutzung nur jeder in seinem Zimmer.« Man hörte Jana quasi heraus, dass sie froh war, ein paar Tage nichts von ihrem Henning hören zu müssen, doch Hanna legte ein Veto ein. » Aber nur, wenn ich es wieder für Notfälle mitführen kann. Alleine schon wegen Fynn! « » Na klar, Hanna, dein Junge wird doch auch erst volljährig! Das gleiche gilt natürlich auch für Ines!« »Das fehlte mir noch! Yannik geht seinen eigenen Weg und interessiert sich weder für mich noch meiner Reise. Er wird 18, Jana!« » Fynn auch und Hanna möchte trotzdem gerne die Rundum-Sorgenmama spielen. « Hanna schnaufte. » Hättest du Kinder, würdest du wahrscheinlich genauso reagieren. « » Ich? Eher unwahrscheinlich. « Jana war mit dem Thema durch. Wir folgten Anke an die Rezeption und waren froh, dass unsere Pingeltante Ines alles ordentlich fand. Wenn jetzt das Zimmer noch sauber war und im Obergeschoß lag, hatte Ines ein gutes Gefühl, Jana hingegen hoffte auf ein Zimmer im Erdgeschoß, damit sie sich bei Bedarf nachts nochmal rauschleichen konnte. Wohin? Das fragten wir lieber nicht und wurden alle von der netten Dame namens Lucia an der Rezeption empfangen. Nach ein paar netten Worten unterschrieben wir alle ein Merkblatt, wobei Hanna, die keine Lesebrille trug, allen Ernstes

fragte, ob wir jetzt die Hausordnung unterschreiben mussten. Lucia schien Spaß zu verstehen, schaute auf ihre Armbanduhr und bat uns, in einer Stunde zu einem Erstgespräch bei Janina im Erdgeschoss des Nebengebäudes zu erscheinen, bevor sie an uns die Zimmerschlüssel verteilte und auf ein rotes Blatt am schwarzen Brett zeigte. » Übrigens, nur für den Fall der Fälle – die Hausordnung steht dort auf dem Zettel; hängt aber auch in jedem Zimmer an der Innentür. « Nett kniff sie Hanna ein Auge zu. Wir packten unsere Taschen, drehten uns dem Aufzug zu und als dieser seine Türen öffnete, entstieg dem eine stattliche Person. » Ah, die neuen Gäste! Herzlich Willkommen im Haus der Ruhe. « Sie reichte uns allen die Hand. » Mein Name ist Beate Rottenmeier und ich bin die Inhaberin dieses schönen Anwesens, welches bereits in dritter Generation geführt wird. Ich hoffe, Sie hatten eine angenehme Anreise? « Wir alle nickten artig und grüßten höflich zurück. » Unser Hotel verfügt über 25 Hotelzimmer, mehrere Kursräume, ein Schwimmbad und sehr viel Natur. Wie ich sehe, hat meine Mitarbeiterin Lucia bereits die Zimmerschlüssel verteilt und Sie auch auf die Hausordnung hingewiesen? «
» Ja natürlich. Ausführlich. « Anke konnte gut schauspielern.
» Prima. Dann wünsche ich Ihnen allen einen schönen und erfolgreichen Aufenthalt und ach ja, ich hatte Sie vorhin auf dem Parkplatz rauchen gesehen. Also

Rauchen wird hier im Haus strikt verboten, aber da wir es unseren Gästen nicht verwehren können, steht vor der Glas-Eingangstür ein Standaschenbecher. Auf den Zimmern, sowie dem Balkon darf absolut nicht geraucht werden. «Sie schaute wie eine strenge Lehrerin über ihr Brillengestell in die Runde. » Wer weiß, vielleicht haben Sie bei ihrem Programm gar kein Verlangen mehr nach einer Zigarette? Ich wünsche es Ihnen. «

Na die hatte Haare auf den Zähnen und wir Glück, alle Zimmer befanden sich neben- beziehungsweise übereinander. Ines, Hanna und ich bezogen jeder ein Balkonzimmer in der ersten Etage und Jana mit Anke, ebenfalls als Nachbarn, direkt unter uns die Terrassenzimmer. Alle Zimmer waren serienmäßig mit einem kleinen Fernseher, einer Sitzecke, einem Doppelbett und einer leeren Minibar ausgestattet und von der kleinen Terrasse, sowie dem Balkon aus, hatte man einen schönen Ausblick zum Dorfkern mit vielen Fachwerkhäusern und einer Kirche. Ich ließ meine Balkontür offenstehen und räumte meine paar Sachen in den Kleiderschrank. Naja, vielleicht würde es doch ein ganz netter Aufenthalt werden, dachte ich beim Einräumen und überlegte fieberhaft, woher ich den Namen Rottenmeier kannte, als mich mein Magen heute nicht zum ersten Mal laut anknurrte. Kurz überlegte ich, ob ich mein Hungergefühl mit einem Glas Leitungswasser beruhigen konnte, doch dann fiel mir mein Notfallrucksack ein, der mich brav auf dem

Beistelltisch beobachtete. Ich setzte mich aufs Bett, schaute stur meinen Rucksack an und überlegte, ob ich ihn nur öffnen sollte, damit die Lebensmittel nicht verdarben! Wieder meldete sich mein Magen mit einem lauten Knurren. Klar, er war sauer, schließlich hatte er heute noch keinen Schokoriegel oder ähnliches zum Verdauen bekommen! Ich starrte wie gebannt auf den Rucksack und eine innere Stimme ermahnte mich, jetzt nicht schwach zu werden, doch leider wurde diese durch eine andere übertrumpft, die mir den Inhalt des Rucksackes aufzählte.

Wahrscheinlich war mein Gehirn jetzt schon unterzuckert, denn ich hörte die zweite Stimme viel deutlicher und öffnete wie in Trance nur einen kleinen Spalt den Reißverschluss und erblickte direkt Salamisticks. Voller Freude mussten meine Augen meinem Körper signalisiert haben, dass Nachschub in Sicht war, denn ich merkte Glücksmomente in mir hochsteigen und ehe mein Verstand „nein" sagen konnte, setzte ich mich mit zwei Sticks zurück auf mein Bett und genoss mit geschlossenen Augen die herrlich schmeckenden Salamistangen.

>> Katja? Hallo? Frau Nachbarin? << Hanna schaute von ihrem Balkon direkt in mein Zimmer.

>> Moment! <<, nuschelte ich. Schlucken, Katja, Kauen und Schlucken. Scheiße. Schlucken, schlucken, schlucken!

>> Sag mal, isst du da? <<

» Moment! « Ich kaute wie eine Weltmeisterin,
schluckte nochmal und atmete tief durch. » Komme! «
» Ich hör das doch! «
Ich ging auf den Balkon. » Was hörst du? «
» Na dass du gekaut hast. «
Hanna hatte mich Essen gehört? » Wie soll man das
gehört haben? Und gerade du? Trägst du jetzt eine
Turbo-Hörhilfe? «
Hanna grinst schief. » Lieber nicht, dann würde ich zu
viel hören. Aber es reicht manchmal schon, wenn
meine anderen Instinkte noch einwandfrei
funktionieren und meine Nase signalisiert mir gerade,
dass es hier verdächtig nach Salami riecht! Katja? «
Ich konnte einfach nicht lügen und nickte. » Verrate
mich bloß nicht. «
» Aha! Wusste ich´s doch. «
» Das war Stefans Idee «, rechtfertigte ich mich und
zeigte auf den Rucksack. » Für den Notfall. «
» Du hattest jetzt schon einen Notfall? «
» Naja, es ging, aber mich nervte das knurrende
Geräusch meines Magens… «
» … der dir leid tat und deshalb hast du ihn gefüttert!
«
Ich grinste über ihre Beschreibung. » Magst du auch
etwas? Vielleicht einen Schokoriegel? «
» Da fragst du noch? Ja natürlich, alleine schon als
Rache für deine Unterschlagung und ehrlich gesagt
habe ich dich nicht Essen gehört, sondern das hat der
Wandspiegel verraten. Aber Respekt, Katja, so schnell

habe ich noch nie jemanden kauen und schlucken gesehen. «

» Ha ha, sehr witzig. «

» Fand ich auch. «

Ines erschien just auf den Balkon, als Hanna den Riegel verdaut hatte. » Sagt mal, meint ihr, das Wasser auf dem Tisch ist gratis? « » Gute Frage. Steht denn da kein Preisschildchen? « » Ich habe keines gesehen, bin mir aber unsicher. Nicht, dass das angebliche Heilwasser nachher 15,- € kostet. Thomas fand den Preis schon teuer genug für die paar Tage Aufenthalt hier und will für den Kurs auch Erfolg sehen. « » Inwiefern? Meint er, du hörst in den fünf Tagen auf zu rauchen oder kommst als Claudia Schiffer nachhause? « Hanna mochte Thomas, aber seine Ansichten und Erwartungen fand sie manchmal mehr als seltsam und da Ines schon mindestens fünfmal vor einem Auszug samt Scheidung stand, ging ihr das 'Thomas`-Getue auf die Nerven. » Manchmal verstehe ich dich nicht Ines. Du schuftest den ganzen Tag um deinen Mann und auch Yannik zufrieden zu stellen, schmeißt zwei Jobs, Haushalt und Co. und dann stellen die beiden Machos noch Ansprüche! Wird mal langsam Zeit, dass sich das Spiel dreht und du dich im Garten auf die Liege legst, während die beiden den Haushalt wuppen. Ganz ehrlich, was spielt das denn für eine Rolle wie teuer die paar Tage Aufenthalt hier sind? Du verdienst doch dein Geld, oder nicht? « Ich staunte über Hannas Ausbruch und schob es direkt auf Unterzuckerung, denn sie ließ sich nicht stoppen. » Jetzt mal ehrlich Mädels, wir sind nun mal keine zwei mal zwanzig mehr, sondern tendieren in Richtung dreimal zwanzig und mit Ü50 darf man auch rechts und links ein Speckröllchen besitzen, Falten bekommen und auch mal keine Lust zum Funktionieren haben. Ehrlich, mich regt so etwas total auf, denn wir sind doch die, die auf schöne Haare achten und die grauen zeitig wegfärben, wir nutzen Tages und Nachtcremes, machen Maniküre und Pediküre und versuchen, Altersflecken wegzuzaubern und was machen die Männer? Die laufen mit Hornhaut herum, kennen Pflegeprodukte nur aus der Werbung und sind noch stolz auf Ohr und Nasenhaare. Also ich kenne jedenfalls keine Frau mit solchen Gestrüppen im Gesicht, wie manche Männer es habe. Und jetzt? Jetzt mosern die Herrschaften noch an unserem Hüftgold herum und schieben selbst einen Bierbauch spazieren. Irgendwann muss doch mal Schluss sein. «

Ines und ich starrten unsere Hanna erstaunt an, als Jana von unten Beifall klatschte und auf den Fingern pfiff. » Genau Hanna! Ich merke schon, die Kurluft löst bei dir die ersten Blockaden. « Sie stieß noch einen lauten Pfiff aus, als sich rechts neben mir die Balkontür öffnete und sich eine wütende in einem bunten Kaftan steckende Frau laut beschwerte. » Hat man nicht mal hier seine Ruhe vor solchem Hotten-Totten-Gesindel? Es handelt sich hier um ein Haus der Ruhe und um diese bitte ich Sie gefälligst. Wenn Sie dem Lesen gewachsen sind, sollten Sie sich erstmal mit der Hausordnung auseinandersetzen, bevor Sie hier Unruhe stiften, denn das hat schnelle Konsequenzen. Ganz schnelle. « Sagte es und verschwand wieder.

Anke, die mittlerweile auch auf ihrer Terrasse erschien und zu uns hochguckte, fiel die Kinnlade runter. » Was war das denn für ein Paradiesvogel? Hätte glatt meine Schwiegermutter sein können. «

» Das war auch mein erster Gedanke «, gab ich leise zu und bevor sich die Situation jetzt zuspitzte, schlich ich wieder in mein Zimmer, um Stefan schnell von unserer Ankunft zu schreiben und als ich meine Nachricht absendete, kam von Anke eine rein:

Treffen unten in der Lobby. Wir haben in genau 15 Minuten unsere Einweisung in das bevorstehende Programm. Bis gleich und P.S.: denkt dran, nichts heimlich Essen und nur Wasser trinken. Auch du, Jana! 😊

Apropos Essen. Schnell holte ich meinen Rucksack hervor und schaute nochmal meine Notfallpakete an. Nur gucken, Katja, nur gucken! Schokoriegel, Chips, Lakritz, Kekse, Fünf Salamisticks – ach ne drei, Minikäse, eine Flasche Cola – natürlich Zero - und einen kleinen Piccolo. Beruhigt, nicht verhungern zu müssen, versteckte ich den Beutel im Schrank und machte mich auf den Weg zur Lobby, wo Anke bereits wartete. » Wie ich das verstanden habe, ist Janina unsere Ansprechpartnerin und Kursleiterin. Wie sagt man heute neumodisch – unsere Personaltrainerin? Sie teilt uns bestimmt gleich in diverse Kurse ein, die exklusiv für uns ausgelegt wurden. «

» Wie? Sind wir nicht alle im selben Kurs? «

» Das weiß ich nicht, aber ich denke, der wird personenbezogen sein. Jana muss ja nicht unbedingt abnehmen, deshalb wird sie bestimmt in einen anderen Kurs eingetragen wie ich. Mensch wo bleiben denn, ach, da kommt Ines ja schon mal. « Anke winkte ihr zu, denn sie wirkte irgendwie verunsichert.

» Alles in Ordnung bei dir? Ist dein Zimmer sauber genug? «, zog sie unseren Pingelkopp auf.

» Alles gut und wirklich picobello sauber. Ich habe nur jetzt schon so einen Hunger! «

» Ich doch auch. «

Ich drehte mich schnell weg. » Ich geh nochmal kurz hoch zu Hanna. Entweder findet sie den Weg nicht oder sie ist eingeschlafen « und verschwand schnell. Hanna öffnete mir nach ein paar Mal heftigem Anklopfen mit müden Augen. » Was ist denn los? «

» Mensch Hanna, wir warten schon auf dich. «

» Aber warum und wo? «

» Na in die Lobby, hatte Anke doch vorhin geschrieben. «

» Muss ich wohl vergessen haben. «

>> Dann geb jetzt Kniegas und nehme dir vorsichtshalber neue Batterien mit, nicht das du vom Vortrag nichts mitbekommst. <<

Hanna grinste. >> Dann sollte ich sie vielleicht besser vergessen. Was wird das denn überhaupt für ein Vortrag? Ich dachte, wir können draußen auf den Liegen chillen oder mal schwimmen gehen, so wie wir möchten, schließlich haben wir doch Urlaub. <<

>> Urlaub? Na dann lass dich mal gleich überraschen, was die hier Urlaub nennen! <<

Als wir in der Lobby ankamen, war Janina bereits anwesend und begrüßte uns lächelnd. Es fehlte nur noch Jana und Taraaa, da kam sie den Hotelgang entlang. Was heißt ging, sie stolzierte! Anke verdrehte die Augen und wandte sich an unsere neue Kursleiterin:

>> Darf ich vorstellen, unser Extrawürstchen Jana. <<

Kapitel 6
Die Materie des Heilfastens

Wir versuchten mit unserer Personaltrainerin Schritt zu halten und eilten hinter ihr die Treppe hinauf, holperten den Flur entlang und landeten in einem kleinen lichtdurchfluteten Raum mit einer herrlichen Dachterrasse. Janina ließ uns erstmal wieder zu Luft kommen und deutete auf die im Kreis aufgestellten Stühle. Hanna schaute mich laut atmend mit großen Augen an, bevor sie sich neben mir auf einen Stuhl niederließ. Wie zwei Dampfzüge atmeten wir um die Wette, dabei waren es doch nur sportliche drei Etagen im Eilmarsch gewesen!

» Herzlich Willkommen im Haus der Ruhe. Ein traditionelles Haus, welches erst im letzten Jahr mit fünf Sternen ausgezeichnet wurde. Wir halten es hier recht locker mit allen Gäste, denn sie sollen sich hier wohlfühlen und bevor ich euch in unseren, sagen wir mal, Stundenplan der nächsten Tage einweihe, möchte ich einmal in die Runde fragen, ob ihr damit einverstanden seid, wenn wir uns per Vornamen anreden. Wir, das sind nicht nur wir Mitarbeiter, sondern auch die Gäste, finden es meistens persönlicher. Seid Ihr alle damit einverstanden? « Wir nickten brav. » Sehr schön. Also mein Name ist Janina, ich bin 28 Jahre alt und habe direkt nach meiner Ausbildung zur Physiotherapeutin, hier, in dieser Wohlfühloase, meinen Traumjob gefunden und dieses Wohlfühlen möchten wir natürlich an unsere Gäste weitergeben. Gerne würde ich als erstes von euch erfahren, warum Ihr euch für das Haus der Ruhe und dem Heilfasten entschieden habt? « Wir schauten uns an, keiner wollte den Anfang machen, bis Ines sich meldete. » Anke hatte die Idee und könnte vielleicht anfangen. « » Na gut «, räusperte sie sich. » Also mein Name ist Anke und mich hat ein fieser Spruch meiner Schwiegermutter auf die Heilfastenidee gebracht. Wissen Sie, ähhh, weißt du, Renate, meine Schwiegermutter, reibt sich die Hände, dass ich zu meiner Silbernen Hochzeit nicht mehr in mein Hochzeitkleid passe. Naja und da ich gerne oder eher sehr gerne esse, fällt mir das Diäten Zuhause total schwer und hier verspreche ich mir in fünf Tagen ein paar Kilos abzunehmen. Gemeinsam, statt einsam und es wäre toll, wenn die Waage am Ende gerne fünf bis sechs Kilo weniger anzeigt. Unser Jubiläumstermin rückt immer näher und ich würde dem alten Drachen ungerne Recht geben, was mein Kleid betrifft. « Janina machte sich Notizen, bedankte sich bei Anke für ihre Offenheit und nickte mir lächelnd zu. Oh Gott, ich hasste solche Spielchen. » Ja, ähhh, hallo Janina, mein Name ist Katja. Also ich würde es Anke gerne nachahmen und dachte an etwas Sport, also walken oder schwimmen, nur keinen Marathon! Ich habe unserer Freundin zuliebe zum Heilfasten eingewilligt, obwohl es mir mit Sicherheit auch nicht schaden könnte, hätte ich ehrlich gesagt ein Wellness-Wochenende vorgezogen. «

Janina lachte kurz auf und notierte sich wieder etwas in ihr Heftchen. » Danke, Katja und schön, dass du deiner Freundin zuliebe auf einen 'normalen` Urlaub verzichtest. Das finde ich wirklich sehr schön. Okay, kommen wir zur nächsten Dame. «

Hanna war abgelenkt, denn ein Eichhörnchen sprang draußen zwischen den Blumenkästen. Ines, die das bemerkte, knuffte sie in die Seite.

» Was denn? «

» Na du bist dran. «

» Wie war denn die Frage? « Und wir mussten lachen. Das war typisch Hanna, wenn sie Tiere sah, vergaß sie die Welt.

» Ich würde mir gerne notieren, was du mit dem Heilfasten bezwecken möchtest. «

» Also ich bin zwar tierlieb, aber Zecken! «

Janina gucke erstaunt von ihren Notizen hoch. » Wie bitte? «

» Brigitte? Nein, ich heiße Hanna. «

Jetzt musste ich doch lachen. » Hanna? Hast du deine Ersatzbatterien nicht eingesteckt? «

» Nein wieso auch? Wir sind doch hier zum Abschalten, oder nicht? «

Nachdem wir uns alle über ihren Wortwechsel die Lachtränen aus den Augengewischt hatten, fing Janina noch einmal mit ihrer Frage an, diesmal aber lauter und langsamer und unsere Freundin verstand.

» Ich bin ehrlich. Eigentlich müsste ich auch abnehmen, aber ich und mein innerer Schweinehund finden da nicht zusammen, deshalb würde ich gerne die Liegen draußen ausprobieren. Ich habe in irgendeiner Broschüre gelesen, dass Heilfasten auch etwas mit „innere Ruhe wiederfinden" zu tun hat und da sehe ich mich als beste Kandidatin. «

Janina lächelte wieder. » Ja das stimmt schon, aber hm, ehrlich gesagt, fände ich es deinen Freundinnen gegenüber etwas unfair, wenn alle hier fünf Tage lang auf Gelüste verzichten und du dich quasi nur ausruhst. Wie sieht es denn bei dir mit Sport aus? «

» Mord? Ich liebe Krimis! «

» Sport. « Widerholte Janina lauter.

» Ach Sport, ja soll es geben, aber nicht bei mir. Wenn ich mit meiner Luna jeden Morgen durch die Felder Gassi gehe, ist das mein täglicher Sport, ansonsten ist es der Haushalt und das Pakete tragen meines pubertierenden Sohnes. «

Janina machte sich schmunzelte Notizen. » Na gut, dann kommen wir zu dir «, und zeigte auf Ines.

» Ja Hallo erstmal, ich bin die Ines. Mein Sport nennt sich zwei Jobs, ein Haus, ein Garten und zwei Männer. Wegen meinem Rücken versuche ich mich noch regelmäßig, heißt einmal in der Woche, mit Rehasport. Was ich mir von den fünf Tagen erhoffe, ist mein Gewicht zu reduzieren, aber vielleicht auch meinen Rücken zu stärken. « Die Worte kamen bei ihr wie auswendig gelernt heraus.

>> Prima, da haben wir ja schon gleich zwei Ansatzpunkte. Danke dir, Ines. Kommen wir nun noch zu …? «

>> … Jana. Ich wollte gerade schon sagen, das Beste kommt immer zum Schluss, deshalb bin ich auch gerne das Schlusslicht. « Sie lachte über ihren eigenen Witz und ich meinte, eine Duftnote Sekt schwebte mit den Worten mit. Sie wird doch wohl nicht…aber andersherum traute ich es ihr schon zu.

>> Deine Frage, was ich unter Heilfasten verstehe oder was ich in den fünf Tagen erreichen möchte, kann ich leider nicht beantworten. Mein Ziel war oder ist es eigentlich, mir schöne Tage zu machen, vielleicht auch mal einen Biergarten oder eine Disko zu besuchen, eben einfach nur um Spaß haben. Spaß gehört für mich zum Urlaub dazu, hicks. « Anke rollte schon wieder genervt die Augen und wedelt sich Luft zu. Entweder roch sie auch den Alkohol oder sie hatte eine Hitzewelle.

Janina schaute erstaunt Jana an. >> Naja, also so richtig Urlaub wird es für dich dann wahrscheinlich nicht werden, denn dann hättest du ein Hotel im Ort buchen müssen. Ausflüge, wie Biergarten und Diskobesuche, sind bei unseren Arrangements auch weniger vorgesehen. Nicht, dass du mich falsch verstehst, Du wirst hier im Haus nicht eingesperrt, aber wir sind hier auch kein Tanzlokal und die Menschen, die sich bei uns für das Heilfasten angemeldet haben, suchen irgendwo eine

Unterstützung, die sie bei uns finden sollen. Es wäre denen sehr unfair gegenüber, wenn der eine hungert und der andere sich zum Beispiel eine Pizza liefern lässt und da deine Krankenkasse einen Teil der Kosten hier übernimmt, muss ich auch darauf hinweisen, das eine intensive Teilnahme an unseren Programmvorschlägen verlangt wird. «

Jana schnaubte etwas, wahrscheinlich hatte sie sich das hier anders vorgestellt. » Wellness und Massage fallen für mich aber schon in die Kategorie Fasten, denn ich verzichte in diesen Momenten auf Freizeit und Spaß, hicks. «

» Naja, nicht wirklich. Aber es gibt auch Anwendungen, die etwas weniger sportlich, dafür mehr angenehm sind. «

» Die kenne ich auch, aber ich habe hier noch keinen Gescheiten gesehen, der mir dafür zusagen würde. «

Hanna drehte sich zu ihr um. » JANA! Geht das schon wieder mit dir und deiner Flirterei los? Ich finde, dass gehört jetzt nicht hierher und außerdem wirst du doch wohl mal fünf Tage ohne männlichen Kontakt auskommen, oder nicht? «.

» Komisch, so etwas hörst du, ne? Und natürlich gehört das für mich zum Urlaub dazu, schließlich sind wir hier in einem Kurort und einen Kurschatten hat noch keinem geschadet, hicks. «

Uns war ihr Verhalten peinlich. Janina hatte auf Janas Worte nicht interessiert reagiert, sich nur noch ein paar Notizen gemachte und allen einen Fragebogen zum Ausfüllen in die Hände gedrückt. » Hier tragt ihr mir bitte Krankheiten, Medikamenteneinnahmen, Allergien und so weiter ein. Ihr werdet hier drei Mahlzeiten am Tag erhalten, also hungern braucht hier niemand – nur am Anfang, aber dafür gibt es reichlich Wasser- und Teestationen. Bitte trinkt am Tag mindestens drei Liter und vergesst nie: jeder Körper nimmt das plötzliche Heilfasten anders auf, aber es macht sich bezahlt, dass die meisten Gäste sich immer in Nähe der Sanitäranlagen aufhalten.

Die Mahlzeiten werden gemeinsam im Speiseraum neben der Rezeption eingenommen. Die Zeiten stehen am schwarzen Brett. Im Speiseraum ist ein Tisch für euch reserviert, die Tischnummer ist die acht. Hanna? Hast du bisher alles verstanden oder rede ich zu schnell beziehungsweise zu leise? «

» Nein alles gut. Danke. «

» Gut, dann mache ich weiter. Falls jemand von euch Fragen hat, unterbrecht mich bitte einfach. Ihr werdet auf eurem Tisch eine blaue Mappe vorfinden, in der sich ein Terminus-Bogen befindet. Auf diesem Papierbogen steht senkrecht das Wort Fasten. Da ihr zu fünft am Tisch sitzt, habe ich jedem einen Buchstaben des Wortes zugeordnet. Ich bin jetzt einfach die Reihe nachgegangen, wie ihr hier sitzt; ihr könnt aber gerne noch untereinander eine andere Namensfolge eintragen. Bitte tragt einmal am Tag, also morgens, mittags oder abends, jeder zu seinem Buchstaben, das Wort ein, was er gerade fühlt oder empfindet. Einfach das Wort in die Spalte eintragen, seht ihr, so wie hier. Ich habe bei den Buchstaben F mal als Muster die Spalten mit Freude, Fortschritt, Fleiß, Freiheit und Frieden ausgefüllt. Ihr werdet über den Wandel des Bogens erstaunt sein. « Janina hielt den Zettel hoch um ihn uns zu zeigen...

		Tag 1	Tag 2	Tag 3	Tag 4	Tag 5
$\mathcal{F}$	=	Freude	Fortschritt	Fleiß	Freiheit	Frieden
$\mathcal{A}$ Anke	=					
$\mathcal{S}$ Katja	=					
$\mathcal{T}$ Hanna	=					
$\mathcal{E}$ Jana	=					
$\mathcal{N}$ Ines	=					

... und erklärte anschließend weiter.

>> Jeden Morgen, auch ganz wichtig, wird gewogen, das heißt vor dem Frühstück. Unsere Waagen

befinden sich im Erdgeschoß, direkt gegenüber der Eingangslobby. Es handelt sich um eine digitale Waage. Ihr braucht euch lediglich auf das linierte Waagesymbol stellen, dann erfolgt die Messung selbstständig und das Ergebnis wird jedem diskret auf einem Display angezeigt. Nachdem Frühstück werden Übungen und Anwendungen in verschiedene Bereiche angeboten, meistens starten wir mit einer Gemeinschaftsübung, um den täglichen Ansporn zu fördern, sowie den Zusammenhalt und Austausch zu stärken. Beginnen werdet ihr morgen früh mit Walken. Je nach Kurs wird dieser zwischen einer und zwei Stunden stattfinden. « „Ach herrje, ganz schön streng hier alles", dachte ich und nahm heimlich von meinem Notfallrucksack Abschied.

>> Jetzt füllt bitte in aller Ruhe die Fragen auf den Bogen aus, den ich anschließend auswerte und mit dieser Auswertung, werde ich euren ganz persönlichen Stundenplan zusammenstellen. Seid ihr damit einverstanden? «

Wir nickten alle, denn wir sahen keine Alternative. Jana sich meldete. >> Könnte ich vielleicht einen Aschenbecher bekommen? Die Terrasse sieht so einladend aus, dass ich den Wisch lieber bei einer Zigarette ausfüllen würde, hicks. «

Janina schaute von ihren Notizen hoch. >> Also das tut mir jetzt leid, aber das Rauchen ist auf dem ganzen Hotelgelände verboten. «

» Ist ja wohl ein Scherz, oder? Warum das denn? Ich meine, wir sind doch hier nicht in einer Jugendherberge? « Jana tippte sich mit dem Kugelschreiber an die Stirn.

Janina grinste etwas. » Naja, ein bisschen vielleicht schon. Alkohol sowie Zigarettengenuss sind hier verboten, da wir auch Gäste haben, die kein Heilfasten machen wie ihr, sondern auf Genussmittelentzug sind. Darunter fallen nicht nur Alkoholiker oder Nikotinsüchtige, sondern auch Workaholiker, Spieler, Medien- und auch Kaufsüchtige, bis hin zu Magersüchtigen und Bulimie-Patienten. Deshalb bitte ich euch Rücksicht auf die anderen Teilnehmer im Hotel zu nehmen. «

» Selbstverständlich! «, schloss Anke schnell das Thema, bevor es einer von uns noch wagte jetzt zu widersprechen und während wir stillschweigend den Fragebogen ausfüllten, reichte uns eine Servicekraft jedem eine Schale Kräutertee. Ich war ja leider kein Kaffeetrinker, mochte dafür aber Tee in sämtlichen Sorten, aber was uns da eingeschüttet wurde, war absolut nicht definierbar und ich sah, dass Hanna genauso eine Gesichtslähmung nach dem ersten Schluck Kräutertee bekam, wie ich.

Janina bemerkte es grinsend. » Glaubt mir, ihr werdet euch daran gewöhnen. «

Ich bezweifelte es, aber Anke fand das Getränk ganz lecker, naja, manches konnte man sich vielleicht schönreden, aber trinken?

Kapitel 7
Horst

Janina hatte sich zum Auswerten kurz an ihrem Schreibtisch zurückgezogen und stand jetzt wieder vor uns. >> So meine Lieben, ich würde gerne noch ein paar Worte über das Heilfasten verlieren, anschließend händige ich jedem von euch den Fünf-Tages-Plan aus und dann wird es auch schon Zeit für euer erstes Mittagsessen. Wenn ihr noch Tee möchtet, könnt ihr euch rund um die Uhr bedienen. Tee und Wasser werdet ihr bei uns, wie bereits erwähnt, an vielen Stationen vorfinden. Beides sollte euer ständiger Begleiter sein. <<
>> Na den habe ich mir eher knackig und lebendig vorgestellt <<, nuschelte Jana wieder.
>> Lasst uns in die Materie des Heilfastens einsteigen. Heilfasten sollte nicht unterschätzt werden. Es ist eine natürliche Form des menschlichen Lebens und hat eine jahrhundertealte Tradition. Das Heilfasten übt auf viele Menschen eine große Faszination aus. Denn fast jeder kennt irgendjemanden, der schon einmal gefastet hat und von wunderbaren Erfahrungen und Erlebnissen berichten konnte, dabei geht es übrigens so gut wie nie allein um eine Gewichtsabnahme. Zwar nimmt man beim Fasten meist auch überflüssiges Gewicht ab, doch ist der Sinn und Zweck des Fastens nicht das Abnehmen, sondern eine körperliche und auch eine geistige Reinigung. Viele Menschen können

sich überdies allein durch das Fasten heilen. Ja, oft kann das Fasten regelrechte Wunder vollbringen. Keine andere Maßnahme erfordert eine ähnlich starke Willenskraft und kaum eine andere Methode konfrontiert so stark mit den eigenen Süchten, Emotionen und Gedankenspiralen wie das Fasten. Dennoch: Menschen, die schon einmal gefastet haben, möchten es immer wieder tun. Nicht nur wegen des nach wenigen Tagen einsetzenden Hochgefühls, sondern auch, weil das Fasten langfristig echte Heilung bringen kann. Das Heilfasten hat also nichts mit den Fastenmethoden zu tun, die heutzutage in der Fastenzeit oft zwischen Fasching und Ostern praktiziert werden und allenfalls darin bestehen, mal ein bisschen auf Alkohol zu verzichten, weniger Schokolade zu naschen oder nicht mehr so viel fernzusehen. « Janina schaute dabei zu Jana, nahm selbst einen Schluck Tee und ich wunderte mich, wie sie die grüne Plörre ohne Gesichtsverzug trinken konnte. » Das echte Heilfasten hingegen ist ein tiefgreifender Prozess, der viel verändert – im Körper und auch im Geist. Leidet jemand von euch eigentlich unter Rheuma? «

Wir schauten Hanna an, die hochschrak. » Was habe ich gemacht? Habe ich geschnarcht? « Sie wandte sich an Janina. » Das war keine böse Absicht. Nicht, dass mich das Thema Heilfasten nicht interessieren würde, aber durch meine Medikamente werde ich schnell müde, wenn ich irgendwo so monoton sitze und zuhöre. Sorry. «

» Kein Problem, ich fragte gerade, ob jemand von euch an Rheuma leidet, denn ein ausgeprägtes Bewusstsein für die Ernährung ist hilfreich und zum Beispiel sind bei Rheuma antientzündlich wirkende Lebensmittel extrem wichtig. Heilfasten lenkt den Fokus auf mehr Achtsamkeit für das Essen, die Bewegung, die Natur und auch die Entspannung. « Janina verteilte direkt eine zweite Runde Kräutertee.

» Dann könnte das Heilfasten tatsächlich etwas für dich, Hanna, sein. Es könnte der Einstieg in ein neues Leben werden, denn oft heißt, es bei Rheumapatienten würden die Symptome während des Fastens zu einer Verbesserung führen. Sobald dann die Patienten wieder zu ihrer normalen Ernährung zurückkehrten, würden die Symptome spätestens zehn Tage nach Abschluss des Fastens erneut auftreten. Fasten ist kein Allheilmittel, das jeden Erkrankten in wenigen Tagen auf Dauer heilt. Eine Studiengruppe aus 27 Teilnehmern verbrachte hier mal zwei Wochen, fastete sieben bis zehn Tage lang und ernährte sich dann für drei bis fünf Monate lang Vegan und Gluten frei. Anschließend sollten sich die Probanden bis zum Ablauf des ersten Jahres lacto-vegetarisch ernähren. Nach den ersten vier Wochen ging es der Fastengruppe sehr viel besser. Die Schmerzen waren geringer, die Gelenke fühlten sich viel weniger steif an und waren nicht mehr so geschwollen. Auch die

Entzündungsmarker im Blut waren gesunken. In der Kontrollgruppe war nur der Schmerz besser geworden. Nach einem Jahr ging es der einstigen Fastengruppe, die sich das ganze Jahr über gesund ernährt hatte, immer noch prima. Das Fasten allein kann also langfristig nicht viel bewirken, wenn man nicht anschließend die Ernährung dauerhaft umstellt und einen gesunden Lebensstil pflegt. « Janina machte eine Pause, denn sie sah unsere Köpfe qualmen. Ines wurde auf ihrem Stuhl immer kleiner und nagte an ihren Fingernägeln, während Anke in die dritte Teerunde ging. Ich hielt sofort meine Tasse mit der Hand zu, bevor ich noch mehr vom Gesundheitsdrink schlucken musste.

Janina schaute auf ihre Armbanduhr und räusperte sich. >> Gut, dann würde ich jetzt langsam zur Einteilung des Tagesablaufes jedes Einzelnen kommen. Ich fange mit den Fastenstadium 1-2 Tage an. In dieser Phase verbrennt der Organismus zunächst einmal alle seine Zuckerreserven. Nach spätestens 18 bis 24 Stunden sind diese Vorräte aufgebraucht. Kurzfristig werden nun körpereigene Proteine abgebaut, um aus den Aminosäuren Glucose, dem Blutzucker und damit Energie zu gewinnen. In dieser Phase sinken außerdem der Blutdruck und der Blutzuckerspiegel. Auch der Herzschlag wird verlangsamt. Kopfschmerzen, Schwindel, Schwächegefühle, Müdigkeit und eine belegte Zunge können auftreten. Da der Körper aber weiß, dass er seine Muskeln noch brauchen wird, stellt er diese Form der Energiegewinnung sehr schnell wieder ein.

Je besser ihr während des Fastens für regelmäßige Bewegung beziehungsweise leichtes Training sorgt, desto effektiver der Erfolg, deshalb habe ich dich, Anke, Katja und Hanna, direkt nach der Mittags-Mahlzeit erstmal beim Trimmpfad eingetragen. Ihr seht, wir starten ganz langsam mit dem Programm. Ines würde ich aufgrund ihres Rückenleidens gerne bei der Wassergymnastik sehen. « Janina wandte sich an Jana. » Und dich, Jana, dich würde ich gerne erst einmal zum Tanzen schicken. «

Jana sprang spontan auf. » Chacka! Echt jetzt? Zum Tanzen? Das ist ja mega! « Sie klatschte begeistert in die Hände. » Hier oder unten im Ort? «

» Hier im Hotel. «

» Das wird ja immer besser! «

» Genau. Deshalb bitte ich dich, dich um 14:30 Uhr im gegenüberliegenden Gebäude einzufinden. Zieh einfach bequeme Sportsachen an und ... «

» ... moment mal. Habe ich jetzt richtig gehört? Sportsachen? «

» Ja natürlich oder brauchst du fürs Sitztanzen ein kurzes Schwarzes mit Pumps? «

Anke verschluckte sich am Tee und auch Hanna grinste schadenfreudig. Von wegen Chacka!

Unsere weiteren aktiven Termine sowie den Ablauf der nächsten Tage sollten wir schriftlich auf unser Zimmer gelegt bekommen und dann entließ uns Janina zum nächsten Abenteuer namens Essen.

» Denkt bitte daran, dass für euch Tisch Nummer Acht reserviert ist und bitte auch an den Bogen, der jeden Tag ausgefüllt werden sollte. Einfach ein

Gefühlsausdruck zu jedem Buchstaben notieren und ihr werdet selbst von eurem Ergebnis erstaunt sein. Also, ich wünsche euch ein gutes Gelingen, viel Kraft und nun erst einmal einen guten Appetit. «

*

Auf dem Weg zum Speiseraum ließen wir Jana hinter uns einfach grummeln und nach kurzer Orientierung fanden wir den Saal und staunten über doch so einige Gäste, die bereits erwartungsvoll an ihren Tischen saßen. Wir nickten höflich dem ein oder anderen Gast zu, erblickten am Fenster unseren zugewiesenen Tisch Nummer Acht und beobachteten Anke, die schmachtend den ganzen Saal abscannte.

» Suchst du etwas Bestimmtes, Anke? «

» Ja natürlich, Katja oder hast du das Buffet schon entdeckt? «

» Das Buffet? «

» Ja sicher. Vielleicht wird das aber auch erst noch aufgebaut! «

» Na auf den Bauherrn musst du dann aber lange warten. Ich glaube nicht, dass hier irgendetwas in Buffetform aufgebaut wird, Anke. Wahrscheinlich bekommen wir gleich etwas Brot, eine Gemüsebrühe und das war es bis heute Abend. «

» Quatsch! Davon werde ich doch nicht satt. «

Jana lehnte sich grinsend zurück. » Das interessiert hier keinem und ganz ehrlich Anke, ich würde sagen, die Suppe, die du dir selbst eingebrockt hast, die

löffelst du jetzt auch selbst aus. Ich könnte dir allerdings einen Deal anbieten. Wir tauschen nachher die Kurse, das heißt, ich widme mich den Trimmpfad zu und du machst Sitztanzen? «
Anke packte sich an die Nase. » Wie war dein Sprichwort mit dem Auslöffeln der Suppe gerade? Ich denke, da musst du ebenfalls selbst durch! « Ines hob den Kopf. » Nun hört auf, euch jetzt schon anzuzicken. Essen ist ein Bedürfnis des Magens, Trinken eins der Seele und bevor wir uns jetzt vor Hunger beleidigen, google ich gleich mal nach einer Pizzeria, die im Notfall schnell liefert. «
» Au ja, Pizza! « Diese Worte ließen mich etwas hoffen. » Da bin ich sofort dabei. «

Ein paar Kur- oder wie man hier zusagen pflegte, Fastengäste, huschten noch nach uns in den Speiseraum und dann, zum guten Schluss, stolzierte noch eine Dame im farbenfrohen Tunikakleid direkt auf Tisch Nummer eins zu. Es war die Damen, die sich vorhin über unsere Lautstärke beschwerte.
» Die sieht doch aus wie ein Papagei. « Jana ärgerte sich anscheinend immer noch. » So laufen die Wasserträger in Indien herum, aber doch keine Frau aus gutem Hause! «
Hanna grinste. » Genug Wasser trägt die Frau in Bunt hier bestimmt auch, nur nicht auf den Kopf, sondern eher in der Blase. «
Anke drehte sich um. » Meine Schwiegermutter liebt auch solche Gewände. Ich weiß, dass sie sich erst vor ein paar Wochen auf dem Wochenmarkt bei einem

türkischen Aussteller gleich zwei gekauft hat. Die sahen echt identisch mit dem da vorne aus. «
» Echt? « Ines hatte solchen bunten Dinger noch nie gesehen. » Ich denke bei dem Anblick eher an Afrika, als Türkei. «
Jana rollte nur mit den Augen. » Die Dame scheint ein kleines Extrawürstchen zu sein. Tisch Nummer eins! Pah, wahrscheinlich damit sie bloß alle sehen. Manche haben es aber auch nötig! «
» Das könnte DIR ja nie passieren, ne Jana? «
» Was denn? «
» Es gibt eben Personen die einen Extraauftritt mögen. Damit steht die Dame nicht alleine, da kenne ich mindestens noch eine Person. « Anke sah wie sich die Küchentür öffnete. » Themawechsel Ladys, jetzt wird´s ernst, unser Menü wird serviert. Ich habe aber auch einen Kohldampf. « Sie hielt beide Hände zur Decke hoch. » Bitte Bitte, lass es wenigstens etwas schmecken. «
» Schnecken? « Hanna bekam große Augen.
» Schmecken, Hanna. Schmecken. «
» Na Gott sei Dank. Ich hatte nämlich extra angegeben, dass ich Vegetarierin bin. «
Jana klatschte laut in die Hände. » Das ist die Lösung! Vielleicht hätte ich beim Check-in angeben sollen, dass ich unsportlich bin, nur flambiertes Essen vertrage und abends einen Schlummertrunk brauche. Ich glaube, ich gehe gleich nochmal wacker zur Rezeption und hole das nach. « Sie wandte sich an Hanna. » Ich wusste gar nicht, dass du so gewieft bist! Bekommst du sonst noch irgendwelche

Bonusvorteile? Vielleicht ein Wellness-Paket?
Maniküre, Pediküre? «
Hanna tippte sich an die Stirn. » Du spinnst, Jana. «

Just in dem Moment, als uns die grüne Brühe
vorgesetzt wurde, waren wir alle still, denn die
Fragezeichen, die unser Gehirn an Augen und Magen
sendete, spürte jeder von uns und als der Brühe noch
zwei Karaffen Tee und eine Schale geraspelte
Schlangengurke folgten, schaute ich mich
hilfesuchend im Speiseraum um und erschrak erneut,
denn alle Gäste löffelten zufrieden ihre Suppe.
Vorsichtig nahm ich meine Schale in die Hand und
roch erstmal dran, bevor ich sie probierte.
» Mensch Katja, du ziehst vielleicht ein Gesicht! So
schlimm schmeckt die Brühe ja nun auch nicht! «
„Nicht so schlimm?" Ich konnte sie gar nicht
schlucken und da ausspucken keine feine englische
Art war, schob ich meine Schale wortlos mit der
Plörre im Mund Anke zu. Ich goss mir ein Glas Tee
ein und versuchte damit die Suppe hinunterzuspülen,
doch es wurde noch schlimmer, denn es war derselbe
Kräutertee, der uns vorhin im Gespräch serviert
wurde. Anke sah meine Fluppe und schüttelte nur
den Kopf. » Mann Mann Mann, Katja, was hättest du
denn früher im Krieg gemacht? Du bist aber auch ein
verwöhnter Esser! «
Da ich das Gemisch von Suppe und Tee im Mund
absolut nicht schlucken konnte, stand ich auf und
machte mich schnell auf den Weg zu den Toiletten.
Hanna verstand mich gar nicht. Sie war zwar auch
eine manchmal wählerische Esserin, aber so schlimm

fand sie die Brühe ebenfalls nicht und Ines, die mich in Pingeligkeit übertrumpfte, hatte es Jana gleichgetan, ihre Brühe gar nicht erst angerührt und nur etwas Gurke gelöffelt. Als ich zum Tisch zurückkam, beschwerte sich Ines gerade über die Kosten des Aufenthaltes. » Das darf doch wohl nicht wahr sein. Sagt mal Mädels, wofür haben wir eigentlich so viel Geld für die Tage hier bezahlt? Für Brühe, Gurken und Tee? Noch nicht mal ein Dessert gibt es hier. Also wenn ich das Thomas erzähle, flippt der garantiert aus. «

Anke zog die nächste Brühe von der Tischmitte zu sich. » Naja, es ist zwar nicht viel, aber bestimmt sehr gesund und der Aufenthaltspreis beinhaltet ja auch sportliche Aktivitäten, Beratungsgespräche, und … «

Ines tippte sich an die Stirn. » Also der Trimmpfad bei uns im heimischen Wald ist umsonst und wenn ich ins Schwimmbad gehe, zahle ich 3,50 € Eintritt. Wenn ich mich recht an Thomas seine Aufstellung erinnere, kostet der Aufenthalt hier pro Person gut 95,- € pro Tag und das für nichts. «

Hanna beruhigte Ines. » Naja, Ines, für nichts kann man wirklich nicht sagen. Du wirst gesund bekocht, du hast ein schönes Einzelzimmer, kannst sämtliche Liegen und Kurse besuchen und gehst am Ende als neuer Mensch nach Hause. «

» Das ist bei diesem Fraß aber auch kein Wunder. «

Ich nickte zustimmend und nahm mir die blaue Mappe mit dem Terminus-Bogen, um mich und meinen knurrenden Magen abzulenken.

» Was trägst du denn ein? «, fragte mich Anke schlürfend.

» Das weiß ich auch noch nicht « und legte die Mappe wieder auf den Tisch. Bei dem Geruch der Suppe drehte sich mein Magen. » Seid mir nicht böse, aber ich muss mal an die frische Luft. Geht jemand mit oder möchte noch jemand grünen Nachschlag? « Wir waren eher draußen, wie Anke antworten konnte und ließen unsere Freundin zwischen Gurken und Brühe alleine zurück.

Ich atmete draußen erstmal frische Kurluft ein und schloss dabei die Augen. Also ob ich mich mit dem Essensgeruch abfinden konnte, bezweifelte ich und schüttelte mich. Hanna hielt mir ihre Schachtel Zigaretten hin. » Danke Hanna, gerne, aber vielleicht sollten wir uns noch ein Stückchen vom Haus entfernen, wegen dem Rauchverbot. « Jana blies mir ihren Qualm ins Gesicht. » Wo sind wir denn hier? Im Kindergarten oder was? «
Ines gefiel das auch nicht, aber sie erinnerte Jana an die Worte von Janina wegen der Suchtgefahr und wir schlenderten langsam in Richtung Parkplatz, als ich die Riesen-Trauerweide wiederentdeckte und mir eine Idee kam. Spontan überquerte ich den Rasen, schob der Weide ein paar Äste zur Seite und verschwand unter dem Baum.
» Super Mädels, kommt mal rüber. Hier kann uns niemand sehen und tadeln. Das ist doch perfekt. «
Ich staunte über die Höhe, denn von innen schien der Baum noch größer zu sein. » WOW. Der ist aber echt riesig. » Ich drehte mich im Kreis. » Wahnsinn! «
» Der ist bestimmt schon uralt. « Ines schaute ebenfalls begeistert in die innere Baumkrone. » Das

denke ich auch. Der hat bestimmt schon so einiges erlebt. «

»… pssst, da kommt Anke. Mal schauen, ob sie uns entdeckt. «

» Guten Abend junge Frau. « Jana hatte ihre Stimme drei Oktaven tiefer gestellt.

Anke blieb stehen und schaute sich um. » Jetzt hör ich schon Bäume reden! Vielleicht hätte ich doch weniger Suppe essen sollen. « Sie drehte sich um, winkte grüßend einen Gärtner und wollte weitergehen.

» Na na na! Habe ich Sie da gerade beim Flirten erwischt? «

Anke drehte sich zur Trauerweide. » Mein lieber Baum, du scheinst dich zu irren; ich heiße nicht Jana! «

Diese schob sofort ein paar Äste zur Seite. » Was sollte das denn bitteschön heißen? «

Anke grinste nur. » Wie ich es gesagt habe. Mein Gott Jana, meinst du ich bin Balla Balla und habe deine Stimme nicht erkannt? «

» Nee, hast du auch nicht. «

Anke kam durch den geöffneten Eingang. » Cool hier drunter. Ein tolles Versteck. «

Hanna hielt uns ihre Metalldose für die Kippen hin. » Also wenn wir hier schon nicht öffentlich rauchen und trinken dürfen, dann ist das jetzt hier unser heimlicher Treffpunkt. Vielleicht finden wir noch eine Parkbank, die wir an den Stamm stellen können. «

Ach du meine Güte, dachte ich. Auch wenn ich die Vorstellung ganz nett fand, überlegte ich ernsthaft, ob das bisschen Nahrungsentzug, was wir heute hatten, uns schon zu solchen Handlungen führen konnte und wunderte mich nicht weiter, als Jana zufrieden den Baumstamm umarmte. » Aus diesem glücklichen Moment, einen Baum für uns als kleine Rettungsinsel gefunden zu haben, taufe ich ihn Horst. « Hanna bekam große Augen. » Horst? «und rubbelte freiwillig an ihrer Hörhilfe, da sie dachte sich verhört zu haben. » Ja warum nicht. Wenn wir dann mal sagen, ich bin mit Horst verabredet, dann denkt doch niemand an einen Baum, oder? « » Bei dir bestimmt nicht. « Antworteten wir einstimmig.

Kapitel 8
Die ersten kleinen Schritte

Ab jetzt wurde es ernst; unsere bisher gemeinsamen Wege trennten sich und jeder ging seinem Kursplan nach. Ines musste erstmal das Schwimmbad suchen, was bei ihr als orientierungslose Person und nach der Essensflaute die zweite Herausforderung an diesem Tag war. Aber wo ein Wille, da ein Weg und als sie mit ein paar anderen Kurgästen zu flotter Musik eine Poolnudel im Wasser schwang, fühlte sie sich doch wohler als vermutet. Es machte ihr Spaß sich nach Musik zu bewegen und die Abkühlung hatte ihre Hitzewellen im Griff. Langsam schien sie sich zu entspannen, denn nicht nur die anderen Teilnehmer, sondern auch Maren, die Kursleiterin, waren ihr sofort sympathisch, und somit entschloss sie sich spontan den anschließenden Aquapower-Kurs auch noch zu absolvieren, schließlich wollte und musste sie ihre Rückenmuskulatur stärken. Als beide Kurse vorbei waren, war ihre Haut zwar etwas faltig geworden, aber sie selbst fühlte sich frisch und voller Energie, wenn bloß der verdammte Hunger nicht wäre, dachte sie auf dem Weg zur Umkleidekabine. Sie entdeckte eine der Trinkstationen, setzte sich auf eine Bank und trank das abgezapfte Wasser in einem Zug.

» Na? Noch nicht genug Wasser für heute gehabt? « Maren, bepackt mit den ganzen bunten Poolnudeln, grinste Ines freundlich an.

>> Normalerweise schon, aber, wenn ich trinke, unterdrücke ich wenigstens etwas mein Hungergefühl. <<

Maren lachte. >>Na ich hoffe dir hat das Aquafitness gefallen und wünsche dir noch einen schönen Tag, ach und immer dran denken, der Weg ist das Ziel! << und verschwand hinter einer Tür.

Ines trank ganz in Ruhe noch einen Becher und schlenderte langsam zu den Umkleidekabinen. „Ob ich das fünf Tage aushalte?", überlegte sie für sich beim Umziehen. Fünf Tage nur Wasser und Tee trinken! Wie machen das denn ihre Freundinnen? Ob die wirklich alle so ehrgeizig waren, wie sie taten oder nicht doch einen kleinen Vorrat deponierten? Ines konnte sich vorstellen, dass Anke nichts Essbares im Koffer mitgeschmuggelt hatte, denn sie hatte ja ein Ziel vor Augen, bei Hanna schwankte sie, bei Katja sowieso, da sie zu gerne naschte und bei Jana … naja, Jana wird sich bestimmt mit prozentiger Flüssignahrung eingedeckt haben. Langsam stopfte sie ihre nassen Badesachen in den Beutel und dachte kurz an ihren Mann. Thomas hatte bei dem Seminarpreis nicht nur erschrocken den Kopf geschüttelt, sondern ihr vorneweg das Durchhalten nicht zugetraut. Er verstand es nicht, dass man für Karnickelfutter und Wasser bereit war, soviel Geld auszugeben und wollte dafür wenigstens Erfolg sehen. Jetzt musste Ines grinsen, öffnete die Umkleide und sprach zu sich selbst. >> Den möchte ich auch sehen, aber der Weg wird verdammt schwer. <<
>> Kann ich helfen? <<

Ines sprang zur Seite. » Haben Sie mich jetzt erschreckt. «

» Sorry, das war keine Absicht. «

» Ach, alles gut, ich war wohl nur in Gedanken. «

» Das konnte ich sehen. Kann ich denn irgendwie behilflich sein? «

Ines schaute den jungen Mann an. » Wobei? «

» Na das weiß ich nicht. Ich hörte nur gerade Worte wie ´der Weg wird schwer`. «

Jetzt verstand Ines und lachte. » Da habe ich wohl etwas zu laut gedacht. Ich meinte, dass das Fasten ein harter langer Weg werden kann. «

Der nette Mann fiel in ihr Lachen ein. » Oja, da kann ich auch ein Lied von singen. Ich bin jetzt seit drei Wochen hier und habe mein Ziel noch nicht ganz erreicht, aber schon stolze 24 kg abgenommen. Acht fehlen mir noch zu meinem Wunschgewicht. «

Ines bekam große Augen. » 24 kg? Unglaublich. Und das alles durch Heilfasten? «

Der Mann nickte freundlich. » Heilfasten, Sport und Ehrgeiz. « Er machte eine kurze Pause. » Ich bin jetzt nur noch bis Donnerstag hier und muss mich jetzt schon täglich daran erinnern, dass ich Zuhause den hier gelernten Sport nicht wieder schlunzen lasse. Hinzu kommt, dass ich auch meine gewohnte Ernährung komplett umstellen muss. Das wird hart. «

Er schaute Ines nett an. » Wie sieht es aus? Hast du noch Zeit und darf ich dich zu einem Glas Wasser einladen? « Sie entdeckte kleine Lachfältchen um seine Augen.

» Warum nicht? « Sie schulterte ihren Sportbeutel und folgte ihm.

*

» Bist du neu und alleine angereist? «
Ines nickte und nahm den Becher entgegen. » Neu ja,
alleine nein. Ich bin heute Vormittag mit vier
Freundinnen angereist. «
Er hielt ihr seine Hand hin. » Leidende sollten
zusammenhalten und hier duzen sich ja sowieso fast
alle. Also, ich bin Alex und verspreche dir, spätestens
am dritten Tag wirst du dein Hungergefühl
überwunden haben und an Essen keine Gedanken
mehr verschwenden. «
Ines erwiderte seinen Händedruck. » Hallo Alex, ich
bin Ines und verschwenden ist der falsche Ausdruck,
ich genieße den Gedanken nämlich eher. Ich glaube,
ich bin süchtig, denn mir schwirren, seitdem wir
angekommen sind, sämtliche Kuchensorten,
Schokoladensortimente, Rollmöpse, Käsehäppchen
und Co. durch den Kopf. Eigentlich habe ich
gedanklich unseren ganzen Supermarkt schon
abgegrast und das Komische ist, dass ich sogar Sachen
essen könnte, an die ich sonst nie denken würde. «
Alex lachte auf. » Na dann, Ines, Prost, auf ein
erfolgreiches Ergebnis. « Er kippte aus einem
Plastikröhrchen je eine Brausetablette für den
Geschmack in beide Wasserbecher, stieß mit Ines an
und erzählte noch etwas von seinem Erfolg, bis ihm
seine Smartwatch an den nächsten Kurs erinnerte. Mit
den Worten ´Man sieht sich` machte er sich auf den
Weg und Ines schaute ihm nachdenklich hinterher
und verglich ihn heimlich mit ihrem Mann. Thomas
hatte in etwa seine Größe und früher mal so eine
sportliche Statur, denn mittlerweile war er zwar noch

95

immer einen Kopf größer als Ines, doch Ansätze an Bauch und Hüfte ließen sich eben auch bei ihm blicken. Kurz fielen ihr Hannas Worte ein, als sie sich über die Männer auf dem Balkon ausgelassen hatte und musste ihr zustimmen. Natürlich gab es auch Männer, die sich gerne pflegten und auch pflegen ließen, aber die meisten, die sie kannte, wurden grauer oder bekamen eine Glatze, ließen sich gerne bedienen und waren oft nicht mehr belastbar. Ines atmete noch einmal tief durch und machte sich auf die Suche nach ihrem Zimmer, um sich noch etwas vor dem anstehenden Yoga auszuruhen.

*

Hanna, Anke und ich hatten es etwas besser, denn wir motivierten uns gegenseitig. Wer gab auch schon freiwillig zu, dass er vor Hunger gerade töten könnte und überlegte auf den Weg zum Trimmpfad, ob ein Kurgast eventuell den Ausdruck Mordshunger erfunden hatte?! Verstehen konnte ich die Tat, nur Anke wollte uns weismachen, dass sie uns überhaupt nicht verstehen würde. Sie hätte weder Hunger, noch Appetit, ihr würden die drei Portionen Brühe von mittags und der Tee absolut reichen. Gerade Anke, die sonst den ganzen Tag aß, die jedes Rezept aufs Gramm genau beschreiben konnte, die Essen zelebrierte und lebte, die mit dem Wort Abendbrot einschlief und mit Frühstück erwachte, gerade sie soll von etwas Brühe satt geworden sein? Das ihr Essen nicht wichtig war und jetzt kommt´s, überbewertet wurde! Von Anke!!! Niemals! Auch Hanna schüttelte leicht den Kopf und glaubte ihr nicht, aber wir freuten uns trotzdem und ließen sie in dem Glauben, denn schließlich hatte Anke die Mission `Schwiegermutter` vor sich.

Wir marschierten mit drei weiteren Kurgästen den Trimmpfad entlang, machten hier und da mal kleine Übungen, hangen uns an Stangen, hüpften vorsichtig durch bodenliegende Reifen, balancierten auf Holzbohlen, hopsten steif über Holzpflöcke oder genossen die frische Luft des Waldes. Hanna hatte nicht so viel Ausdauer und versuchte des Öfteren zu mogeln, doch Anke bemängelte es sofort und ihr Versuch, nach einer Abkürzung zum Hotel zu finden, wurde sofort boykottiert. » Mensch Hanna, jetzt reiß dich doch mal etwas am Riemen. Je steiniger der Weg, umso wertvoller das Ziel. « Anke versuchte mit Sprüchen zu motivieren. » Außerdem sind kleine Schritte besser wie keine Schritte. « Anke hüpfte ehrgeizig über zwei kleine Holzstämme. » Vielleicht hättest du lieber Jana beim Sitztanzen begleiten sollen? «

» Ist ja gut, Frau Streberin, ich beschwere mich doch gar nicht. «

» Du versuchst zu mogeln und das ist den anderen Kursteilnehmern gegenüber nicht fair. «

Hanna zeigte ihr den Vogel und stampfte provozierend über die Holzstämme. » Siehst du, ich mache doch alles mit, was der Pfad uns hier bietet, oder etwas nicht? Katja, du musst auch noch über die Holzstämme hüpfen! Hier wird nichts ausgelassen und gemogelt! « Ich lachte, Anke schnaufte.

Wir folgten dem Trimm-Pfad bis zum Ende, verabschiedeten uns dann von der kleinen Gruppe und suchten die nächsten Trinkstation auf. Etwas geschafft ließen wir uns auf einer Bank nieder und tranken unser Wasser. Ich streckte meine Beine, schaute direkt zu den Anwendungsräumen und verschluckte mich fast. » Guckt mal, sitzt da im Raum unten links nicht Jana? « Ich meinte unsere Freundin erkannt zu haben, doch durch meine Kurzsichtigkeit war ich mir nicht sicher.

» Ja klar ist sie das! Das sieht man doch schon alleine an ihrem gelangweilten Gesichtsausdruck. « Hanna schmunzelte. » Kommt, wir beobachten mal ob sie einen Tanzpartner findet. «

*

Gerade als Jana sich eh schon widerwillig auf einen der noch zwei freien Stühle im Kreis setzte, ging die Tür auf und der Paradiesvogel setzte sich ihr direkt gegenüber. Na prima, der Tag stand definitiv nicht auf ihrer Seite. Als sie gerümpft zur Seite schaute, konnte sie noch ein arrogantes Augenhochziehen von ihrer gegenübersitzenden Person erkennen.

Kurzentschlossen stand sie auf und ging zu Laura.

» Also entweder ich oder die Schrapnelle da vorne. Beide zusammen geht nicht. «

Laura schaute erstaunt auf. » Wie bitte? «

» Ich kann mit dem bunten Kuckuck da nichts anfangen und wenn der Kurs piano ablaufen soll, dann werde entweder ich ihn verlassen oder diese Person da. «

Laura schaute zu Frau Krause, wie der gemeinte Vogel hieß. » Du meinst Irmgard Krause? Aber die tut doch keinem etwas oder kennt ihr euch persönlich? «

»Na das fehlte noch.« Jana stemmte die Hände in den Hüften.

Laura merkte die Spannung. »Na dann verstehe ich deine Reaktion nicht. Frau Krause gehört schon bald zum Inventar, sie besucht schon seit Jahren unser Haus und bisher hat sich noch niemand beschwert.«

»Schon seit Jahren?« Jana drehte sich zur besagten Person um. »Na davon sieht man ihr aber nichts an.«

Laura schaute Jana fragend an. »Wie meinst du das?«

»Na wenn ich schon seit Jahren hier Stammgast bin, dann gehe ich doch wohl davon aus, dass wenigstens die Teufelsfalten zwischen den Augen dieser feinen Dame verschwunden sein müssten und abgesehen davon, sollte die ganze Körperhaltung gerader sein. Jetzt guck doch mal. Sie signalisiert doch schon von weitem Garstigkeit. Ich sag dir das Laura, diese Person ist hochgefährlich und gönnt einem nicht das Gelbe vom Ei.«

Jetzt musste Laura doch etwas schmunzeln. »Wie gesagt Jana, wir tanzen hier keine gemeinsame Polka, sondern bewegen uns im Sitzen. Wenn du der Meinung bist, Frau Krause nicht zu mögen, dann orientiere dich an den anderen Teilnehmern, es sind ja nicht alle gleich.« Sie schaute auf ihre Armbanduhr. »Und jetzt müssen wir auch langsam starten. Möchtest du noch etwas Matcha-Tee, bevor wir loslegen?« Jana sah angewidert ein, dass es wohl doch noch etwas Schlimmeres wie Frau Krause gab und setzte sich wieder.

»Hallo zusammen. Ich bin Laura, die Kursleiterin, einige aus der Runde kennen mich und meine Kurse ja bereits. Ich möchte trotzdem alle Teilnehmer herzlich Willkommen zum Sitztanzen begrüßen. Sitztanzen ist nicht nur für die Gelenke schonend, sondern auch sehr entspannend und kopffördernd. « Sie schaute kurz zu Jana, die genervt reinschaute. » Während ich noch ein paar Vorbereitungen für die nächste Übung treffen muss, fangt ihr bitte schon mal mit ganz leichten Arm-Stretchübungen an. Schaut mal bitte alle zu mir «, Laura setzte sich auf einen freien Stuhl außerhalb des Kreises und machte Bewegungen vor, die nach und nach alle Teilnehmer nachahmten, alle, bis auf Jana, der es echt zu blöd war. » Jana? Machst du bitte auch die Übung mit? Sie ist nicht schwer und sehr gut gegen Winkearme. «

» Winkearme? Als ob ich damit ein Problem hätte! «

» No ned, jung Frau «, schaltete sich eine ältere Dame in das Gespräch » Aba keman Sie moi in mei Oida, dann wissn, wos Winkearme san. « Ein paar kicherten, Frau Krause natürlich nicht, sie ruderte wild mit den Armen. „Als ob man da noch etwas retten konnte", dachte Jana, und überwand sich, die Übung mitzumachen, schließlich konnte es ja nur noch schlimmer kommen. Während alle im Kreis mit den Armen ruderten und den Oberkörper drehten, schaltete Laura die Entspannungsmusik ein, nahm ein großes Laken aus einer Klappbox und breitete dieses in der Mitte des Kreises aus. Sie bat ihre Teilnehmer, das Tuch an den jeweiligen Zipfel anzuheben, so dass das Laken im Innenkreis schwebte. » Spielen wir jetzt Frau Holle, oder was? « Janas Frage wurde absichtlich ignoriert, denn Laura holte einen bunten Styroporball aus der Klappbox, legte diesen auf das schwebende

Laken und nun sollten alle Teilnehmer den Ball auf dem Laken durch wellenartige Bewegungen ins Rollen bringen und dabei immer Hepp rufen, wenn der Arm hochging. Jana stand kurz vor Exitus. Was hatte sich Laura denn da für einen Quatsch ausgedacht? Meinte die etwa, sie hätte einen an der Waffel? Sie wurde wütend. Hunger, der Teegeruch und nun diese absolut witzlosen Übungen brachten ihr Fass knapp zum Überlaufen und wäre da nicht noch ein kleines Quäntchen Stolz in ihr, hätte sie das Tuch samt Ball schon längst auf den Boden geworfen und sich von der Truppe schneller verabschiedet, wie Laura hätte Hepp buchstabieren können. Sie sah Frau Krause direkt in die Augen und merkte, wie diese bösartig zurückfunkelte. Jana fühlte sich provoziert und ließ den Ball langsam zu sich rollen um ruckartig armehochziehend Frau Krause damit abzuschießen. Kampflustig grinste sie ihre Gegenübersitzende dabei an, als der leichte Ball tatsächlich die frisch gelegte Dauerwelle traf. Jana unterdrückte ein Grinsen und schien Spaß an der Sache zu bekommen. Erneut ließ sie den Styroporball zu sich rollen, holte aus und wiederholte das Spielchen. Wieder traf sie Frau Krause, diesmal jedoch mitten ins Gesicht und lachte laut auf. » Zwei zu Null für mich, Madame Butterfly! « Frau Krause stand entrüstet auf und ging zu Laura. „Mein Gott was für eine Memme", dachte Jana grinsend, denn sie bekam Spaß am Spiel.

Wir drei lauerten immer noch draußen und beobachteten unsere Freundin. » Guckt mal, wie es in

Jana brodelt. Man sieht es ihr trotz der Entfernung an
«, Anke lachte.

Ich nickte. » Das stimmt. Mag ja sein, dass Sitztanzen
ab einer bestimmten Altersstufe für Körper und Geist
gut ist, aber für Jana definitiv nicht. Ich würde mich
auch nicht wohlfühlen. «

Hanna zeigte zum Fenster. » Zumal ihre bunte
Freundin gegenübersitzt. Das ist doch der
Paradiesvogel von oben, oder? « Anke fing an zu
pfeifen. » Weshalb pfeifst du denn jetzt? «

» Na weil unsere Jana kocht und das nicht nur wegen
dem unterhaltsamen Sitztanzen, sondern alleine schon
wegen der bunten Person. Was hat sie nur mit ihr? Ich
meine, eigentlich müsste ich schlecht über die Person
reden, da sie mich total an meine Schwiegermutter
erinnert, aber Jana? «

Hanna schenkte sich nochmal Wasser nach » Der
Paradiesvogel hat Jana zurechtgewiesen und mit so
etwas kommt sie nicht klar. Ihr kennt sie. Jana hat
eben eine sehr dominante Art an sich und meint, sie
kann sich dadurch alles erlauben. Also auch wenn ich
sie mag, ist und bleibt sie eben ein Extrawürstchen
und wenn sie ihre Anerkennung nicht bekommt, dann
wird sie eben … « Hanna fiel nicht das richtige Wort
ein.

» Speziell? « Ines hatte sich von hinten angeschlichen
und wir drei fühlten uns ertappt und sprangen vor
Schreck zusammen.

» Ines! Mensch hast du uns jetzt erschreckt. Ist dein
Schwimmkurs schon vorbei? « Anke schaute auf ihre
Armbanduhr.

» Ne, ich bin abgetrieben! Du stellst aber manchmal komische Fragen! Natürlich ist der vorbei und er hat mir richtig Spaß gemacht. Eigentlich wollte ich direkt nach dem Kurs aufs Zimmer gehen und mich ein Stündchen hinlegen, aber ganz ehrlich – ich habe es nicht gefunden und bevor ich mich verlaufe, dachte ich, ich gehe mal gucken wie es Horst geht und finde euch hier beim Stalken. TsTsTs, aber macht ruhig weiter, ich wollte nicht lauschen. «

Hanna winkte ab. » Rauschen? Wieso denn Rauschen? Ach, jetzt sag nicht, du hattest Aqua im Wellenbad? Wie cool ist das denn? «

Ich tippte Hanna aufs Ohr und als es bei ihr plöpp machte, wiederholte Ines ihre Worte.

Anke beobachtete währenddessen Jana weiter, die mit der Kursleiterin zu diskutieren schien. » Kommt Mädels, ich denke, dass wird gleich eine unterhaltsame Abendbrotrunde! Sollen wir uns noch etwas auf die Liegen legen? «

Mein Magen musste Ohren haben, denn er meldete sich. » Sorry, er hat Abendbrot gehört « und zeigte auf meinen Magen.

Anke warf ihren Pappbecher in den Papierkorb, wandte sich meinen Bauch zu und flüsterte ihm Mut zu. » Mach dir keine zu große Hoffnung, sonst guckt dein Frauchen nachher genauso gutgelaunt wie gerade unser Tanzmariechen! «

Während Frau Krause sich hämisch grinsend wieder auf ihren Stuhl setzte, bat Laura Jana zu sich. » Janina hat dir extra diesen Kurs zum Entspannen angeboten, denn sie hat das Gefühl, dass du total unter Strom stehst. Ihre und auch jetzt meine Bedenken sind, dass du durch deine Unruhe, die du nicht nur ausstrahlst, sondern auch zum Ausdruck bringst, andere Kurgäste ansteckst und ich möchte dich noch einmal daran erinnern, dass wir uns hier nicht ohne Grund das Haus der Ruhe nennen. «Sie machte eine kurze Pause. » Du musst mir natürlich nicht sagen, wenn dich etwas belastet, aber ich könnte dir vielleicht einen Termin bei meiner Kollegin eintragen, die sozusagen Sprechtherapien anbietet. «

» Papperlapapp, Sprechtherapien! Also sprechen kann ich schon, da braucht ihr euch keine Sorgen zu machen und versprechen kann ich auch und zwar, dass ich diesen Kurs ab sofort boykottiere und verlassen werde. Jetzt mal ehrlich, Laura, wie würdest du dich denn fühlen, wenn du halb verhungert einer Gruppe älteren Semesters zugeordnet würdest, während deine Freundinnen schwimmen und walken. Nichts für ungut, aber so alt oder Tutti, das ich mir im Sitzen Bälle zuwerfe, fühle ich mich noch nicht. Tut mir leid für dich, Laura, du hast bestimmt dein Bestes gegeben, aber bei so einer demütigen Sitzgruppe solltest du vielleicht die Musik von Wellness auf Schlager schalten, eine Karaffe Sekt anstatt Macha bereitstellen und ich schwöre dir, damit bekommt sogar das Gesicht des grausigen Vögelchens mal etwas Spaß. «

Laura gluckste kurz auf, besann sich dann aber wieder. » Naja, der Kurs soll ja beruhigen und nicht aufputschen. «

Jana wandte sich ab. » Na dann. Man sieht sich, aber nicht nochmal hier. «

Laura konnte Jana zwar ein bisschen verstehen, musste aber einen Bericht an Janina abgeben. Oh Mann, solche Situationen mochte sie absolut nicht.

Kapitel 9
Ein Besuch im Supermarkt

» Pst, da vorne kommt unsere Squaretänzerin. «

» Quertänzerin? «

» Das wahrscheinlich auch, Hanna! Denkt bitte daran ernst zubleiben, Mädels, sonst verraten wir unsere Nachspioniererei noch! « Anke musste selbst grinsen und ich fand es leichter gesagt als getan, denn gerade wenn man nicht lachen darf, zuckt es doch im ganzen Körper, doch wir schafften es, Jana freudig nach dem Kurs zu fragen und bekamen eine kurze, aber aussagekräftige Antwort die ´ich brauche Horst` lautete. Anke schaute auf ihre Armbanduhr. » Ich bleibe noch etwas auf der Liege. Was steht denn bei euch heute noch so auf dem Kurs-Plan? «

» Also ich habe um 15:30 Uhr einen italienischen Probier-Kochkurs « Vor lauter Hunger ging wohl meine Phantasie mit mir durch.

» Sehr witzig, Katja. Rühr noch ein bisschen tiefer in unserer Wunde. «

Hanna fand es ebenfalls nicht lustig. » Aber du hast uns doch die Suppe hier eingebrockt, Anke. «

» Hmmm, Suppe – auch lecker. « Ines schien wie in Trance zu sein.

Bis wir unter unserem Baum standen, hatte ich sämtliche Speisekarten der Welt vor mir aufblitzen gesehen und sah für mich nur einen Ausweg und der hieß Notfallrucksack! Extra auffällig schaute ich auf meine Armbanduhr. » Huch, es ist ja schon kurz nach 15 Uhr. Die Zeit vergeht heute aber schnell. Ich habe um 17 Uhr meinen letzten Kurs, den Aquafitnesskurs,

dann würde ich mich gleich schon auf den Weg zum Zimmer machen, um mich umzuziehen. «
» Sag mal Katja, brauchst du zwei Stunden von einer Jogginghose in einen Badeanzug zu schlüpfen? «
Mist, ich musste mir etwas einfallen lassen. » Quatsch Ines, aber, wenn ich noch an den Trinkstationen anhalte und dementsprechend die Örtlichen besuchen muss, kann der Weg schon lang werden. «
Jana, die nach der Tanzzeremonie kurz zum Dorf-Supermarkt wollte, fragte nach Begleitung. Ich sah nur noch meinen Rucksack vor mir und konnte nicht antworten, denn dann bemerkten meine Freundinnen, wie mir das Wasser im Mund zusammenlief. Mettwurst! Käse! Oh was gäbe ich jetzt für ein Stückchen Käse!
Hanna meldete sich. » Ich bin raus, ich komme sonst nur in Versuchung und leiste lieber Anke auf den Liegen Gesellschaft. «
Ok, Katja, deine Chance und gerade, als ich zur Flucht ansetzen wollte, hakte mich Ines unter. » Prima, dann ruht ihr beiden euch aus und wir drei machen einen kleinen Ausflug ins Dorf. Bewegung bringt uns bestimmt auf andere Gedanken. «
» Bestimmt! Hin vielleicht, aber zurück bin ich mir nicht so sicher, wenn man die gefüllten Regale gesehen hat. Viel Erfolg und Katja, holst du mich nachher zum Schwimmkurs ab? « Ich nickte und beneidete Hanna, die zufrieden zu den Liegen ging.

*

Als wir von unserem Dorfbesuch den kleinen Anstieg wieder zurückmarschierten, hang mein Magen bereits nur noch ganz knapp über den Boden, doch ich wollte nicht jammern, denn meine beiden Freundinnen erging es bestimmt ebenso und von denen hörte ich keine Beschwerde.

Ines hatte sich zwei Zeitschriften gekauft, sowie eine Schlangengurke für den Appetit zwischendurch und Jana, die angeblich nur Zigaretten und eine neue Handykarte benötigte, war von uns die Schnellste an der Kasse und wartete schon draußen auf einer Bank. Um mich nicht an irgendeiner Keksschachtel zu vergreifen, ging ich mit gesenktem Kopf durch den kleinen Laden und erschien am Ende mit einem Buch und einem Päckchen zuckerfreiem Kaugummi an der Kasse. Die Kassiererin, ein junges schlankes Mädel, guckte uns mitleidig an, als Ines und ich auf ihre geöffnete Tafel Schokolade neben der Kasse starrten. Wir müssen so bitterlich drein geguckt haben, dass sie uns sofort die Tafel hinhielt, doch wir widerstanden der Versuchung.

>> Schokolade fragt nicht, Schokolade versteht. Sie versteht es nämlich, Polster aufzubauen, trotzdem vielen Dank für das Angebot. << Ich zahlte, verließ hinter Ines den kleinen Laden und langsam machten wir uns auf den Rückweg.

Ich zeigte auf Janas Jutebeutel. >> Sag mal, was schleppst du da eigentlich? Ich wusste gar nicht, dass Zigaretten und Handykarten so viel wiegen, dass sie Beulen in einem Stoffbeutel hervorzaubern! <<

>> Ach ich habe noch etwas Obst gekauft. <<

>> Du meinst wohl Obstler! <<

>> Nein, Ines, einfach nur Obst. << Jana wechselte die Trageseite.

>> So wie du deine Tasche trägst, sieht es aus, als ob du eine Wassermelone gekauft hättest! <<

>> Spielen wir jetzt Dirty Dancing, oder was? <<

Ich traute Jana nicht und zog spontan am Beutelgriff, der ihr direkt aus der Hand rutschte und schon rollten fünf Dose Prosecco über den Asphalt. >> Spinnst du? <<

>> Ha! Wusste ich es doch. Du bist eine schlechte Lügnerin, Jana und mogeln tust du auch noch! <<

>> Mensch Katja, du nimmst einem auch jeden Spaß, dabei wollte ich mit euch heute Abend bei Horst auf den ersten geschafften Tag anstoßen. <<

>> Ja klar! Das sagst du jetzt nur, weil du aufgeflogen bist. <<

>> Nein! Warum sonst sollte ich denn fünf Dosen gekauft haben? << Ok, das stimmte und was das Alkoholausschenken anging, da war Jana sowieso sehr spendabel. Ich hakte mich bei ihr unter. >> Sorry Jana, bist du damit einverstanden, dass wir den Zwischenfall auf die Erschöpfung schieben und ich keinem etwas von deiner Überraschung erzähle? Ich oder wir halten dicht, ne Ines? << Ich drehte mich zu ihr um. >> Wo ist sie denn? <<

Jana zuckte die Schultern. >> Gute Frage. Sie war doch gerade noch hinter uns. INES? Iiiiines? <<, rief sie und wir hörten aus einem Gebüsch ein verzweifeltes >> Hiiiiieeer! Ich sitze hier! <<

>> Wie du sitzt da? Wo denn? <<

>> Na hier hinten, ich bin gleich fertig. Ihr könnt schon mal langsam vorgehen, ich verlaufe mich schon nicht. Nun macht schon. <<

Jana ging ein paar Schritte Richtung Gebüsch. »Was machst du denn da? Pilze suchen? «

» Jetzt geh und lass mich hier sitzen. Ich denke, ich vertrage das Sprudelgetränk von Alex nicht und naja, ich entleere mich eben gerade. «

» Ach du scheiße. «

» Du sagst es und jetzt geht. Bitte! Sonst kann ich nicht und bekomme noch Verstopfung! «

Langsam gingen wir wortlos weiter.

» Wer ist denn Alex? « Ich wusste, dass Jana mich das fragen würde.

» Keine Ahnung? Ein Kursteilnehmer? Oder auch ein Kursleiter? «

» Hm. Meinte sie wohl Alex in weiblicher oder männlicher Form? «

» Du bist aber auch neugierig! Jetzt lass uns mal einen Schritt zulegen, ich müsste nämlich auch gleich mal. «

» Hattest du auch ein Sprudelgetränk? «

» Ne, Wasser Pur. «

*

Maren, die Kursleiterin, schaltete die Musik laut und schon wippten, trampelten und joggten wir mit einem Schwimmgürtel durch das tiefe Wasser. Meine anfänglichen Zweifel verflogen recht schnell, denn es machte Spaß wie eine Boje vom Wasser getragen zu werden und ein klarer Pluspunkt für uns Frauen mittleren Alters, man schwitzt trotz Bewegung nicht und das hieß 45 Minuten hitzewellenfrei. Maren bat uns Teilnehmer einen großen Kreis zu bilden und suchte sich eine Übung aus, die wir im Wasser ausüben sollten. » So meine Damen, die nächste

Übung heißt Frosch. « Sie setzte sich auf einem Startblock und zeigte uns, dass wir die Beine rechts und links gleichzeitig seitlich anwinkeln und die Arme nach vorne ins Wasser stoßen mussten. » Ihr macht die Bewegung bitte solange, bis ihr bis Hundert der Reihe nach im Uhrzeigersinn gezählt habt. Christa? Fängst du bitte mit eins an, dann Jutta mit zwei und dann einfach so weiter zählen. « Christa nickte, rief laut eins und wir machten den Frosch. Es folgten zwei, drei, vier, jetzt kam Hanna dran, doch Hanna kreiste für sich wie eine kleine Robbe mit geschlossenen Augen.

Ihre Nachbarin wiederholte sich. » VIER! «

Maren, die gerade die Musik etwas lauter stellte, schaute, warum sie uns nicht mehr zählen hörte und klatschte in die Hände. » Was ist los, meine Damen? Ich höre nichts mehr. Wer ist denn der nächste? Hanna? « Ich, die ihr leider direkt gegenüberstand, konnte nicht an ihrem Gürtel zupfen.

Maren versuchte es erneut. » Hallo, Hanna? Wir sind bei vier. «

Meine Freundin schaute zu ihr. » Bier? Mitten im Kurs? Na das nenn ich mal einen Service! «

Maren zog die Augenbrauen hoch und die ersten Teilnehmer grinsten. » Okay, fangen wir einfach nochmal von vorne an. Brigitte? Möchtest du anfangen? «

Diese nickte zustimmend, die Musik wurde wieder lauter gedreht und alle nahmen wir die Froschposition ein.

» Ich starte mit der eins! «

» Zwei. «

» Drei. «
» Vier. «
» Fünf. «
» Sechs. «
» Sieben. «
Ruhe und alle Blicke auf Hanna. Maren wiederholte nochmal laut und deutlich die Zahl. » SIEBEN! « » Wiegen? Jetzt? Ich dachte es gibt erst Bier? « Hanna wollte sich schon vom Schwimmgürtel abschnallen, als ihre Wassernachbarin auch noch mal die Zahl Sieben wiederholte und Hanna völlig irritierte. » Was guckt ihr mich jetzt alle so an. « » Na du musst weiterzählen. « Maren hatte die Musik wieder leiser gedreht. » Wir zählen bis einhundert. « » Ach so. Ja dann. Neunundvierzig « und schaute ihre Nachbarin an, die gerade so blöde gegrinst hatte. » Was ist jetzt schon wieder? Könnt ihr nicht rechnen? Sieben mal sieben ergibt bei mir neunundvierzig! « Jetzt mussten doch einige lachen. Ich klärte Maren über Hannas Hörschwäche auf und nachdem das nun für alle geklärt war, machten wir einfach die Übungen nach Stoppuhr und Gestik. Ging auch.

Kapitel 10
Kiron

Anke, Ines und Jana hingegen standen sich ratlos gegenüber. Zuerst hatten sie die Räumlichkeit nicht gefunden und dann hing an der Tür noch ein Hinweisschild, dass der Kurs wegen des guten Wetters außen stattfand. »Und wo Bitteschön ist hier außen? «Ines schaute sich orientierungslos um. » Keine Ahnung Ines, vielleicht versuchen wir es mit der Tür da vorne? « Anke versuchte eine Eisentür zu öffnen, doch sie war verriegelt. Jana setzte sich trotzig auf einen im Gang stehenden Stuhl. » Mir egal wenn der Kurs ausfällt, ich habe eh keinen Bock den sterbenden Schwan zu mimen. « » Auch du musst da jetzt durch, Jana. Lasst uns doch mal eben zur Rezeption gehen, um nochmal nachzufragen, wo der Kurs jetzt genau stattfindet. Blaumachen gilt nicht. « Anke schritt voran, bekam die Auskunft und als die drei an der Wiese ankamen, wurden sie schon von ein paar anderen Teilnehmer wartend angeguckt. Jana sah natürlich nur die Blicke der Herrschaften. » Jaja, meine Herren, ihr schaut schon richtig, hier kommen noch ein paar ansehnliche Teilnehmer! « Anke war es peinlich, Ines hörte jemanden "unverschämtes Görr" nuscheln und beide bezogen mit herabgesenktem Kopf die zwei freien Gymnastikmatten hinter Janas Reihe.

Der Kursleiter schien Yoga zu leben, denn er strahlte eine enorme Ruhe aus und wartete geduldig, bis sich alle Teilnehmer auf ihrer Sportmatte platziert hatte, bevor er sich mit seinem Vornamen Kiron vorstellte. Kiron war 28 Jahre jung, stammte ursprünglich aus Indien und sorgte für eine schweigende Jana, die ihn jetzt erst realisierte und mit offenem Mund anstarrte. Sie schien alles um sich herum vergessen zu haben, übersah sogar ihre Yoganachbarin Irmgard Krause, die bei Janas Anblick sofort ihre Matte etwas von ihr abrückte.

Kiron erzählte, dass Yoga eine aus seiner Heimat stammende Lehre sei, die eine Reihe geistiger und körperlicher Übungen beziehungsweise Praktiken umfasste. Der Begriff Yoga konnte sowohl Vereinigung sowie Integration bedeuten. Ines fand, der junge Mann strahlte eine enorme Gelassenheit aus und hörte gespannt zu. Kiron drehte sich kurz um, schaltete leise Entspannungsmusik ein, verbeugte sich vor allen Teilnehmern und fing hörbar an, Luft tief ein und auszuatmen. Alle folgten seinen wortlosen Anweisungen. Ob Jana die Luft tief einatmete, weil es ein Teil vom Yoga war, wusste Anke nicht, aber sie hörte, wie sie laut hörbar nach Luft schnappte und zischte ihr rüber » du bist doch keine Kaulquappe. Jetzt atme doch mal vernünftig. « Kiron startete mit der ersten Übung, die Halasana hieß und drehte sich langsam auf die Seite. Jana war im Tunnelmodus, starrte ihn wie hypnotisiert an und verdrehte sich extra anders wie vorgezeigt, doch Kiron reagierte nicht. Nach zwei weiteren Übungen, die Jana ebenfalls ohne Bemerkung verkehrt nachahmte, hob sie die Hand und bat ihn um Hilfe.

Anke kniff Ines ein Auge zu. >> Ah, deshalb die fehlerhaften Übungen. Alles Berechnung! The Show must go on! <<

>> Genau, sie ist und bleibt unser Extrawürstchen. << Auch Ines konnte nur mit den Schultern zucken und hoffen, dass gleich die nächste Übung folgte, da sie kurz vor einem Wadenkrampf stand.

Frau Krause hüstelte kurz auf. >> Also wenn wir uns jetzt alle so dumm anstellen, wie Sie junges Fräulein, dann muss ich mich leider beschweren, schließlich möchte ich wie alle anderen hier Yoga ausüben und nicht Ihnen, bei was auch immer Sie darstellen möchten, zugucken. Wenn die Übungen zu schwer für Sie sind, dann sollten Sie sich entweder eine Einzelstunde geben lassen oder in ein Ikea-Bällebad wechseln. << Jana lief rot an, ob vor Wut oder weil Kiron, der sich dank seiner inneren Ruhe nicht aus dieser bringen ließ, ihre Taktik erkannte und gekonnt zur nächsten Übung wechselte, weiß ich nicht, aber unsere Freundin beließ es dabei und versuchte es, wie Anke und Ines, mit der Figur Dhanurasana.

Anke schaute zwischenzeitlich zu Frau Krause, denn irgendwie kam ihr die Frau tatsächlich bekannt vor. War sie vielleicht eine Patientin der Zahnarztpraxis, in der sie arbeitete? Oder hatten sie sich vielleicht schon mal auf dem Friedhof gesehen? Hm? Vielleicht hatte die Dame aber auch nur Ähnlichkeit mit jemanden, denn sie flüchtig kannte, dachte sie und konzentrierte sich wieder. Nach knapp 35 Minuten war der Kurs beendet. Kiron bedankte sich mit einer tiefen Verbeugung von allen und während Ines ihre verrenkten Knochen sortierte, lief Janas Puls immer noch auf Hochtouren. Sie stellte sich die Hände in die Hüfte stemmend direkt vor Irmgard Krause. » Ich wollte den Kurs nicht weiter stören, aber wenn Sie alte Pute meinen, mich oder meine Freundinnen beleidigen zu müssen, dann lernen Sie mich mal richtig kennen. «

Frau Krause rollte ganz relaxt ihre Sportmatte ein, schob ihre goldene Brille zurecht und schaute Jana von oben bis unten abschätzig an. » Junges Fräulein. Ich weiß zwar nicht, warum Sie sich hier so aufspielen müssen, aber glauben Sie mir, es wirkt nicht nur lächerlich, sondern auch völlig niveaulos und jetzt gehen Sie mir bitte aus dem Weg. Ach übrigens, ihre Ball-Attacken habe ich Laura gemeldet, ich denke, es wird noch ein Nachspiel geben. «

Jana versuchte cool zu reagieren. » Ein Nachspiel? Aber nicht mit Ihnen und ganz bestimmt nicht beim Sitztanzen. «

Frau Krause blieb weiterhin ganz ruhig. » Ach Kindchen, hat man Ihnen nicht beigebracht, dass es manchmal damenhafter ist, einfach mal zu schweigen? Aber jetzt verstehe ich, was ihre Freundinnen vorhin meinten. « Sie drehte sich zu Anke und Ines um. » Meine Damen! Ich wünsche Ihnen noch einen schönen Abend mit diesem Extrawürstchen. «

Kassalla, dass saß. Jetzt waren Anke und Ines in Janas Zielscheibe geraten. » Wie bitte? Wie nennt ihr mich? Seid ihr mit dem bunten Vogel jetzt dick befreundet, oder was? «

Anke hob ihre Sportmatte auf. » Ähm, quatsch und das war auch gar nicht so fies gemeint, wie es gerade gesagt wurde! «

» Was spielt das denn für eine Rolle, wie man Extrawürstchen sagt? DAS man es sagt, spielt eine und zwar eine große! «

Ines holte tief Luft. » Mensch Jana, jetzt mal Fuß vom Gas. Außerdem kann Anke überhaupt nichts dafür, weil ich dich so genannt habe. Du spielst dich aber auch immer auf! Ständig musst du im Mittelpunkt stehen! Wie würdest du denn solch einen Menschen nennen? «

Jana schaute überrascht zu Ines. » Vielleicht sonderbar? Oder Extravertiert? Aber bestimmt nicht Extrawürstchen. «

Anke sah es diplomatisch. » Nicht nur Ines, sondern viele Menschen sehen dich so, aber das spielt ja jetzt keine Rolle mehr. Du hast dich mit Frau Krause ausgesprochen, kennst jetzt deinen Spitznamen und nun lasst uns noch einen Kräutertee trinken und dann zum Abendessen huschen. «

Jana schmollte. » Den könnt ihr alleine trinken, ich gehe zu Horst. «

*

Um 19 Uhr gab es dann Abendessen. Viele der Kurgäste lauerten schon kurz nach 18 Uhr vor den Türen des Speisesaals und nahmen endlich wie Wölfe Platz. Hanna und ich steuerten auf unseren Tisch zu, an dem Anke und Ines bereits saßen. » Wo habt ihr denn Jana gelassen? Hat ihr Yoga so viel Spaß gemacht, dass sie eine Extrastunde gebucht hat oder bekommt sie den Knoten nicht aus den Beinen? «

» Schlimmer, Katja, schlimmer. Wir haben ihr durch einen dummen Zufall beichten müssen, dass wir sie manchmal Extrawürstchen nennen und jetzt heult sie sich bei Horst aus und schmollt. «

Hanna setzte sich auf einen Stuhl am Fenster. » Mist, jetzt wo es interessant wird habe ich das doofe Hörgerät nicht im Ohr. Also, erzählt! « Und dass taten die beiden im Schnelldurchlauf und als zur Überraschung aller Jana auf unseren Tisch zusteuerte, wechselten wir schnell und gekonnt das Thema.

» Mensch Jana, schön, dass du endlich da bist und mit uns dinieren möchtest. Meint ihr, wir bekommen richtig Abendbrot mit Wurst und Käse? «

Jana schaute zu Ines. »Das Wort Wurst möchte ich momentan nicht mehr hören, hicks. «

Hanna überhörte absichtlich den Schluckauf. » Prima Jana, willkommen im Club der Vegetarier. « Ich wollte unsere Freundin jetzt nicht fragen ob Horst einen ausgegebene hat und war froh, dass der Servierwagen anrollte um unsere letzte Mahlzeit für heute anzurichten - eine Zusammenstellung aus Brühe mit kleinen Möhrenscheiben und eine Portion Kichererbsensalat. Anke wandte sich an den Servierer.

» Könnte ich wenigstens zum Dippen einen Hauch von Brot bekommen? Nur so eine klitzekleine winzig dünne Scheibe? «

» Tut mir leid, aber das darf ich nicht servieren. « Ihm schien es wirklich leid zu tun.

» Na gut, war ja nur eine Frage und wahrscheinlich würden Sie selber lieber einen deftigen Schweinebraten verteilen, als uns diese Plörre hier vorzusetzen. Also dann mal allen einen Guten

Appetit, teilt es euch gut ein, heute gibt es nichts
mehr. «
Ines rührte nachdenklich in ihrer Boullion herum.
» Kannst du aus der Suppe lesen? « Hanna schaute zu
ihr herüber.
» Wie soll das denn gehen? «
» Du guckst so stur in deine Brühe, dass ich dachte,
du hast vielleicht eine Buchstabensuppe erwischt. «
» Ach, ich war jetzt nur in Gedanken, aber wenn
jemand meinen Salat möchte? Ich mag keine Erbsen
und Kichererbsen schon mal gar nicht. «
» Dann gib die doch dem Piepmatz Krause da vorne,
dann kommt sie vielleicht einmal im Leben vor
Lachen nicht in den Schlaf, hicks. «
» Jana! «
» Was denn? «
» Was hat dir die Frau eigentlich getan? « Anke
schlürfte die Brühe.
» Sie hat uns Hotten Totten genannt und wollte mich
vorhin ins Bällebad schicken! «, übertrieb Jana!
Ich hatte keine Lust mehr auf irgendeinen Ärger.
» Ach Jana, du weißt doch selbst, dass viele Menschen
im Alter empfindlicher und sensibler reagieren und
wer weiß wie wir mal werden, also lass Frau Krause
doch einfach in Ruhe ihre Tage hier verbringen und
nun ein Themawechsel. Also die Wassergymnastik
hat richtig Spaß gemacht und war ganz schön
anstrengend. Ich hätte nicht gedacht, dass man sogar
im Wasser etwas schwitzen kann. Wie war denn euer
Yoga? «
Ines, die immer noch einen Strudel in ihre Suppe
rührte, schaute hoch. » Das Aqua fand ich auch toll.

Ich habe gerade gedacht, dass man sich Zuhause einfach die Zeit nehmen müsste, um sich und seinem Körper was Gutes zu tun und sich in einem Aquakurs anmelden. «

Hanna reagierte. » Ah, deshalb rührst du deine Suppe schwindelig. «

» Quatsch und auf deine Frage zurückzukommen, Katja, Yoga ist nicht mein Sport. Vielleicht wenn man es öfters machen würde, aber so fand ich es schon recht anstrengend, obwohl es schön war, dass es draußen auf der Rasenfläche stattfand. «

» Ach herrje, auf´m Zeckenteppich? « Ich hatte einen Riesenrespekt vor den fiesen Tieren.

» Wir hatten doch eine Unterlage dabei. « Anke grinste. » Und Kiron! Ein sehr netter Kursleiter, sowohl in der Optik, wie auch im Wesen, ne Jana? «

Ich probierte den Kichererbsensalat, schob ihn aber sofort von mir fern. » Kibon? «

Janas Augen leuchteten. » Kiron! Sag mal hörst du jetzt auch noch schlecht oder habt ihr Wasser in die Ohren bekommen? Kiron! Der Name spricht doch schon für sich. Bedeutet bestimmt Schönheit. Also wenn ich zwanzig Jahre jünger wäre, würde ich ihn mir direkt schnappen. Der hat einen Körper, Katja, da vergisst du glatt deinen Appetit aufs Essen und bekommst ganz anderen. Perfekt proportioniert, hicks. Von allem nicht zu viel und nicht zu wenig und dann diese Augen! Tiefbraun und trotzdem leuchtend wie Sterne. Und die Hände! Gepflegt und so weich wie Seide. « Jana schaute verträumt in ihre Brühe.

» Na prima, dann hätten wir das ja auch geklärt. « Ich hatte keine Lust, mir jetzt den ganzen Abend etwas

von Kibon oder Kiron oder wie der Typ hieß anzuhören und unterdrückte ein Gähnen. >> Sollen wir gleich noch etwas spielen? So als Essenablenker? Ich habe die Kartenspiele Uno und Last man falling eingepackt. << Anke und Hanna fanden meine Idee gut, Ines boykottierte Uno da sie dort immer verlor und Jana war gedanklich noch in Indien unterwegs, als Anke zum Aufbruch trieb. >> Na dann, wenn alle satt sind, ha ha war ein Witz, dann lasst uns noch etwas zusammensitzen. Ich bringe eine Karaffe Tee mit. <<
>> Ich das Wasser. <<
>> Das glaubt uns Zuhause keiner, dass wir uns mal mit Tee-und Wasser einen Spieleabend machen, oder? << Ich schüttelte den Kopf.
>> Das lasst mal alles meine Sorge sein. Wo ist der Treffpunkt? Kommt ihr alle zu mir? Dann brauche ich nicht so schwer tragen, hicks. <<
>> Was willst du denn tragen? Wir haben doch Tee und Wasser dabei, viel mehr ist heute nicht drin. <<
>> Meint ihr! <<
Was auch immer sie meinte, stellten wir dann später fest, zunächst aber mussten wir noch den Terminus-Bogen ausfüllen und es freute mich, dass Jana ihren Humor wiedergefunden hatte.

		Tag 1	Tag 2	Tag 3	Tag 4	Tag 5
$\mathcal{F}$	=	Freude	Fortschritt	Fleiß	Freiheit	Frieden
$\mathcal{A}$ Anke	=	Abführen				
$\mathcal{S}$ Katja	=	:-) Suppe				
$\mathcal{T}$ Hanna	=	T E E				
$\mathcal{E}$ Jana	=	Extra- wurst				
$\mathcal{N}$ Ines	=	Neubeginn				

Kapitel 11
Ausgesperrt

Es dämmerte bereits, als wir noch einmal für heute zu
Horst schlichen. Hanna und Ines hatten bereits eine
Parkbank anvisiert, die in unmittelbarer Nähe unseres
Baumes stand, aber bisher war es nicht dunkel genug
um diese unter den Baum zu tragen, jetzt aber schon
und als wir vier uns darauf zusammengerückt noch
eine Zigarette gönnten, löste ich ungewollt eine
Gähnkette aus. Irgendwie waren wir alle völlig müde
und sagten nach und nach unseren gerade noch
spontan geplanten Spieleabend ab. Jana starrte uns
ungläubig an, nannte uns Spielverderber und wir
versprachen ihr, unser Treffen auf den nächsten Tag
zu verschieben. Ob das am frühen Aufstehen lag, der
Aufregung, an den Kursen oder sogar am Hunger,
das konnte keiner von uns beantworten, doch das
Einzige, was wir an diesem Tag noch schafften, war,
per WhatsApp unsere Kurspläne für den kommenden
Tag auszutauschen und dann wurde es ruhig.

*

Immer noch gähnend schaltete ich den Fernseher in
meinem Zimmer ein und ging unter die Dusche; ich
kam mir völlig unterzuckert vor und hätte das
Sommer Edition Pina Colada Duschgel am liebsten
auf Ex leer getrunken. Beim Abbrausen fiel mein Blick
in den seitlich angebrachten Badspiegel und ich
erstarrte, denn der Fernseher spiegelte sich und ich
schaute wie versteinert einer Grillschlacht zu.
Anscheinend hatte nicht nur mein Gesicht Augen,
sondern auch mein Magen, denn der beschwerte sich

laut und mir fiel spontan mein Notfallrucksack ein.
„Also wenn das jetzt kein Notfall war, dann weiß ich
auch nicht", dachte ich, als ich mich im Rekord
abtrocknete, in den Bademantel schlüpfte und eine
Armlänge entfernt vor dem Kleiderschank stehen
blieb. Eigentlich bist du feige, Katja. Feige und
schwach, dachte ich und fragte mich, warum ich mich
selbst so schwer im Griff hatte. Vor meinen Augen
verschwand für einen kurzen Augenblick der
Rucksackinhalt und es tauchte ein Bild auf, das hinter
der Rezeption hing: *„EHRGEIZ ist die Fähigkeit, die
Träume real werden lässt"*. Oje, ich atmete hörbar aus,
wenn mein Ehrgeiz nur nicht immer von meiner
Gewohnheit abgelenkt würde! Ich atmete nochmals
tief durch, versuchte mein Magenknurren zu
überhören, setzte mich auf die Bettkante und
überlegte, dass mir noch nie so bewusst gewesen war,
was so eine Show mit einem Gehirn anstellen konnte,
wenn man tatsächlich Hunger schob. Ich schaltete ein
Programm weiter, wo gerade der längste Hefezopf
der Welt vorgestellt wurde. Schnell zappte ich weiter,
doch entweder wurde gekocht, gegrillt, gebacken oder
geschlachtet. Ich schaltete den Fernseher komplett
aus, ging zurück ins Bad und überlegte beim
Zähneputzen ernsthaft, wann man eigentlich so
undankbar geworden war, alles als selbstverständlich
zu betrachten. Wir buchten uns freiwillig in so einem
schicken Hotel ein um etwas für unsere Gesundheit
zu tun und jammerten ständig herum. Wir zogen alle
lange Gesichter, weil wir kein Buffet, sondern nur eine
Brühe serviert bekamen, dabei gab es doch genug
hungernde Menschen die sicherlich über ein Tässchen

Suppe dankbar wären und dann mopperten wir noch über den Bewegungs-Stundenplan, wobei man doch weiß, wie viele Menschen sich gerne Bewegen würden und es nicht können. Ich schaute in den Spiegel, cremte mir mein Gesicht ein und schwor mir, meine Ansichten ab sofort zu ändern. Ab morgen Katja, ab morgen wirst du lernen, Essen und Trinken zu genießen. Du wirst nicht wieder jammern, nicht über die Brühe und auch nicht über den gesunden Kräutertee, auch wenn der schon sehr speziell schmeckte und mein Notfallrucksack – ja der würde bis zur Abfahrt geschlossen im Schrank verweilen müssen!

*

Tee treibt, sagt und fühlt man. Heute wurde ich nicht nur von meiner Hitzewelle geweckt, sondern zusätzlich von meiner vollen Blase und das bereits unabhängig voneinander zum dritten Mal in dieser Nacht. Wenn das so weiterging, dachte ich, als ins Bad schlurfte, hatte ich morgen mit Sicherheit Augenringe wie ein Profiboxer. Ich legte mich zurück ins Bett, als die nächste Hitzewelle in Anmarsch war. „Super Timing", dachte ich, stand auf, öffnete weit die Balkontür und sah Jana vor ihrer Terrasse auf einem Handtuch liegen. Ich schaute auf meine Uhr, es war 0:30 Uhr.

>> Jana? <<, rief ich leise, doch keine Reaktion. >> Hey! Jana? Pst! Hier oben! << Wieder erkannte ich keine Regung und bekam langsam Panik. Was, wenn es ihr nicht gut ging? Vielleicht hatte sie von dem ganzen Kräutertee eine Schockallergie bekommen oder sogar eine Vergiftung? Schnell schlüpfte ich in den

Bademantel, entriegelte meine Zimmertür und zielte das Treppenhaus an. Im Haus war zum Glück alles ruhig. Ich huschte an der unbesetzten Rezeption durch die Schwingtür nach draußen, lief um das Haus und stand völlig außer Puste vor einer leise schnarchenden Jana. Meine Herren, wie sah es denn hier aus, dachte ich, als ich mich umblickte. Ich zählte fünf leere Proseccodosen, die meine Freundin brav übereinandergestapelt hatte, eine Flasche Sekt und eine überfüllte zum Aschenbecher umfunktionierte Seifendose.

» Jana? «, rief ich nochmal leise, doch ich bekam sie einfach nicht wach. Sie lag wie ein Embryo zusammengerollt im Tiefschlaf vor mir. Ich schüttelte an ihren Schultern und rief ihren Namen etwas lauter, als sich über mir die Balkontür öffnete. Na toll, dachte ich in diesem Moment und im nächsten hörte ich Ines.

» Katja? «

» Hier Ines. Oh Gott sei Dank bist du das! Habe ich dich etwa geweckt? «

» Nein. Ich war sowieso gerade wach und wollte mir heimlich eine rauchen. Wie soll man aber auch bei so einer schwachen Blase schlafen? Ich renne ja mehr auf die Toilette als ich im Bett liege. Was machst du denn überhaupt um diese Uhrzeit mit Jana draußen? Übt ihr heimlich Yoga? «

» Von wegen Yoga! Unsere Jana hat wohl zu viel getrunken und schläft hier draußen auf dem Handtuch ihren Rausch aus «

Ines flüsterte leise weiter. » Ach du Schande! Lasst euch bloß nicht von der Rottenmeier oder dem Vögelchen da oben erwischen « In diesem Moment

wurde unsere Freundin wach und schaute mich an. »
Toll! Katja! Für Besuche ist es ja nie zu spät, aber ich
habe jetzt nichts mehr, was ich dir, hicks, anbieten
könnte. Alles leer. «
Ich glaube es nicht! » Sag mal, spinnst du. Wenn das
jemand mitbekommt, kannst du gleich nach Hause
fahren. Musste das denn sein? «
» Nein. Musste nicht, ich habe es ja freiwillig
getrunken, hicks. «
» Sehr witzig. « Ich schaute zu Ines hoch, die auch
etwas erschrocken wirkte, doch nichts sagte.
Ich packte Jana am Arm. » Komm, jetzt steh auf und
schleich dich leise in dein Zimmer. Am besten legst du
dich sofort ins Bett. «
» Warum das denn? Hast du das Kartenspiel nicht
mitgebracht? « Sie blieb stur auf dem Handtuch sitzen
und zündete sich eine Zigarette an. » Auch eine,
hicks? «
» Jana! Ich habe wirklich keine Lust, dass wir hier
noch Ärger bekommen. Jetzt steh auf, nimm dein
Handtuch und geh endlich rein. «
» Wie? Mit der Fluppe? «
» Ne, die machst du jetzt bitte mal aus und dann hopp
hopp! Ich räume noch schnell deinen Müll weg. Wenn
Frau Rottenmeier mitbekommt, das du hier geraucht
hast, gibt's doppelt Ärger. «
» Wer ist denn Frau Rotteneier? Die Lehrerin von
Heidi? «
» Rottenmeier. Die Chefin des Hauses. Sie hatte uns
eindrücklich gebeten, nicht auf dem Balkon zu
rauchen. «

» Eben, deshalb rauche ich auch auf der Terrasse! «
Jana drückte die Zigarette im Rasen aus und fing an
zu singen. » Kommt ein Vogel geflogen, setzt sich
nieder …«
» Schluss Jana. Das ist jetzt nicht mehr witzig. Wenn
du jetzt nicht aufstehst, dann lass ich dich hier alleine
sitzen und geh wieder hoch in mein Zimmer. «
Jana schaute mich wankend an. » Ach Katja. Warum
bist du meistens so vernünftig und ich nicht, hicks.
Bringst du mich wenigstens ins Bett? «
Ich hörte Ines oben leise fragen. » Brauchst du immer
noch keine Hilfe, Katja? « Jana schaute zu ihr hoch. »
Ines meine Beste. Trinkste einen mit, hicks? Musst du
aber ausgeben, ich habe nichts mehr. Bin quasi
blankgetrunken. Hey, du rauchst ja auf den Balkon!
Also wenn das die Tante Prusseliese sieht. Ts ts ts. «
In dem Moment hörten wir, wie auf der oberen Etage
Rollläden betätigt wurden. Schnell schubste ich Jana
in ihr Zimmer, löschte das Außenlicht und auch Ines
sprang zurück an die Hauswand, um nicht entdeckt
zu werden.
» Was war denn jetzt, hicks? «, wunderte sich Jana,
doch ich zeigte mit den Fingern, dass sie erstens ruhig
sein sollte und zweitens rigoros auf ihr Bett. Sie schien
zu verstehen, dass der Spaß langsam vorbei war,
setzte sich aufs Bett, fiel nachhinten und blieb zum
Glück ruhig liegen. Ich stand wie versteinert, lauschte
gespannt, bis sich die Rollläden wieder schlossen und
schlich auf dem Rasen. Ines stand noch auf den
Balkon und flüsterte leise » Und? «.
» Ruhe! «

» Na Gott sei Dank. «

Ich ließ vorsichtshalber die Außenbeleuchtung aus, schnappte mir die Supermarkttüte, die bei Jana im Zimmer rumflog und füllte diese leise mit dem Müll. Jana schien tatsächlich eingeschlafen zu sein, also nahm ich ihr Handy vom Schreibtisch, stellte damit die Weckfunktion an, legte es auf das Nachttischchen, deponierte ihr den Mülleimer noch vorsichtshalber ans Bett, schloss ihre Zimmertür, schlich über den Flur zu meinem Zimmer und bemerkte erschrocken, dass ich meine Zimmerkarte vorhin nicht eingesteckt hatte. Mist. Jetzt stand ich vor meiner verschlossenen Zimmertür und merkte, wie sich meine Blase wieder meldete. Ines! Fiel mir ein! Leise klopfte ich ihre Zimmertür.

» Ines? Ich bin´s, mach mal bitte auf! « Ich war so froh, dass meine Freundin noch wach war und sie mich ihre Toilette nutzen ließ.

» Hätte ich gewusst, wie extrem der Tee treibt, hätte ich mir Tena Ladys eingepackt. Was machen wir jetzt mit dir und deiner Zimmerkarte? Ist die Rezeption denn noch besetzt? « Ines hockte mit einer Zigarette auf den Balkon und hielt mir ihre Schachtel hin.

» Zum Glück nicht. Die hätten wahrscheinlich sofort den Securitydienst gerufen als ich mit Bademantel und Puschen dort vorbeigelaufen bin. Mann Mann Mann! Hoffentlich hat uns jetzt keiner gesehen und verpetzt uns. « Ich schaute zum Nachbarbalkon, der Hanna gehörte. Eigentlich waren die Balkone weniger als einen halben Meter voneinander getrennt. Ines bemerkte meinen Blick.

» Lass es lieber und schlaf hier. «

Ich überlegte kurz und streckte meinen Arm nach rechts aus. » Guck mal, ich glaube ich versuche es. Könnte doch klappen, oder? «

» Na und wenn nicht? «

» Dann bin ich hier im Kurhaus schon direkt an der richtigen Stelle. « Ich drückte meine Zigarette aus, legte meinen Bademantel ab, damit ich nicht am Gitter hängen blieb und ließ mich von Ines festhalten. Langsam setzte ich einen Fuß auf Hannas Balkonbrüstung, dann umfasste ich das Gelände und zog mich rüber.

» Super Katja. Fast wie ein Stuntman! «

» Sehr witzig. « Ein bisschen ging mir doch die Pumpe.

» Werfe mir mal die Mülltüte zu, Ines. Ich kann sie von hier aus auf meinem Balkon schleudern und morgen früh alles heimlich entsorgen. «

Aus Hannas Balkontür, die auf Kippe stand, hörte ich grelle Klänge und sah, dass im Fernseher irgendein Krimi lief und beneidete meine Freundin, die wahrscheinlich gemütlich im Bett lag und einen Schockerfilm genoss. Ich gab Ines ein Zeichen, dass ich jetzt den zweiten Stunt versuchte, um somit wieder in mein Zimmer zu kommen.

» Alles klar, Katja. Mach bloß vorsichtig. Erst ein Fuß, dann zieh dich mit der Hand nach, so wie du es gerade schon gemacht hast! «

» Mach ich, Ines, aber eins sag ich dir. Das kostet Jana mindestens ein Essen bei unserem Italiener, wenn wir wieder zuhause sind. «

» Mindestens! Soll ich Beweisfotos machen, wenn du am Kraxeln bist? «

» Von wegen. Schlaf lieber gleich noch ein bisschen, bevor es hell wird. Wir sehen uns morgen. «

» Alles klar. Du auch und wie gesagt, mach langsam und rutsch nicht ab. Deinen Bademantel gebe ich dir dann morgen. «

Ich machte ein Daumenhoch Zeichen und wollte gerade mein Bein über die nächste Brüstung heben, als Hanna an der Tür stand und aufschrie.

» Einbrecher! «, vor Schreck schrie nicht nur sie, sondern Ines mit.

» Pst, Hanna, ich bin es doch. « Doch sie schloss in Windseile ihre Balkontür und den Vorhang und ich sah vorsichtig zu, dass ich unbeschädigt zu meinem Balkon kam, winkte Ines zu und verschwand schnell in meinem Zimmer, denn meine Blase drückte schon wieder. Diesmal wohl aus Angst.

*

Am nächsten Morgen versuchten wir dann Jana wach zu bekommen. Eigentlich sind Jana und Hanna unsere beiden Langschläfer-Kandidatinnen, doch Hanna musste sich heute in der Nacht so wegen mir erschrocken haben, dass sie bis zum Morgen wach lag.

Ich hatte mir extra den Wecker eine Stunde früher als nötig gestellt und fühlte mich wie gerädert, als dieser sich meldete. Schnell machte ich mich im Bad fertig, schlüpfte in meine Joggingsachen und schlich mit Janas in einem Handtuch eingerollter Mülltüte in Richtung Abfallbehälter. Was war ich froh, dass so früh noch niemand unterwegs war und gerade, als ich die Tüte einwerfen wollte, hörte ich unweit neben mir eine Stimme. » Hände hoch und die Tüte ganz langsam auf den Boden legen. « Ich war wie erstarrt und folgte artig den Forderungen. Hatte ich gerade noch wegen dem Vertuschen hohen Blutdruck, kamen jetzt noch Puls und Herzinfarkt hinzu. Langsam drehte ich mich um und sah Ines unter Horst hervorkommen. » Sag mal, spinnst du? «
Ihr liefen vor Lachen Tränen aus den Augen. » Katja! Das war zu göttlich. Schade, dass ich jetzt kein Handy zur Aufnahme hatte. « Ich konnte immer noch nicht lachen und warf den Müll in die Tonne und mein Handtuch Ines vor den Kopf. » Was machst du eigentlich so früh hier? «
Langsam schien sie sich zu fangen. » Ich hatte nach den ganzen Toilettengängen keine Lust mehr zu schlafen und mich zu Horst gesellt. Sorry, Katja, aber als ich dich schon anschleichen sah, musste ich schon grinsen und dich einfach erschrecken. «
» Na das ist dir gelungen. Also müde bin ich jetzt nicht mehr und zur Strafe hilfst du mir jetzt wenigstens Jana wach zubekommen. «
» Ja klaro, komm. « Gemeinsam machten wir uns auf den Rückweg, als uns Janina entgegenkam.

>> Ach du Scheiße. Und jetzt? << Jetzt war es Ines, die doof aus der Wäsche guckte.

>> Guten Morgen, ihr seid ja schon früh auf! << Ich versuchte cool zu bleiben. >> Guten Morgen, Janina. Wir wollten nur mal gucken, ob das Schwimmbad schon geöffnet hat. <<

Janina schaute auf ihre Uhr. >> Eine gute Stunde könntet ihr es noch zur freien Verfügung nutzen, dann fangen aber auch schon die Kurse an. Wir sehen uns ja gleich noch beim Wiegen. Also, viel Spaß und Hut ab vor so viel Ehrgeiz. Ich denke, ihr seid auf dem richtigen Weg. <<

„Ha ha, wenn die wüsste", dachte ich und bedankte mich höflich. Nun folgte die nächste Hürde, welche Jana wecken hieß. Ich versuchte es auf die nette Tour mit schütteln, Namen rufen, Vorhänge aufziehen und am Bett zupfen, doch nichts davon nutzte etwas. Ines hatte eine Idee, ging auf die Terrasse und kam mit dem Gartenschlauch des Gärtner um die Ecke.

>> Manchmal hilft nur die harte Tour. Mach mal Platz, Katja. <<

>> Ines! Bist du verrückt? Du kannst doch nicht das ganze Zimmer fluten. <<

Anke öffnete nebenan ihre Terrassentür. >> Moin. Na ihr Frühaufsteher. << Sie zeigte auf den Gartenschlauch. >> Nett von Euch, dass ihr dem Gärtner helft. Gibt aber keine Bonuspunkte beim Wiegen! <<

>> Guten Morgen, Anke. Von wegen dem Gärtner helfen. Wir bekommen deine Nachbarin nicht wach. <<

Anke schaute ins Zimmer. >> Lebt sie denn noch? <<

>> ANKE! <<

>> Ja, ja, schon gut. Was hat sie gestern denn noch alleine angestellt, dass sie so übermüdet ist? Oder war sie gar nicht alleine? <<
>> Sie war alleine, sie liegt ja schließlich alleine in ihrem Bett, nur wach wird sie nicht. << Ich wollte Janas gestrigen Ausrutscher jetzt nicht gleich rausposaunen.
>> Pah – das heißt bei unserer Madame nichts, sie kann doch gar nicht alleine. Hat sie übrigens selbst schon mal erwähnt. <<
>> Was? <<
>> Na, dass sie schlecht alleine sein kann und sie sich nur von Henning trennen würde, wenn sie einen neuen am Start hätte. <<
>> Aha, das wusste ich ja gar nicht. << Ines hielt immer noch den Schlauch parat.
Anke ging zum Bett und machte sich nun selbst ein Bild von Jana. Sie schüttelte sie unsanft an den Schultern, holte ein Glas Wasser aus dem Bad und goss etwas über Janas Gesicht.
>> Wasser marsch! << Rief sie dabei laut in Janas Ohr.
Schlecht nur, dass Ines, die sich angesprochen fühlte, am Ventil drehte und sich ein leichter Nieselregen auf uns alle niederließ.
>>INES! Bist du verrückt! Mach den Schlauch aus. <<
Ines tat es, legte den Schlauch wieder auf die Terrasse und fing laut an zu lachen, als sie Ankes und mein fassungsloses Gesicht sah.
>> Sag mal. Ganz frisch bist du nicht, oder? Wie sollen wir denn jetzt die Möbel hier drinnen trockenwischen? Der Teppich ist auch ganz feucht. <<
>> Feucht und fröhlich? Gerne - ich bin dabei! << Jana war wach…

Kapitel 12
Filmriss

Während wir Jana ins Bad schoben, legten wir sämtliche Handtücher, die wir in unseren Zimmern fanden, auf den Boden, trockneten die Möbel und gingen endlich zusammen frühstücken. Kurz bevor ich ausgehungert den Speisesaal betrat, zupfte mich Anke am Ärmel. » Wiegen nicht vergessen!!! « Ach nö, das jetzt nicht auch noch. Langsam zweifelte ich an dem Hotelnamen 'Haus der Ruhe` und watschelte meinen Freundinnen hinterher.

Eigentlich brauchte ich kein schlechtes Gewissen haben, denn das bisschen Essen, was ich am Vortag zu mir genommen hatte, also abgesehen von der winzig und für mich überhaupt nicht nennenswerten Salamisticks am Vormittag, setzte ich alle Hoffnung auf ein paar Zahlen weniger auf dem Display. Alleine was meine Blase durch das ganze Flüssige schon abgelassen hatte, mussten für ein paar Gramm sorgen und wenn Nerven auch welche lassen konnten, dann hätte ich durch Jana heute wahrscheinlich den Rekord geknackt. Schade, dass man durch Hitzewellen nicht abnahm, das wären nochmal ein paar Extras. Jana musste nochmal zur Toilette und ich dachte, das ist es. Jeder Tropfen zählt beim Wiegen und drehte mich um, um ihr zu folgen und stieß auf Irmgard Krause, die dieselbe Idee hatte und sich umschaute. » Entschuldigen Sie, wissen Sie vielleicht wo die Örtlichen sind? Das Hotel hat renoviert und ich weiß jetzt nicht wo ich die Damentoilette finde. «

>> In Indien <<, gab Jana zähneknirschend von sich.
>> Wie bitte? Wollen Sie mich verärgern? <<
Jana spielte die Unschuldige. >> Ich? Wie könnte ich? <<
>> Na dann geben Sie mir doch eine vernünftige
Antwort. In Indien! Sie halten sich wohl für sehr
witzig. <<
>> Aber stimmt doch. Die Toiletten befinden sich am
Ende des Ganges. <<
>> Tz, freches Gör. Das wird Ihnen noch vergehen,
spätestens wenn meine Freundin erstmal da ist. <<
Jana drehte sich zur Tür und sang >> Alle Vöglein sind
bald da, alle Vöglein, alle… << Und verschwand hinter
der Tür.

*

>> Und? Wie viel? << Ich war ganz aufgeregt, als Jana
vom Wiegen kam.
Jana grinste gelassen. >> Nur 150 Gramm. <<
>> Besser als nichts. <<
>> Plus, Katja. Plus. <<
Anke fand es nicht schlimm. >> Na und? Bei deiner
Figur brauchst du ja auch nicht abnehmen. Aber
schon komisch, dass du ins Plus gehst. Naja, vielleicht
hat dein Sitztanzen nichts verbrannt, aber sonst? Du
hast dich doch an alle Regeln gehalten, oder? <<
>> Aber sicher, ich betrüge mich doch nicht selber! <<
Ich musste echt an mich halten und bekam einen
Hustenanfall. Ines war die nächste von uns, die sich
wog. Schulterzuckend kam sie wieder zurück. >> Also
dafür, dass wir gestern kaum Kalorien zu uns
genommen haben, finde ich 325 Gramm ein bisschen
wenig. So, wie ich mich gestern Abend gefühlt habe,
hätte ich mit mindestens 2 Kilo weniger gerechnet! <<

Anke tippte sich an die Stirn. >> Schöner Traum! Sei froh, dass du überhaupt etwas runter hast. <<

>> Aber zu wenig. Dafür, dass ich mich gestern strikt an alles gehalten habe, ist es mir echt zu wenig. Wenn ich jetzt diese 325 Gramm mal fünf Tage rechne, dann komme ich gerade mal mit etwas mehr wie 1,5 Kilo weniger auf den Rippen nach Hause. <<

Ich musste ihr zustimmen und rechnet bei mir dann eher mit einem Plus von 325 Gramm, da ich ja nicht ganz so konsequent war.

Hanna kam strahlend wieder hervor. >> 999 Gramm! <<

>> Wahnsinn! Na dann geh ich mal eben. Drückt mir mal die Daumen. <<

Janina saß hinter dem Schreibtisch und nickte mir freundlich zu. Ich schloss die Augen und stellte mich auf die Waage. Bei mir waren es +/- 0. Ich hatte weder zu- noch abgenommen. Nett erklärte sie mir, dass es häufig vorkommt, da der Stoffwechsel des Körpers sich umstellen musste. Für mich war das absolut unbefriedigend, obwohl ich mich für Anke, die uns strahlend über ihren Verlust von 1,2 kg berichtete.

>> Anke, du kleiner Streber! << Da konnte man ja neidisch werden! Ich schwor mir, heute wirklich hart zu bleiben und mehr Wasser und Tee zu trinken.

>> Ich freue mich! Wenn ich weiter so mache, dann komm ich mit gut 6 kg weniger nach Hause. Wahnsinn! << Na wenigstens war einer von uns zufrieden und wenn man jetzt meinte, man konnte dem Duft von Kaffee, Rührei und Speck folgen, war hier glatt fehl am Platz. Wir setzten uns an unseren Tisch Nummer Acht und schielten verstohlen auf die anderen Tische. Heute schien es eine Scheibe

Dinkelbrot mit Quark, Haferflocken, Brühe und Tee
zu geben. Anke meldete sich, als der Servierer von
gestern Abend an unserem Tisch vorbeikam. »Junger
Mann. Ich möchte Sie nicht schon wieder nerven, aber
würden Sie mir bitte einen Kaffee bringen? «
Er schaute zweifelnd. »Das geht leider nicht. «
» Eine halbe Tasse? «
» Auch nicht. «
» Einen Schluck, vielleicht? «
» Tut mir leid. « Er zuckte die Schultern und ging
weiter.
» Naja, es war ein Versuch. Eigentlich brauche ich
immer einen Kaffee, damit ich wach werde. « Ines
rührte die Scheibe Brot nicht an, sondern nahm sich
freiwillig Brühe. » Also bei deinem Ergebnis würde
ich sowas von wach sein, da bräuchte ich die ganze
Woche keinen Kaffee mehr. « Sie schien wirklich
einschnappt zu sein. » Was steht denn bei euch heute
auf dem Plan? «
Anke schmierte sich den Quark dick auf ihre
Brotscheibe. » Also ich habe nach unserem
morgendlichen Walken am Mittag eine Cellulite
Kurbehandlung und abends komme ich mal in den
Genuss der Aquapower. Und Ihr? «
Ich musste kurz überlegen. » Bei mir steht Yoga und
heute Abend eine Kneipp-Kur auf dem Plan. Und bei
dir Ines? «
Ines kramte einen Spickzettel hervor. » Ich gönne mir
gleich eine Hot Stone Massage, am Mittag habe ich
Reiki vor mir und abends auch Aquapower. Darauf
freue ich mich schon, das hatte mir gestern echt viel
Spaß gemacht. «

Anke biss herzhaft in ihre Quarkstulle und genoss den Geschmack des Brotes. »Hm, himmlisch. Und bei dir Hanna?«
Hanna starrte gebannt in ihre Brühe.
»Hanna?« Ich schubste sie leicht an.
»Was denn?«
»Anke fragte gerade nach deiner Anwendung.« Hanna schaute auf Ankes Teller. »Etwas Verschwendung ist es schon, aber, wenn du es gerne so isst.«
»Was ist Verschwendung?«
»Wieso Versendung? Meinst du, die bestellen den Quark? Ich denke eher, dass sie den hier selber herstellen.«
»Hanna! Hast du deine Hilfe nicht Ohr?«
Sie löffelte ruhig weiter. »Findet Ihr? Wirklich lecker ist das Zeug nicht, da gebe ich euch recht, aber Chlor schmecke ich nicht heraus.« Jana verstand da keinen Spaß. Ihr reichte es schon, dass ihr Henning zu Hause bei jedem Wortwechselt immer mit 'Was?' antworte und tippte Hanna demonstrativ auf die Ohren. »HALLO H. A. N. N. A.! Nur zur Information, mein nächster Kurs heißt wie bastelt man ein Hörrohr! Hast du mich V. E. R. S. T. A. N. D. E. N.?«
Hanna verstand sie. »Ja natürlich, ich weiß gar nicht, warum du mich so anschreist und mir Wörter buchstabierst!« Kopfschüttelnd wühlte sie in ihrer Handtasche herum und zum Vorschein kamen ihr Handy, ein Buch, Taschentücher, ihre Geldbörse, Hundekottüten, eine Sonnenbrille und ein Kalender. Alles legte sie auf den Tisch und wühlte weiter.

≫ Musst du jetzt beim Frühstück deine Tasche aufräumen? ≪ Anke schaute sich peinlich berührt um, doch Hanna schien gefunden zu haben, was sie suchte und setzte sich ihre Hörhilfe ein. ≫ Was hast du gesagt, Anke? ≪
≫ Egal, aber ich frage mich nur, warum du deine Tasche mit zum Frühstück nimmst? ≪
≫ Das kann ich dir gerne sagen. Du mit deinem Haus der Ruhe. Heute Nacht wollte bei mir jemand einbrechen, er stand auf meinem Balkon und hätte ich nicht zufällig die Toilette aufsuchen müssen, wäre er mit Sicherheit ins Zimmer gedrungen. ≪ Ines und ich sahen uns an und verkniffen uns ein Lachen.
≫ Ein Einbrecher? Wie soll der denn auf deinen Balkon gekommen sein? ≪
≫ Ich weiß selbst nicht, wie er das geschafft hat. Mir wäre fast die Blase vor Schreck geplatzt, habe schnell die Balkontür zugemacht, bin zur Toilette gerannt und als ich dann wieder an der Balkontür stand, war die Gestalt verschwunden. ≪
Ines schaute zu Hanna. ≫ Das kommt von deinem Krimiwahn! ≪
≫ Das dachte ich heute Morgen auch erst, aber wie bitteschön kommen Rasenspuren auf meinen Balkon und auf die Balkonbrüstung? ≪
Jana rollte mit den Augen. ≫ Ach nö Miss Marple, nicht schon wieder. Ist dir schon mal aufgefallen, dass du dich und uns auf jeder Reise in einen Fall verwickelst? ≪
Hanna grinste. ≫ Das stimmt, aber das erklärt nicht, was die Gestalt bei mir wollte. ≪

» Also wenn er hübsch ist und heute Nacht nochmal vorbeikommt, dann schick ihn einfach eine Etage tiefer. Ich kümmere mich schon um ihn, dann brauche ich auch nicht alleine trinken. Apropos trinken, waren die Raumpflegerinnen bei euch auch schon so früh im Zimmer? «

» Welche Raumpflegerinnen? « Hanna schien jetzt jeden zu verdächtigen.

» Na die fleißigen Mädels, die die Zimmer aufräumen und den Müll leeren. Also die müssen verdammt leise gewesen sein, ich habe nämlich nichts gehört. «

» Kein Wunder, so tief wie du geschlafen hast! Aber nach so einer Soloparty läge ich jetzt noch im Koma! «

Anke horchte auf. » Soloparty? «

Ines schaute mich erschrocken an. » Au Mann, ich wollte doch nichts sagen. Sorry, Katja. «

» Katja? Habe ich was verpasst? Hast du gestern noch gefeiert? « Jana schien wirklich einen Filmriss zu haben. Auch Hanna und Anke schauten mich jetzt neugierig an.

» Nicht ich, sondern du. Sorry Jana, eigentlich wollten wir über den Abend nicht großartig reden, aber nun ist es raus. Es spielt ja auch keine Rolle, denn es ging alles gut, es hat uns keiner gehört oder gesehen und somit brauchen wir das Thema auch nicht vertiefen. «

» Genau, es war eigentlich nichts Besonderes oder nichts, was man nicht schon kannte. Jana hat sich abgeschossen, Katja hat es zufällig gesehen, ihr geholfen und sie ins Bett gebracht. Ich war ebenfalls wach und habe vom Balkon aus Wache gehalten. Als Jana endlich schlief, stand Katja vor meiner Tür, da sie sich ausgesperrt hatte und ist über meinen Balkon zu Hanna rüber und dann zu sich. «

Hanna schaute zu mir. » Du warst der Eindringling heute Nacht? «

» Ja, aber nun ist doch gut. Es ist, wie gesagt, alles gut gegangen. Wie sieht es so langsam mit Horst aus? «

» Gute Idee. Ich bin dabei und Dankeschön, dass du oder ihr euch um mich gekümmert habt. Eins von meinen gekauften Piccolöchen muss wohl schlecht gewesen sein. «

» Bestimmt Jana, bestimmt «, konnte sich Anke nicht verkneifen und legte noch nach » Eins sag ich dir jetzt noch. Sollte uns das Kurhotel wegen Regelwidrigkeiten nach Hause schicken, übernimmst DU sämtliche Unannehmlichkeiten und Kosten. Ich hungere doch hier nicht aus Lust und Langeweile! «

Jana winkte ab. » Dann gehen wir eben in ein schickes Hotel im Ort und lassen uns vom Buffet verwöhnen, anstatt so eine Plörre hier vorgesetzt zu bekommen. Also mal ehrlich. Wofür haben wir eigentlich so viel Geld bezahlt? Es gibt nichts Vernünftiges zu Essen, nichts Ordentliches zu trinken und dass bisschen Wiegen und Spazierengehen können wir zu Hause auch. « Ich meinte mich zu erinnern, dass Jana die erste von uns war, die Ankes Heilfastenplan zustimmte und sprach es direkt an.

» Ja schon, aber nur, weil ich dachte, hier kann man sich einen Kurschatten suchen, abends in Kneipen abhängen oder sich in einer Disko bewegen. Ich wusste ja nicht, dass hier alle verbohrt sind und einen Vertrag mit Tütensuppen haben. Sorry Mädels, aber lasst ihr euch mal weiter verar… «

Weiter kam Jana nicht, denn Janina stand plötzlich hinter ihr. » Guten Morgen und da sind ja die beiden ehrgeizigen Frühsaufsteher. Wart ihr tatsächlich noch Schwimmen? « Ach herrje, was sollten Ines und ich jetzt darauf antworten? » Ähm, nein, aber vielleicht morgen, jetzt wissen wir ja die Öffnungszeiten. Heute war es uns zu nass. « » Na das nenne ich mal Ehrgeiz, prima Ines. Sonst ist aber alles zu euer Zufriedenheit? « » Naja ... «, setzte Jana an, doch Janina überhörte dies. » Sehr schön. Vertragt ihr die Kräuter? « » Ich schon «, schleimte sich Anke wieder ein und Ines erkundigte sich vorsichtig nach dem Grund der Frage. » Naja, wir benutzen hier im Haus alles auf Naturbasis, wo eben auch schon mal vereinzelnd allergische Reaktionen aufgetreten sind. « » Ich sag ja immer, ein Schuss Prozentigen und man ist von Innen desinfiziert, auch wenn es ein Kräuterschnäpschen ist. Vielleicht sollte der hier lieber auf dem Tisch stehen und nicht diese Wasserkrüge, dann bräuchtet ihr euch weder um die Laune noch die Gesundheit der Gäste sorgen. « Jana fand ihre Erklärung plausibel und Janina lachte tatsächlich auf. » Ich werde deine Idee mal an meine Chefin weiterleiten. « Sie schaute auf ihre Armbanduhr. » Na dann, ich muss los. Ich werde aber gleich noch ein paar Sätze an alle richten und wünsche euch schon mal einen erfolgreichen Tag. Vergesst bitte nicht euren täglich Eintrag im Terminus-Bogen! «

Als Janina weiterging, wollten wir schnell Horst einen
Besuch abstatten, doch dazu kam es nicht, denn es
folgte Tag zwei des Einführungsgespräches – mitten
im Speisesaal!

Kapitel 13
Reiki und andere Massagen

» Guten Morgen zusammen, ich hoffe Ihr hattet eine ruhige Nacht und habt Euch reichlich für den neuen Tag gestärkt... « » Witzig, womit denn? « Rutschte es Jana raus, doch sie wurde von Frau Krause unterbrochen. » Also gut, dass es angesprochen wird, denn so ruhig war meine Nacht nicht. Irgendjemand muss sich draußen aufgehalten haben. Ich habe es ständig Klappern, Reden und auch Singen gehört. « » Das tut mir leid, Irmgard. Hast du denn jemand gesehen? « » Leider nicht, es war ja dunkel. « » Nachtigall ich hör dir trapsen «, konnte sich Jana wieder nicht verkneifen und fing sich einen Blick von Janina ein, schließlich wurde sie von der Sitztanzlehrerin Laura über Janas Ausdruck ´Bunter Paradiesvogel` unterrichtet. Gekonnt räusperte sie sich und machte weiter. » Also Irmgard, wie gesagt, das tut mir sehr leid und wir werden der Sache nachgehen. Hat denn sonst noch jemand die Ruhestörung mitbekommen? « Janina schaute in die Runde, doch keiner meldete sich. » Na gut, dann würde ich jetzt gerne mit meinem Vortrag beginnen, bevor die ersten Kurse auch schon starten. Also, Heilfasten. Bei den meisten Menschen lässt jetzt bis zu Tag fünf langsam das Hungergefühl nach, aber bis jedoch das so ersehnte Hochgefühl eintritt, muss die sogenannte Fastenkrise bewältigen werden. Der Körper stellt auf den Hungerstoffwechsel um, deshalb kreist im Kopf nur das eine Wort Essen und es geht einem weder körperlich, noch seelisch sonderlich gut. Man fühlt sich müde, kraftlos, angespannt und ist schlecht gelaunt. Viele Menschen brechen das Fasten daher an genau diesen Tagen ab! « >> Gute Idee. « Jana lehnte sich händeklatschend zurück.

Janina ignorierte sie tief einatmend immer noch, motivierte uns alle zum Durchhalten, wünschte allen einen erfolgreichen Tag, erinnerte nochmal an die wichtigen Trinkstationen und bat Jana umgehend um ein Gespräch unter vier Augen.

Anke stand auf und nahm ihre Strickjacke vom Stuhl. >> Selbst schuld, Jana. Aber das Auffallen ist ja deine Lebensaufgabe. Ich gehe eben aufs Zimmer und mache mich für das Walken fertig « und während wir anderen Horst besuchten, zog Jana mit langem Gesicht in eine andere Richtung ab, wobei sie nicht umhinkam, einen Umweg zu Frau Krause einzubauen und leise ´Flieg nicht so hoch, mein kleiner Freund, …`zu singen.

*

Um Punkt 10 Uhr standen wir pünktlich am vorgegebenen Sammelpunkt und warteten mit ein paar anderen Teilnehmern auf die Kursleiterin. Anke ging nochmal zur Getränkestation, um noch ein Glas Wasser zu trinken, als unsere Kursleiterin Janina mit Jana im Schlepptau um die Ecke bogen. Ines erkannte schon Weitem, dass Jana kochte. >> Oh Oh, jetzt guckt euch mal ihr Gesicht an. Ich glaube, ich stelle mich nicht in ihrer Nähe auf. Lieber etwas abseits. « Ich schloss mich direkt an und mit Janina, die an alle eine kleine Flasche Wasser verteilte und als Frontfrau startete, walkten wir gut 6 km durch den schönen idyllischen Ort. Jana sprach kein Wort, sie war stumm wie ein Fisch, zeigte nicht mal eine Regung, als Anke ihr die Ohren vollquatschte. Recht gemütlich ging unsere Walkingroute an einem kleinen Bach entlang, über Felder und durch Wälder, an Bauerhöfen vorbei, bis wir an einer Holzhütte eine Trinkpause einlegten und der Rückweg an Kuhweiden vorbei zurück zum Hotel führte. Janina bat am Ende, uns im Halbkreis aufzustellen um noch ein paar Dehnübungen auszuüben, bevor sie uns alle in den Tag entließ.

Hanna und ich ließen uns direkt auf eine Bank plumpsen und Ines zapfte sich gleich zwei Becher Wasser und zog schmerzverzehrt ihre Turnschuhe aus. Die einzige, momentan noch vollmotiviert, war unsere Anke. »So Mädels, was nun? Sollen wir eine Extrarunde über den Trimmpfad gehen oder was habt ihr euch so gedacht? «

Jana tippte sich an die Stirn und oh Wunder, konnte auch wieder reden. » Macht was ihr wollt. Ich habe bis zum Mittag Zeit, werde jetzt Horst einen Besuch abstatten und dann nochmal ins Dorf gehen. «

Ich schaute sie erstaunt an. » Schön, dass du wieder Online bist und deine Teufelsfalte auf der Stirn verschwunden ist. Was hat Janina dir eigentlich vorhin unter vier Augen erzählt? «

Jana winkte ab. » Nichts Besonderes. Sie hatte mir vermutungshalber nur nochmal die Hausordnung unter die Nase gehalten und halt so ein paar Blabla-Sachen gefragt. Geht jemand mit mir? «

»Oder mit mir? « Anke sah uns nach und nach an.
» Also ich würde mich Jana anschließen, bevor ich zur
Akupressur muss. «
Hanna schaute mich an. » Zur Dressur? Ich wusste gar
nicht, dass das Hotel auch Reiten anbietet! «
Ich lachte. » Hanna! Ich habe Akupressur gesagt und
nicht Dressur. «
» Ach so, Frisur! Also gehst du mit Jana ins Dorf? «
Ich schaute Hanna stumm an. So dass sie unsicher
wurde. » Schon wieder falsch? « Nun mussten wir
aber alle lachen und es stellte sich mal wieder heraus,
dass die Billigbatterien von ihrer Hörhilfe wirklich
nichts taugten. » Hast du wenigstens noch Ersatz
eingepackt? «, fragte Ines extra laut, doch zum Leid
aller verneinte Hanna. Daran hatte sie in dem ganzen
Chaos zu Hause nicht gedacht. Jana nervte es richtig.
» Dann kommst du am besten gleich mit mir und
besorgst dir Neue, ich habe nämlich keine Lust hier
durch die Gegend zu schreien und dann noch diese
ständige Wiederholung! «
» Polung? «
» Hannaaa! «
» Scheeerz. «

Ines hatte sich wieder mühevoll in ihre Schuhe
gezwängt und erzählte, dass sie direkt nach dem
Mittagessen zum Reiki musste.
Jana horchte auf. » Sag mal Ines-Maus. Nur für den
Fall, dass Reiki von Kiron angeboten wird, würdest
du doch bestimmt den Kurs mit mir tauschen, oder? «
» Warum sollte ich das tun? «

» Na weil bei Reiki alleine durchs Handauflegen viele Formen von Energiearbeiten freigesetzt werden und wenn ich an Kirons Hände denke, bekomme ich jetzt schon weiche Knie. «

Ines schüttelte nur den Kopf. » Unverbesserlich. Wie sieht denn der Deal aus? «

» Eine Detox-Behandlung. «

Hanna fiel die Sonnenbrille aus der Hand. » Botox? «

» Detox, Hanna. Detox! «

» Was ist das denn? «

» Eine Entgiftungskur. «

» Vergiss es. « Ines tippte sich an die Stirn und wir marschierten ohne Anke zu Horst.

*

Ansonsten verlief der mittägliche Ablauf wie am Vortag. Das wir alle hungrig wie die Wölfe waren, brauchte man nicht mehr erwähnen. Ich selbst hatte das Gefühl, meine Beine würden eher schwerer als leichter, was laut Anke einfach zu interpretieren war, denn schließlich schwirrte in meinem Kopf ein ganzer Lebensmittelladen! Was hatte Janina vorhin noch gepredigt? Der Körper stelle sich langsam auf den Hungerstoffwechsel um? Ich rührte wortlos meine Brühe. Ines tat es mir gleich und schwor hoch und heilig, nach diesen fünf Tagen nie wieder in ihrem Leben eine Kraftbrühe zu essen. Ich stimmte ihr stumm zu, denn sogar zum Reden war ich gerade zu kraftlos.

Anke war die erste, die sich von unserem Mittagstisch verabschiedete um ihre Cellulite Behandlung anzutreten. Sie suchte den Behandlungsraum auf und wurde gleich von Tamia freundlich empfangen.

» Hallo, du bist bestimmt Anke, oder?! «
» Hallo und genau. « Sie reichten sich die Hände.
» Ich bin Tamia und auch gleich mit den
Vorbereitungen fertig. Du kannst dich gerne schon
mal entkleiden. « Sie zeigte zu einer kleinen
Trennwand. Anke schaute sich in Ruhe um. » Schön
hast du es hier. Der Raum ist fast so groß wie das
Behandlungszimmer meines Zahnarztes. «
» Ach, dein Mann ist Zahnarzt? « Tamia zog eine
Papierplane über die Liege und bat Anke sich darauf
zu platzieren.
» Nein, ich meinte meinen Chef, also ich bin
Zahnarzthelferin und alleine für die Prophylaxe
zuständig, deshalb habe ich auch mein eigenes
Behandlungszimmer. «
» Ach so! Aber das ist doch schön sein eigenes Reich
auf der Arbeit zu besitzen. «
Anke legte sich auf die Liege. » Na wenn ich es schon
Zuhause nicht habe! «
Tamia legte ihr lächelnd eine Nackenrolle unter den
Kopf. » Na so schlimm wird´s wohl nicht sein. «
» Schlimmer! «
» Die Kinder? «
» Die Schwiegermutter! «
Tamia lachte auf und begann mit der Behandlung.
» Na gut, Anke, dann wollen wir mal langsam starten.
Hattest du schon mal so eine Behandlung? «
» Nein, noch nie. «
» Okay, dann erzähl ich dir etwas zur Cellulite und
fange zeitgleich mit der Behandlung an. Bist du damit
einverstanden? «
» Gerne. «

>> Wenn irgendetwas ist, dich etwas stört oder wenn dir etwas weh tun sollte, dann meldest du dich bitte einfach, ja? <<

>> Ja klar. <<

Tamia rollte mit ihrem Stuhl zu einem Gerät. >> Die Cellulite, im Volksmund auch als Orangenhaut bezeichnet, stellt eine biologische, nicht entzündliche Veränderung des subkutanen Fettgewebes dar. Sie ist keine Erkrankung, sondern lediglich eine Veränderung des weiblichen Fettgewebes, die 80 bis 90 % der Frauen betrifft und weist genetisch bedingt ein schwaches Bindegewebe auf. Mit Hilfe einer gesunden Ernährungsweise und Sport kann das Erscheinungsbild der Cellulite abgemildert werden. Allerdings lässt sich auf diese Weise die Ursache, nämlich das schwache Bindegewebe, nicht beseitigen. Nichtinvasive Methoden der Cellulite-Behandlung zielen meist auf die Anregung der Lymphzirkulation und dem damit verbundenen Abtransport von Fettzellen ab. Sie beruht auf der Struktur des weiblichen Bindegewebes, betrifft das männliche Geschlecht also äußerst selten. Blähen sich nun durch Einlagerung von Lipiden, die unter dem Bindegewebe liegenden Fettzellen auf, können sie sich nach außen hin sichtbar zwischen die Stränge schieben und die typischen Dellen bilden. Zur Beurteilung des Schweregrades, kann ein 3-Stufensystem herangezogen werden. Dich würde ich in Stufe zwei ein kategorisieren, da im Stehen keine Dellen sichtbar sind, sondern nur ganz leicht im Liegen. Wir führen eine relativ neue Behandlung durch, die sich Cellulaze

nennt. Es ist eine minimale invasive Therapie, bei der durch Laser Fettzellen zerstört werden. «
Anke grinste. » Perfekt. Kann ich mir das Gerät mal für meine Schwiegermutter ausleihen? «
Tamia lachte auf. » Ich glaube nicht, aber du kannst mir gerne während der Behandlung von ihr erzählen und somit deinen Geist entleeren. «
» Ach viel gibt es da eigentlich nicht zu erzählen. Ich habe eine Schwiegermutter namens Renate und die stammt vom Drachen ab. « Tamia lachte erneut auf.
» So lustig ist das alles gar nicht, denn ich hatte vor fast 25 Jahren meinen Mann Peter geheiratet – ohne Schwiegermutter und habe am Ende beides bekommen. Jahrelang habe ich mich bemüht es ihr und meinem Peter recht zu machen, aber egal was ich versuchte, ich bin nie gegen beide angekommen oder falsch, mit meinem Peter alleine komme ich klar und zurecht, aber nicht, wenn Renate dabei ist und die ist jedes Wochenende dabei, weshalb ich wiederum meistens flüchte. Früher, als sie noch nicht im Seniorenheim untergebracht war, hockte sie fast täglich bei uns im Garten und das schon oft, bevor ich von meiner Arbeit zu Hause war. Peter fand es klasse, vor allem da seine Mutter ihm immer etwas zu Essen mitbrachte. Mein Peter isst nämlich so gerne, Tamia, aber das ist wieder ein anderes Thema. Es gab schon Zeiten, wo sich meine Schwiegermutter selbstverständlich in meiner Küche bewegte und mit dem, was sie in den Schränken fand, ein Menü zauberte. «
Tamia unterbrach kurz. » Das würde mir aber nicht gefallen « und Anke richtete sich kurz auf. » Na

meinst du mir? Aber des lieben Friedens willen habe ich jahrelang nichts gesagt und dann mit dem Frustessen angefangen. Ich meine, das Ergebnis siehst du ja selbst an meinen Beinen. «

» Na jetzt übertreib mal nicht, so schlimm sieht es bei dir nicht aus. «

» Aber es reicht doch schon, dass ich wegen dem Schwiegerdrachen hier liege. Erst letztens sagte die blöde Kuh zu mir, sie wüsste gar nicht, warum ich überall Pölsterchen am Körper habe, wenn ich doch nie kochen würde. Da fiel mir echt die Kinnlade herunter, denn natürlich koche ich gerne aber nicht für die blöde Pute. «

Tamia grinste und ließ Anke, die sich wieder hinlegte, weitererzählen. Es gab Gäste, die einfach nur die Behandlung genießen wollten und gar nicht redeten und es gab welche wie Anke, der es vermutlich guttat, einmal alles loszuwerden. » Mein Tag kam und der hieß Umzug und zwar nicht meiner, sondern der von Renate und auch nicht zu uns, wie Peter es eigentlich geplant hatte, sondern ab in die Seniorenresidenz und jetzt, meine liebe Tamia, jetzt kommt meine Schwiegermutter nur noch am Samstag und da habe ich zufällig meistens schon etwas vor! «

» Aber dann ist doch alles geregelt. «

» Ja ja, das habe ich auch gedacht, bis Peter letztens sein bekanntes Pulled Pork grillen und dazu seine Mutter einladen wollte. Ich habe mich wirklich zusammengerissen und beiden friedlich Gesellschaft geleistet, da es ja um unsere baldige Silberne Hochzeit ging! «

» Oh, gratuliere! «

Anke schaute hoch und winkte ab. » Noch haben wir die nicht erreicht und daran ist auch Renate schuld! « Sie guckte böse, so dass Tamia erneut auflachen musste.

» Darf ich nach dem Grund fragen. «

» Ja klar, ich mache über meine Sippe kein Geheimnis. Renate, die mich beleidigender Weise mal wieder an meine Pölsterchen erinnerte, möchte erstens die Feierlichkeiten mit unter anderem ihren Mitbewohnern in einer Schützenhalle bei Kaffee und Kuchen verbringen und zweitens, sollen wir dann traditionell in unserem Hochzeitsdress von vor 25 Jahren auftreten. Jetzt sag doch mal, Tamia, die hat doch nicht mehr alle Tassen im Stübchen, oder? «

Tamia arbeitete ruhig weiter. » Naja, dass mit den Feierlichkeiten würde mich auch stören. Solche, mittlerweile leider selten gewordenen Gründe zu feiern, würde ich auch lieber mit Freunden und Familie groß und feucht fröhlich begießen oder auch verreisen, aber die Sache mit der Hochzeitskleidung gefällt mir. Ich finde, das hat was. «

Anke richtete sich erneut auf und Tamia unterbrach ihre Arbeit. » Vorausgesetzt es passen einem Kleid und Anzug! Mein Peter sieht darin mittlerweile aus wie reingeschossen und ich bekomme mein Kleid nur noch zu, wenn ich nicht ausatme. Jetzt kennst du auch den Grund, warum ich hier bin! Ich muss wacker und effektiv ein paar Pfunde verlieren. Bitte Tamia, hole mit deinen Gerätschaften alles aus mir raus, was überflüssig ist, damit ich wenigstens etwas Erfolg habe. «

>>Das habe ich auch noch nie erlebt. Die meisten Kunden möchten schöne Beine oder Oberarme haben, damit sie sich im Sommer am Strand sehen lassen können und du möchtest nach 25 Jahren wieder in dein Hochzeitskleid passen! Respekt, Anke, wirklich Respekt. «

*

Ich machte mich auch auf den Weg zur Akupressur, dessen Räumlichkeiten ebenfalls in der ersten Etage des Haupthauses lagen. An einer Tür blieb ich stehen, klopfte vorsichtig an und freute mich, Maren vom Schwimmkurs anzutreffen.

>>Oh Hallo Katja, na du bist ja überpünktlich. «

>> Hallo Maren. Ganz ehrlich – ich dachte, da meine Beine so schwer geworden sind, gehe ich lieber etwas eher los. Ich wusste ja nicht, wie lange ich vom Speiseraum bis hierher brauchen würde. «

Maren lachte auf. >> Ich würde im Normalfall vielleicht zwei Minuten schätzen. «

>> Und ich bin von mindestens zehn ausgegangen. «

>> Na jetzt übertreib mal nicht, so schlimm wird es doch wohl nicht sein. «

>> Schlimmer, viel viel schlimmer «, ich lachte mit ihr.

>> Wartet mal ab. Wenn eure Tage hier vorbei sind, wirst du dich mindestens zehn Jahre jünger fühlen «, sie klopfte auf eine Liege. >> Du kannst dich gerne schon mal hinlegen, während ich die letzten Vorbereitungen vornehme und dann starten wir. «

Ich schaute etwas skeptisch, kroch dann aber umständlich auf die Liege und legte mich wie ein alter Sack auf die Pritsche. Oh, tat das gut. Ich schaute auf die Uhr, stellte fest, dass ich immer noch sechs

Minuten zu früh dran war und ehe ich mich versah, nickte ich kurz ein, was vermutlich dank Jana an der kurzen Nacht lag.

Maren, die Minuten später in den Behandlungsraum zurückkam, konnte sich ein Grinsen nicht verkneifen, nahm vorsichtig meine Hände und übte leichten Druck auf die Innenflächen aus. Ich erwachte und entschuldigte mich für mein kurzes Weckdösen. »Da mein Gehirn keine Zuckerdosis bekommt, weigert es sich bestimmt zu arbeiten. « Maren drückte nun etwas fester. »Die Art von Müdigkeit habe ich auch noch nicht gehört. Ich dachte, es liegt eher am Schlafmangel der letzten Nacht? « Über ihren Brillenrand schaute sie mich prüfend an und ich errötete. Ach du Schande, hatte sie Jana oder sogar uns erwischt? Oder hatte ich während mein Sekundenschlafes laut gesprochen?

»Ähhm, wieso letzte Nacht? «

»Na, ich dachte «, sie drehte meine rechte Hand vorsichtig um, »ich hätte dich und deine Freundin heute Nacht gesehen und auch gehört. «

»Das kann nicht sein. « Ich tat empört, doch selbst ein Blinder würde erkennen, das ich log, deshalb setzte ich mich auf. »Du hast Recht. Jana hatte gestern einen schlechten Tag und ich habe ihr geholfen, den Müll zu entsorgen und vor allem auch endlich still zu sein. Ich fürchtete selbst schon, dass heute Morgen unsere Koffer vor der Tür stehen. « Maren grinste wieder. »Na so streng sind wir ja nun auch nicht und ihr seid ja nicht eingewiesen, sondern freiwillig hier, aber natürlich wäre es schön, wenn sich jeder Gast an die Hausordnung halten würde, die eben besagt, dass um 21 Uhr Ruhe einkehren sollte. «

» Um 21 Uhr schon? «

» Naja, wir müssen ja berücksichtigen, dass auch ein paar ältere Gäste ihren Schlaf brauchen und jetzt konzentrieren wir uns auf die Akupressur. Ich werde den Druck leicht erhöhen. Leg dich am besten wieder ganz entspannt zurück und versuche, die Therapie zu genießen. Sollte irgendetwas ganz unangenehm oder schmerzhaft sein, dann gib mir bitte ein Zeichen. Ich werde jetzt mit den Fingern weitermachen, denn diese Art von Druckmassage dient der Anregung und Stärkung von Organismus und Körper. Es handelt sich also um eine sehr effektive Massagetechnik, welche die Lebensenergie Qi ausbalanciert und wieder fließen lässt. Nach der Vorstellung der traditionell chinesischen Medizin, lassen sich Krankheiten, Schmerzen aber auch Unbehagen auf Störungen oder Blockaden im Fluss des Qi zurückführen. Die Lebensenergie Qi fließt durch Energiebahnen, welche den menschlichen Körper durchziehen und durch diesen leichten Druck, merkst du das Katja? «

» Hm. Schon. «

» Dadurch können spezielle Akupressurpunkte stimuliert werden und somit wird das Gleichgewicht im Fluss der Lebensenergie Qi wiederhergestellt. «

» Aha. « Mehr konnte ich gar nicht sagen, denn es mochte sein, dass es Körper und Seele gefiel, aber ich glaubte nicht an solche Spielchen und so richtig abschalten konnte ich bei der Sitzung auch nicht. Maren schien es bemerkt zu haben, denn die restliche Zeit knete und drückte sie schweigend an mir herum und als die Zeit vorbei war und ich somit entlassen, bedankte ich mich trotzdem artig für ihre Mühe und wünschte ihr am Ausgang noch einen schönen Tag. »Den wünsche ich Dir auch, Katja und ich glaube nicht, dass sich deine Beine wegen dem Entzug versteift haben, sondern eher, dass du einen Muskelkater vom Balkonklettern hast. « Maren kniff mir ein Auge zu und schloss die Tür hinter mir.

War mir das peinlich! Das konnte Jana bald schon nicht mehr gut machen, kochte es in mir. Ich merkte quasi, wie Qi durch meine Energiebahnen floss, als ich mich auf dem direkten Weg zu Horst machte. Erst blamierte sie uns auf der ersten gemeinsamen Reise mit ihrer ständigen Flirterei, auf der zweiten legte sie sich mit der Mafia an und diesmal hielt sie sich einfach nicht an die Hausregeln. Ich war so voller Wut, dass ich Anke, die mir von ihrer Cellulite-Behandlung entgegenkam, gar nicht beachtete.
» Huch Katja! Sprichst du nicht mehr mit mir? «
» Ach Entschuldigung, Anke, ich habe dich gar nicht gesehen. «
»Meine Schwiegermutter würde jetzt wieder Sagen, dass ich unübersehbar wäre, aber daran arbeite ich ja gerade. Wie war deine Akupressur? «
»Och ja, gut eigentlich, also doch, war und tat gut, aber 30 Minuten reichen mir vollkommen. Und bei dir? «

Anke, die eine Sporthose trug, streichelte sich über die Oberschenkel. >> Also ich weiß, dass es nicht möglich ist, aber vom Gefühl her würde ich glatt meinen, diese Cellulite Behandlung hat sich drei Kilo von meinem Körper genommen. <<

>> Echt? <<

>> Es fühlt sich ja nur so an! <<

>> Muss trotzdem schön sein! <<

Kapitel 14
Edle Tropfen

Irgendwie verging der restliche Tag wie im Fluge. Nachmittags durfte die gesamte Crew am Aquapower teilnehmen. Von 16 Uhr bis 16:30 Uhr waren die Gäste Ü60 an der Reihe und von 17 Uhr bis 18 Uhr hieß es für alle U60 ab ins Wasser. Wir bekamen Styroporgewichte an Fuß- und Handgelenke und dann wurde nach lauter Musik alles gegeben. Da ich im Yoga so versagt hatte, versuchte ich sämtliche Übungen mit strenger Konsequenz durchzuziehen und war anschließend völlig platt und während wir uns in der Sammelumkleide umzogen, zählten wir auf, was wir jetzt gerne essen würden. Hanna begann und träumte von einer großen Thunfischpizza mit ganz vielen Zwiebeln, Anke hätte jetzt gerne einen Spießbraten mit Bratkartoffeln und Kohlrabi, Jana bekam leuchtende Augen, wenn sie an einen Garnelen-Pastateller dachte, Ines wünschte sich einen Fleischteller vom Griechen mit vielen Pommes und ich von einem Jägerschnitzel mit Kroketten und als wir endlich im Speisesaal jeder vor einer kleinen Schale Kichererbsen saßen, bekamen wir alle einen richtigen Lachkrampf. Hanna liefen bereits Tränen über das Gesicht und sogar Jana hielt sich den Bauch. Keiner konnte sich erklären was an einer Schale Kichererbsen so lustig war, schließlich mussten wir bei der Folienkartoffel mit Magerquark auch nicht lachen, aber manche Dinge konnte man auch einfach nicht erklären.

Gut gelaunt nahmen wir uns die blaue Mappe hervor, um unsere heutigen Stichpunkte zu notieren:

		Tag 1	Tag 2	Tag 3	Tag 4	Tag 5
$\mathcal{F}$	=	Freude	Fortschritt	Fleiß	Freiheit	Frieden
$\mathcal{A}$ Anke	=	Abführen	Anmut			
S Katja	=	Suppe	Stärke zeigen			
T Hanna	=	TEE	TRINKEN			
$\mathcal{E}$ Jana	=	Extrawurst	Einschränkung			
$\mathcal{N}$ Ines	=	Neubeginn	Nicht aufgeben			

Nach dem gemeinsamen Abendessen verteilten wir uns noch einmal auf den letzten vorgegebenen Kurs und wurden anschließend bei Jana eingeladen. Sie sah meinen verzweifelten Blick. >> Mensch Katja, jetzt komm mal runter, ich habe die Hausordnung nicht vergessen und mir sogar gemerkt, dass ab 21 Uhr Ruhe herrschen soll, aber wir werden uns doch wohl noch auf ein Wasser oder Tee zusammensetzen dürfen oder meinst du, das ist auch schon wieder ein Verstoß gegen die Regeln? Jetzt mal ehrlich Mädels, wir essen nichts, trinken nur Gesundes <<, Ines hüstelte aber Jana machte unbeirrt weiter >> treiben Sport und so langsam sollten wir auch ein bisschen Urlaub machen und Spaß haben. Da wird ja wohl kein Gast etwas dagegen haben, es sei denn unser Vögelchen fühlt sich wieder gestört. Also? Halb 8 Uhr bei mir auf der Terrasse? << Sie hatte recht, also stimmten wir alle zu.

*

Jana hatte tatsächlich fünf Karaffen Wasser auf den Tisch gestellt und an jeder Flasche ein Namensschild angebracht, somit konnten wir nachhalten, dass auch wirklich jeder seinen Krug leerte. >> Mensch Anke, langsam machst du mich nervös. Warum streichelst du dir ständig über die Beine? Hast du Flöhe oder was? <<
>> Quatsch. Ich finde nur, dass sie irgendwie anders aussehen. <<
Ines schaute Anke fragend an. >> Wie anders? <<
>> Na irgendwie anders geformt oder auch dünner. << Jana tippte sich an die Stirn. >> Wunschdenken, Anke-Maus. <<

162

»Meint ihr nicht?« Anke stand auf und drehte sich vor uns. Hanna, die ja nur die Hälfte mitbekam, dachte es wäre ein Spiel und fragte, ob bei Plumpsack der Läufer nicht hinter den Stühlen herlaufen müsste, was zu einem erneuten Gelächter führte. Jana füllte sich ein Glas und hielt es hoch. »Na dann Prost Mädels. Etwas ungewöhnlich aber egal, lasst uns einen gemütlichen Abend machen und nicht an Brühe und Rohkost denken.«Zögerlich stießen wir miteinander an und quatschten über dieses und jenes.

»Sag mal Anke, du hast uns zwar schon erzählt wie deine Schwiegermutter eure silberne Hochzeit plant, aber nie, wie ihr selber dieses Jubiläum feiern möchtet. Groß feiern oder lieber verreisen?«

Anke grinste. »Gute Frage, Katja. Das wird ein Problem. Wenn es nach mir ginge, würde ich gerne verreisen und Peter könnte sich vorstellen, mit seinen Gästen in einer Show-Cooking-Lounge zu landen, aber, ihr wisst, wenn es nach meiner heiß geliebten Schwiegermutter geht, werden wir uns nochmal den kirchlichen Segen geben lassen und anschließend mit Familie und ihren Freundinnen zum Kaffeeklatsch laden.« Sie trank einen Schluck Wasser. »Also, ihr seht, es gibt wie immer keine Einigung bei uns und so langsam eilt die Zeit.«

Ines schaute unsere Freundin an. »Aber es ist doch eure silberne Hochzeit. Die habt ihr beide doch zusammen geschafft, da hat doch Renate wirklich nichts beizusteuern.«

»Das mach mal meinen Peter verständlich. Er ist mittlerweile nämlich der Meinung, dass man doch auf seine Mutter Rücksicht nehmen sollte und sie durch unser Jubiläum vielleicht ihre komplette Familie ein letztes Mal gemeinsam sieht. Außerdem hat Renate sich angeboten, nicht nur die gesamte Feierlichkeit zu organisieren, sondern diese auch zu bezahlen und das ist für Peter, dem alten Pfennigfuchser, natürlich ein Argument. «

» Ach herrje, das wird nicht einfach. Wie viel Zeit bleibt euch denn noch zum Überlegen? «

» Eigentlich keine, deshalb wollte ich ja dieses Heilfasten machen, um wenigstens wieder in mein Kleid zu passen. «

Ines schaute nachdenklich zu Anke. » Also falls Thomas und ich die Fünfundzwanzig Jahre schaffen sollten, würde ich die Familie zum Essen einladen, zu Hause einen Umtrunk mit Freunden veranstalten und am nächsten Tag in den Urlaub fahren. «

Jana füllte ihr Wasserglas nach. » Prost Mädels, ihr trinkt zu wenig, ich habe für jeden noch eine zweite Flasche im Kühlschrank. «

Ich hob mein leeres Glas. » Ich kann abends nicht so viel Wasser trinken, es sei denn, ich will die Nacht auf dem Klo verbringen. «

» Egal, bei mir treibt Wasser auch, aber es ist eben gesund. « Erstaunt schaute ich Jana an und Hanna auf die Armbanduhr. » Wir haben ja erst 19:30 Uhr, sollen wir noch etwas spielen? «

Anke schaute zu ihr. » Was möchtest du denn spielen? «

» Mit wie vielen? Ich dachte, wir alle zusammen. Wir können ja ein Ratespiel machen. «

Ines grinste. » Rate mal wer zuerst seine Blase leeren muss? «

» Ich! «, und stand direkt auf. Ich verstand gar nicht, warum Wasser und Tee so blasenanregend waren und verschwand im Bad. Als ich dieses betrat, kam mir direkt ein Hauch von kaltem Rauch entgegen.
» Jana? Sag mal rauchst du heimlich im Bad? «
» Manchmal schon oder meinst du ich laufe für jede Zigarette zu Horst und wieder zurück. Macht ihr das nicht? «
» Nee. Auf keinen Fall. «
» Warum nicht? Es merkt doch niemand und dem Rauchmelder habe ich einfach die Batterien entnommen. «
» Also Jana! Du musst doch an die nächsten Gäste denken, die dein Zimmer beziehen. Ich verstehe auch gar nicht, dass die Zimmermädchen noch nichts bemerkt haben! «
» Na so schlau bin ich auch, Katja. «
» Wie, so schlau? «
» Ich lasse im Bad Tag und Nacht das Licht brennen, so dass die Lüftung rund um die Uhr zieht. «
Anke tippte sich an die Stirn. » Hast du mal an die Umwelt gedacht und was das für unnötige Stromkosten für das Hotel hier sind? «
» Ohh und Achtung, jetzt kommt Sparfuchs Peter in dir durch! «
» Ach du tickst doch manchmal nicht richtig, Jana. Ich sage dir eins. Wenn ich eine Nachberechnung bekomme oder wenn sich das Hotel bei mir wegen deinem unmöglichen Verhalten meldet, dann leite ich das umgehend an dich weiter. Manchmal frage ich mich echt, wie alt du eigentlich bist! «

» Noch U50 und jetzt, Stößchen Mädels, auch dir Hanna. «

Hanna antwortete mit einem Schluckauf. » Also wenn ich jetzt nicht wüsste, dass ich Wasser trinke, würde ich meinen, hier ist irgendetwas drin. «

» Wie drin? « Ines schaute sofort in ihr Glas.

» Na Alkohol. Irgendwie kommt es mir vor, als würde mein Gehirn schummerig werden. «

Jana grinste. » Da sieht man mal, was so ein paar Edle Tropfen Pralinen bewirken, wenn man sie nüchtern trinkt. «

Wir schauten Jana an. » Wie nüchtern trinkt? « Ankes Gesicht bekam Farbe.

» Na Henning hatte mir ein Paket Pralinen in meinen Koffer gelegt und da ich gerne teile, habe ich vorsichtig die Pralinen geöffnet und den Inhalt bei jedem Einzelnen in die Wasserkaraffe geschüttet und mich auch schon gewundert, dass ihr es nicht sofort herausgeschmeckt habt! Aber gut, die paar Tropfen auf eine 0,7 Liter Kanne fallen ja auch kaum auf. «

» Tickst du nicht mehr ganz gesund? « Anke glühte bereits.

» Warum? Ich dachte doch nur, dann wird's heute Abend vielleicht für alle etwas lockerer! «

» Ich dachte, ich dachte! «

» Mensch Anke, jetzt mal ehrlich. Meinst du diese 0,005 Milliliter Weinbrand werden dein Gewicht in die Höhe treiben? «

Anke winkte ab. » Darum geht es doch gar nicht. Ich glaube du verstehst die Materie hier nicht. Wir möchten unseren Körper entgiften und sind auf dem Weg, etwas mehr über gesundes Leben, Verzicht und

Schätzung zu erfahren und jetzt kommst du mit so beklopptem Weinbrandmist um die Ecke! «
Jana verstand die Aufregung ihrer Freundin gar nicht.
» Man kann sich aber auch etwas anstellen, Anke. «
Anke schaute uns an. » Jetzt sagt ihr doch mal was! «
Doch was sollte man sagen? Ich stellte mein Glas ab und ging ins Bad um meine Karaffe zu entleeren. Ines suchte immer noch nach Alkohol im Glas und Hanna fand Janas Idee gar nicht so schlimm. » Alkohol setzt zwar das Gehirn taub, aber da ich im Oberstübchen nicht abnehmen wollte, fand ich jetzt Janas guten Willen nicht ganz so schlimm. «
» Guten Willen! Jetzt fang du auch noch an zu spinnen. Ich glaube eure Vögelchen da oben brauchen mal wieder frische Luft « Anke tippte sich erneut an die Stirn und entleerte ebenfalls ihre Karaffe im Bad.
Das war Janas Stichwort! » Apropos Vogel, was macht denn unser Piepmatz heute Abend? « Froh, damit hoffentlich das Thema zu wechseln, blickte sie zum Balkon im Obergeschoß. » Hm…alles ruhig, scheint ausgeflogen zu sein. «
» Vielleicht ist Frau Krause auch bei der Abendmesse. Ich hatte heute Morgen den Aushang an der Dorfkirche gelesen. « Ines suchte immer noch in ihrem Wasserglas nach irgendwelchen fremden Spuren und Anke stand wütend auf. » Ich gehe schlafen und Jana, schade, dass man dir immer weniger trauen kann! «
Umpf, das saß. Sie war wohl richtig sauer.
Ich fand die Situation sehr unangenehm und schlug einen Besuch bei Horst vor. Jana stand direkt auf. » Gute Idee, obwohl der Weg zum Bad kürzer … «
» Vergiss es, Jana. «

» Schon gut. «

» Also ich bin da raus und lege mich besser hin. Irgendwie ist mir nicht wohl. Gute Nacht und schlaft gut. « Ines verabschiedete sich leicht wankend.

*

Die Stimmung war für heute hinüber, als wir übrigen drei still und leise zwischen den Büschen und Bäumen zu unserem Versteck schlichen. Hanna gähnte und setzte sich auf die Parkbank unterm Baum. Sie verstand Anke und die ganze Aufregung nicht und genoss die jetzt eingekehrte Ruhe. Der Abstand zu Sohn und Ehemann tat ihr gut und auch an ihren Hund Luna musste sie kaum denken.

» Hey Hanna, träumst du? «

Hanna zuckte kurz zusammen. » Nein, warum? «

» Na du wirktest gerade so abwesend. «

» Verwesend? Mensch Katja, du musst etwas lauter mit mir reden. «

Ich winkte ab. » Geht nicht, dann verrate ich noch unser Versteck. «

» Was für ein Dreck? Im Hotelzimmer? Und der riecht verwest? Das finde ich aber schon fies. Da würde ich aber mal zur Rezeption gehen und Bescheid sagen. «

Ich unterdrückte mir ein Grinsen. » Ja, das mache ich, gute Idee. «

» Und nimm vom Klee etwas mit. «

» Hanna? Wir reden morgen. «

» Sorgen? Brauchst du dir nicht machen, ich kann dich ja begleiten. «

Jana musste über unseren Wortaustausch lachen und Hanna und ich fielen mit ein und lösten somit den

Knoten, bis uns Lachtränen kamen und ich beim Wegwischen Personen durchs Geäst erkannte. »Pst, da vorne kommen Gäste. « Ich zeigte zum Parkplatz. » Die kommen bestimmt aus der Dorfkirche. « Ich erinnerte mich. » Ja natürlich, da haben doch auch vor gut 15 Minuten die Glocken geläutet. « » Ach guck mal, die zweite Gestalt von rechts. Ist das nicht Irmgärdchen? « Ja, das konnte sie sein und bevor uns einer der Gäste verpfeifen konnte, machten wir unsere Kippen aus und rückten noch etwas näher auf der Bank zusammen. Frau Krause und ein älterer Herr, den ich vorher noch nicht gesehen hatte, schlenderten an unserer Trauerweide vorbei. Wir hörten beide leise reden und kichern. Ich wand mich flüsternd an Jana. » Scheint doch etwas Humor zu haben. «

» Wer weiß, was er ihr zugeraunt hat? «

» Eifersüchtig? «

Jana tippte sich an die Stirn und ich grinste, aber nur kurz, denn unsere Freundin konnte es mal wieder nicht lassen und sang mit verstellter Stimme *Kuckuck, Kuckuck, ruft's aus dem Wald. Lasset uns singen, tanzen und …*

Ich hielt ihr mal wieder den Mund zu, denn Frau Krause und ihr Begleiter blieben stehen und schauten sich um. Zum Glück war es bereits recht dunkel, sonst wären wir spätestens jetzt aufgeflogen und bevor Hanna auch noch etwas sagen konnte, hielt ich ihr ebenfalls den Mund zu und wartete, bis beide Dorfbesucher weitergingen.

Mann Mann Mann, was ein Abend.

Kapitel 15
Midlife-Crisis

Mein Wecker klingelte mich aus dem Schlaf. Ich drehte mich zur Seite und sah durch den Vorhang die Sonne aufgehen. Relativ schwungvoll schwang ich die Beine aus dem Bett und öffnete die Balkontür um frische Luft ins Zimmer zu lassen. Anke, die auch schon auf den Beinen war und frisch vom Trimmpfad zum Hotel kam, winkte mir fröhlich zu.

»Guten Morgen Anke. Wo nimmst du nur diesen Ehrgeiz her? «

»Moin Katja. Ich will doch gleich Erfolg auf der Waage sehen und außerdem musste ich an die Luft. Irgendwie hatte ich einen Schädel wie nach einer durchzechten Nacht. «

» Hör bloß auf, mein Magen blubbert auch schon die ganze Zeit. «

» Ich komme heute auch nicht vom Klo! « Ines hatte uns gehört und kam noch im Schlafanzug auf den Balkon. » Ich renne schon die halbe Nacht. Hoffentlich habe ich mir keinen Virus eingefangen! «

» Na das fehlte noch, aber zwei Vorteile hättest du. Erstens bräuchtest du keinen Sport mitmachen und zweitens verlierst du alleine durch die Toilettengänge mindestens 2 kg extra. « Ines fand es nicht witzig.

Wir verabredeten uns in einer halben Stunde zum Wiegen, weckten noch Hanna, sowie Jana und dann schritten wir hoffnungsvoll in den Folterraum, wie ich ihn heimlich nannte.

» Geh du vor, Katja, ich gehe als letzte. «

» Von wegen, Hanna, gehe du mal ruhig vor mir. Ich muss sowieso noch schnell meine Blase leeren «, und verschwand. Ich kam mir vor, als wenn ich eine Prüfung ablegen musste! Anke war die erste von uns und baute ihren Rekord um 1150 Gramm Gewichtverlust auf, dicht gefolgt von Ines, Hanna, mir und Schlusslicht Jana. Mit keinen hohen, aber zufriedenen Ansprüchen, gesellten wir uns zu den anderen Gästen im Speiseraum und wunderten uns nicht über grünen Tee, Reiswaffeln und ´ner Brühe am Morgen, die ich ausfallen ließ, da mir immer noch recht flau im Magen war und schob sie zu Hanna. Janina weihte uns in Tag drei ein. » Guten Morgen meine lieben Gäste. Ich hoffe, es geht euch allen immer noch gut, vielleicht sogar den ein oder anderen bereits sehr gut?! Wir sind bei Tag drei angelangt, der über ein großartiges Energielevel verfügen wird. Euer Geist wird glasklar, die Energiegewinnung läuft nur noch mit Fetten und Proteine werden nicht mehr abgebaut. Ihr habt es schon weit geschafft und seid in der Ketose, einem Stoffwechselzustand in dem der Körper aus Fetten, Ketonkörper herstellt und diese als Brennstoff verwendet. «

» Beton? Wir werden zu Beton? «

» Keton. Mit K. « Manche im Speisesaal schmunzelten, manche lachten auch kurz auf, doch Janina macht unbeirrt weiter. » Ihr seid jetzt in der Phase, wo uralte Verletzungen zu schmerzen beginnen können, wie zum Beispiel Knochenbrüche. Der Körper baut Narbengewebe ab und gesundes stabiles Gewebe auf. Das geschieht natürlich nicht nur an ehemaligen Knochenbrüchen, sondern überall im

Körper, wo es etwas zu reparieren gilt. Alte funktionsuntüchtige Zellen werden aufgelöst und machen Platz für gesunde und leistungsfähige Zellen. Ihr werdet sehen und spüren, dass euer Hungergefühl langsam nachlässt und ihr mehr trinken möchtet, als bisher. Ich erinnere somit auch nochmal gerne an alle Trinkstationen und wünsche euch jetzt noch einen erfolgreichen Tag. «

Gemeinsam schoben wir uns zum Outdoor-Yoga und gönnten Jana die letzte freie Matte in der ersten Reihe, wir anderen verschwanden freiwillig in die letzte. Ich sah Kiron auf unsere Gruppe zukommen, musste zugeben, dass er ein sehr nett aussehender junger Mann war, der alleine schon durch seinen Gang Ruhe und Gelassenheit ausstrahlte. Ines schubste mich von der Seite an. » Klappe die erste! Jetzt guck dir mal unsere Madame aus Reihe eins an. Sie schafft es doch immer wieder, sich in Szene zu setzen. « Jana sprach angeregt mit ihrem Sportnachbarn, lachte dabei gekünstelt auf und wir schnappten nur Worte wie „ich liebe es mit Wein zu kochen, manchmal gebe ich ihn sogar ins Essen" auf. Sie wollte mal wieder witzig sein, dachte ich, als ich hinter mir schon eine krähende Stimme vernahm. » Geht das schon wieder mit dem Kindergartenverhalten da vorne los? « Vorsichtig drehte ich mich nach links, blickte direkt in Frau Krauses Augen und wusste in diesem Moment, wenn ich jetzt nichts sage, dann eskalierte hier gleich der Kurs. Ich räusperte mich. » Guten Morgen, Sie sind bestimmt Frau Irmgard Krause, die hier schon so gut wie zum Inventar gehört, oder? «

Frau Krauses Augen blitzten auf. »Junge Dame, auch wenn ich älter bin als Sie, bin ich noch lange keine alte Schachtel. Zum Inventar! Das ist ja unerhört. « Anke duckte sich rechts außen und ich verbesserte mich schnell. »So war das nicht gemeint, Entschuldigung, ich wollte lediglich damit sagen, dass ich es toll finde, wenn sich jemand öfters eine Heilfastenauszeit gönnt. «

»Weil ich es nötig habe, oder warum? «

Au Mann, wie kam ich denn jetzt aus dieser Nummer wieder heraus? »Um Gottes Willen, Nein! Ich sagte doch gönnt und nicht nötig hat. Mein Gott, Sie sind aber auch wirklich gleich eingeschnappt, wenn man freundlich sein möchte. «

Frau Krause schaute mir wieder direkt in die Augen.

»Freundlichkeit wird überbewertet. «

Ines drehte sich nun auch um. »Die Sonne scheint, die Vögel zwitschern, was kann das Leben Schöneres bringen? «

Frau Krause guckte irritiert, wollte gerade etwas erwidern, als Kiron zu uns in die letzte Reihe kam und seine Sportmatte dort platzierte. »Bei Yoga geht man mit der Sonne auf, also stelle ich mich mit dem Rücken in Richtung Osten, so dass ihr die kosmischen Schwingungen und die Kraft der Sonnenstrahlen während der Meditation aufnehmen könnt. «

Anke schaute grinsend zu Jana, die nun in der letzten Reihe stand und sah die kleinen Teufelsfalten zwischen ihren Augen aufleuchten, während Kiron langsam anfing uns in die Wirkung des Sonnengrußes einzuweihen. »Im Sanskrit, der alten indischen Gelehrtensprache, wird der Sonnengruß als Surya

Namaskar bezeichnet; Surya ist die Sonne und Namaskar der Gruß. Wir stellen uns alle aufrecht hin, stellen die Füße hüftgelenksbreit auseinander, Hände vor dem Herzen im Anjali Mudra zueinander. Diese Übung dient dem innerlichen Sammeln. Nun schiebt die Oberarme nach oben und schenkt dem Körper neue Kraft und Energie. „Das klang noch recht einfach", dachte ich motiviert.
>> Wichtig ist die Atmung, also achtet immer auf eure Atmung. Sie muss ausgeglichen und leicht sein, damit das Herz-Kreislauf-Training wirkt. Langsam nehmen wir nun die Arme in die Höhe und lassen uns mit dem Oberkörper ausatmend nach vorne fallen. Kippt dabei aus dem Becken nach vorne in die Vorbeuge. <<
Hä? Das verstand ich nicht und schaute zu Ines. >> Beim Einatmen hebt den Blick leicht an und zieht den Rücken lang. Vermeidet dabei ein Überstrecken der Halswirbelsäule und immer dran denken, in jedem Menschen ist Sonne, man muss sie nur zum Leuchten bringen. <<
Kiron streckte sich gen Himmel und ließ sich langsam gebeugt wieder nach vorne gleiten. Bei mir konnte man eher fallen sagen, da ich hoffte, durch den Schwung mit den Fingerkuppen doch den Boden zu erreichen, doch ich hatte keine Chance und schaute durch die Beine nach hinten zu Jana, die uns streikend im Schneidersitz anvisierte und mir jetzt bockig die Zunge herausstreckte. Ich hob meinen Oberkörper wieder aufrecht, als mich Kiron an meine Ausatmung erinnerte. >> Ausatmen Adho Mukha Syanasana! Mit der Ausatmung steigt ihr zurück in den

herabschauenden Hund. « Also etwas grinsen musste ich nun doch und wagte einen kurzen Blick auf meine Nachbarin Frau Krause, die Yoga nicht zum ersten Mal zu machen schien. Ich staunte wie gelenkig die Dame war, als Kiron zur nächsten Übung kam. » Kommen wir nun zur nächsten Übung. Sie gehört zu den 84 Hauptasanas im Yoga und stärkt die Rückenmuskulatur. Die Ausgangsposition ist hierbei die Bauchlage, deshalb bitte ich euch, euch bäuchlings auf den Boden zu legen. « Ach du liebe Zeit, da komm ich doch gleich nie mehr hoch! Auch Ines schaute mit großen Augen. Die Übung war für Rückenprobleme wahrscheinlich genau richtig, aber wir wussten jetzt schon, dass wir ohne Hilfe nicht wieder aufstehen konnten. Kiron ging langsam durch die Mattenreihen und half dem ein oder anderen bei den Übungen. » Die Arme liegen neben den Körper, die Handflächen und die Fußrücken liegen auf den Boden. Hebt mit der Ausatmung beide Beine, den Oberkörper und die Arme vom Boden ab. Verweilt in dieser Position einige Atemzüge und entspannt anschließend den Rücken in der Bauchentspannungslage. « Wenn alle diesen Sport nicht so ernst nehmen würden, würde ich lachen und kämpfte mit mir, alle Anweisungen zu befolgen.

» Diese Übung heißt Shalabhasana, was übersetzt Vogel heißt. « Es tat mir leid, aber jetzt konnte ich nicht mehr an mich halten, sah, dass auch Ines und Anke grinsten, hörte Jana das Lied „Die weißen Tauben sind müde, sie fliegen lang schon nicht mehr …" pfeifen und Hanna leise schnarchen. Yoga war nicht unser Sport und Jana! Jana war mit Kiron durch, nachdem er sie sitzengelassen hat.

*

Unsere Mittagsmahlzeit sah wie den Tag vorher aus, jedoch bekamen wir als Beilage zur obligatorischen Suppe, heute noch einen Kräutersalat sowie Haferflockenlaibchen mit Ratatouille serviert und anschließend folgte unsere Routine. Anke ging direkt auf ihr Zimmer, wobei Jana böse behauptete, dass sie dort bestimmt das Essen direkt wieder an die Toilette weitergab und wir anderen schlenderten zu Horst, setzten uns auf die Parkbank unter dem Baum und genossen die Zigarette.

>> Merkt ihr schon was? <<, fragte ich in die Runde.

>> Was sollen wir denn merken? <<

>> Na das ihr euch leichter fühlt oder so? <<

>> Also ich nicht. Du Hanna? <<, fragte Ines weiter.

>> Was denn? <<

>> Na merkst du eine Änderung an dir? <<

>> Verstehe ich nicht. <<

>> Na, fühlst du dich schon besser? <<

>> Vanessa kenn ich nicht. Ist das deine Sitztanzleiterin? <<

Jana verdrehte die Augen. >> Die hieß Laura. <<

>> Ach! Maurer? Ist das ihr Nachname oder ihr eigentlicher Beruf? <<

>> Hannaaa! << Jana zeigte auf die Ohren.

>> Ohrenärztin? <<

>> Du machst mich wahnsinnig. Bitte erinnert mich daran, dass ich Hanna zum nächstens Geburtstag ein Jahresabo von einem Batteriehersteller schenke. Ich

weiß gar nicht, wie Sven und Fynn das zu Hause aushalten. «

» Haushalten? Du sagst es Jana. Pfiffig angestellt, kann man sich dann auch solch einen Luxus hier einmal im Jahr gönnen. «

» Ohne mich «, schaltete ich mich kurz ins Gespräch.

» Also ich bin für alle oder fast alle Schandtaten bereit, aber Heilfasten? Einmal und nie wieder! «

» Anke gefällt's. «

» Sie hat ja auch Erfolg! «

*

Hanna schnappte sich schnell ihre Badesachen und ging zum Nebenhaus. Auf ihrem Plan stand jetzt eine Radontherapie. Vorsichtig klopfte sie an die Tür. Als sich nichts tat, klopfte sie erneut, diesmal etwas kräftiger, doch es tat sich immer noch nichts. Unsicher vergewisserte sich noch mal, vor der richtigen Tür zu stehen und beschloss noch einmal zu klopfen. Diesmal ballte sie ihre Hand zu einer Faust und wollte gerade ausholen, als die Tür sich öffnete

» Huch, ist ja doch jemand da. « Hanna lächelte.

» Ja natürlich, wir haben doch einen Termin. Ich habe doch ein paarmal Herein gerufen. Hast du mich nicht gehört? «

» Ich habe gar nichts gehört. «

» Komisch «, Lucy trat zur Seite. » Na dann erstmal herzlich willkommen zur Radontherapie. Kennst du diese Therapie? «

» Nur als Lampe. «

Lucy schaute sie erstaunt an. » Als Lampe? «

» Ja, das sind doch diese bunten Glaslampen. Ich meine auch, dass die Dinger gar nicht mal so günstig sind. «

» Therapielampen? « Lucy war irritiert.

» Genau, so heißen die. Tiffanylampen. « Jetzt stutze auch Hanna. » Du fragtest mich doch, ob ich Tiffany kennen würde, oder? «

Lucy lachte auf. » Therapie! Ich habe gefragt, ob du die Radontherapie bereits kennen würdest. «

» Ach so, ja das hätte ich vielleicht erwähnen sollen. Ich muss leider eine Hörhilfe tragen. « Hanna wühlte in ihrem Sportsack, zauberte ihre Hilfe hervor, setzte sich diese ein und nickte Lucy freundlich zu. » Mein Ohr und ich sind zwar auch mal froh, wenn wir das Gerät vergessen und es macht auch Spaß, meine Freundin zu beobachten, wenn sie sich über meine Hörschwäche aufregt, aber ... «

» ... wie? Darüber regt sie sich auf? Aber da kannst du doch nichts für! «

» Nein, das war falsch von mir ausgedrückt. Sie regt sich drüber auf, wenn ich das kaputte mit dem Wackelkontakt nutze und nicht das heile Neue. Mir war es aber zu schade mitzunehmen und außerdem soll man ja hier abschalten. So, Lucy, ich bin Online, es könnte höchstens passieren, dass mein Gerät sich kurz wegen des Wackelkontakts ausschaltet, aber ansonsten bin ich startklar. «

Lucy lächelte freundlich. » Na gut. Dann setz dich bitte hier zu mir an den Tisch und ich erkläre dir ein bisschen was von der Theorie der Behandlung sowie der Wirkung und dann gehen wir in die Praxis über. Ist das in Ordnung für dich? «

»Ja gerne, das hört sich jetzt schon gut an. «Hanna setzte sich.

»Wie ich von Janinas Unterlagen erfahren habe, leidest du unter einer rheumatischen Erkrankung und nimmst viele Medikamente ein. Diese Radontherapie wird bei einmaliger Anwendung keine Wunder erzielen, aber zum Reinschnuppern ist es eine tolle Sache. In einer Radon-Heilkur wird radioaktives Radon am Menschen zu medizinischen Zwecken angewendet. Patienten werden für kurze Zeit einer hohen Radon-Konzentration ausgesetzt, um Schmerzen für mehrere Monate zu lindern und so ihren Verbrauch an Schmerzmitteln für einen gewissen Zeitraum zu senken. Wie gesagt, bei einer einmaligen Anwendung wird es nicht viel bewirken, aber vielleicht lindert es doch ein bisschen. Radon gehört zu den Edelgasen; es ist schwerer als Luft. Bei unseren Wannenbädern werden das Badewasser und die Atemluft mit mindestens 660 Bq/l Radon angereichert. Hast du bisher alles verstanden? «
Hanna schüttelte den Kopf. »Alles gut. «
»Prima, also kurz um gesagt, beruhigt Radon die überschießende Immunaktivität, nimmt den Schmerz und die Entzündungen. Physikalische Maßnahmen verstärken die Wirkung. Eine Radonkur regt den Zellstoffwechsel an, stimuliert das Immunsystem und aktiviert körpereigene Selbstheilungskräfte. So, Hanna, wenn du jetzt keine Fragen mehr haben solltest, würde ich dich bitten, in Kabine zwei deine Badebekleidung anzuziehen und dann kommst du bitte durch die andere Tür wieder raus… «

Hanna schubberte sich kurz am Ohr bis es Plöpp machte und hörte Lucy weiter zu. » … und ich lasse dir in dieser Zeit das Wasser ein und dann sehen wir uns gleich. «

» Alles klar. Da bin ich ja mal gespannt. «

Hanna stand auf und verschwand in Kabine zwei. Nachdem sie ihre Sportsachen ab- und ordentlich zusammengelegt hatte, band sie noch ihre langen Haare zu einem Zopf, marschierte wieder durch die Tür hinaus, setzte sich erneut an den Schreibtisch und wartet. Zur selben Zeit ließ Lucy die große Badewanne mit Wasser volllaufen, fügte eine bestimmte Dosis Radongas hinzu und wartete auf ihre Patientin. Nach ein paar Minuten machte sie sich langsam Sorgen und klopfte an die Umkleidetür. » Hanna? Ist alles gut bei dir? « Es kam keine Antwort, deshalb klopfte Lucy nochmal etwas lauter. » Hanna? Geht es dir gut? « Nichts tat sich und Lucy machte sich nun ernsthaft Sorgen. Kurzentschlossen zog sie ihren Schlüssel aus der Hosentasche und schloss die Umkleidetür auf. » Nicht erschrecken, Hanna, ich bin es nur. Ich öffne jetzt ganz vorsichtig die Tür «, doch die Kabine war leer. „Nanu", wunderte sich Lucy, wo war denn ihre Patientin geblieben? Besorgte sie sich jetzt doch noch schnell die Ersatzbatterien? Lucy ging durch die kleine Kabine zur anderen Tür wieder hinaus und sah Hanna in Badesachen am Schreibtisch sitzen. » Ach, hier bist du! Ich hatte mir schon Sorgen gemacht! «
Hanna drehte sich erstaunt um. » Aber warum? «

>> Na ich dachte du hättest Reißausgenommen oder seist in der Kabine umgefallen, weil du nicht durch die Tür zum Bad gekommen bist. «. «

>> Welche Tür? «

>> Na die Andere. Die direkt Gegenüberliegende. Hatte ich dir doch vorhin gesagt. «

>> Ach das muss ich überhört haben. Tut mir leid, aber da hatte mein Gerät wahrscheinlich einen kleinen Aussetzer. Sorry, Lucy. « Lucy aber war nur froh, dass nichts passiert war und betrat mit Hanna den Behandlungsraum mit einer großen weißen Badewanne.

>> Wenn du bereit bist, dann kannst du jetzt gerne in die Wanne steigen. Mit dem Kopf bitte hier hin. « Lucy klopfte an einem Ende der Wanne und legte Hanna ein Nackenkissen zum Entspannen hinter den Kopf. >> Geht es so? «

>> Wunderbar. « Hanna genoss das warme Wasser. Lucy stellte noch eine Zeit an der Wanduhr ein, erkundigte sich noch einmal nach Hannas befinden, legte ihr einen Notdrücker für alle Fälle bereit und ließ sie alleine.

*

Hanna atmete tief durch und fühlte sich richtig wohl. So eine große Badewanne müsste man zu Hause haben, dachte sie. Zuhause! Hoffentlich war da alles in Ordnung, denn Fynn und Sven waren leider kein Dreamteam. Alles was Fynn machte, war in Svens Augen falsch und was der Vater sagte, war in Fynns Augen doof. Hanna spielte oft die Schlichterin zwischen beiden und spätestens, wenn Fynn wieder mit seinen Jungs loszog, kam es zwischen ihr und

Sven zu Streitigkeiten. In seinen Augen nahm sie als Mutter ständig ihren Sohn in Schutz und nannte sie, seitdem das Verhalten den Namen Helikoptermutter einen Namen bekommen hatte, auch öfters so. Sven selbst war der Meinung, dass ein Mensch mit 17 Jahren Verantwortung und Fleiß zeigen und somit auch gerne mal im Haushalt behilflich sein sollte, Hanna hingegen ließ sich immer wieder um den Finger wickeln und wusste genau, wenn ihr Mann herausfinden würde was sie ihrem Sohn alles nebenbei erlaubte und auch zusteckte, würde es knapp an eine Trennung grenzen, denn Fynn lebte auf einem großen Fuß. Er musste immer das neueste Handy haben, kleidete sich gerne mit teuren Labels und vergnügte sich am Wochenende nicht mit einer Cola unter Freunden, sondern in Clubs mit Longdrinks. Sven war darüber letztens so sauer, dass er seinen Sohn ab sofort nur noch Graf von Anjou nannte. Hanna atmete ein paarmal tief ein und aus und genoss die Wärme. Manchmal hatte sie das Gefühl, ihr Mann sei eifersüchtig auf ihren Sohn. Aber warum? Weil Fynn noch jung, spontan und lebensfroh war? Weil er das Leben genießen wollte und sich nie stresste? Weil er gerne chillte und shoppte? Aber machten das nicht mittlerweile alle Heranwachsenden? Hanna schloss die Augen, aber nur ein paar Sekunden, denn vor ihr leuchteten plötzlich zwei Wörter auf: Midlife-Crisis! Das war es! Man sagte doch immer, dass Männer ab Fünfzig bereits in diese Krise rutschen! Ach herrje, dachte Hanna, nicht das auch noch. Jetzt ist der eine fast aus der Pubertät, da rutscht der andere wieder rein!!! Ihr fiel der Spruch ein, den sie letztens in einer Zeitschrift gelesen hatte: Immer wenn sich eine Tür schließt, öffnet sich auch wieder eine und das tat es gerade, denn Lucy erkundigte sich nach Hannas befinden. » Mir ging es eigentlich bis gerade gut, aber wenn man hier so in Ruhe liegt, kommen einem schon manche komischen Gedanken. Ob das an dem Gas liegen kann? « Lucy lachte. » Das würde ich zum ersten Mal hören. Die meisten meiner Patienten werden eher schläfrig oder aber blühen auf, aber dass sie durch Radon nachdenklich werden, hatte ich wirklich noch nie. « » Komisch. Aber sag mal, jetzt, wo du gerade da bist, kennst du dich mit Männern in einer Midlife-Crisis aus? « Jetzt musste Lucy richtig auflachen. » Also nicht persönlich. Kennst du denn jemanden, der diese Phase des Lebens gerade durchmacht? « » Ja, ich fürchte mein Mann Sven, aber vielleicht merkt er diese Phase ja nicht selbst! « Lucy maß die Wassertemperatur. » Sollte dich jetzt und hier eigentlich nicht beschäftigen! « » Ich weiß, aber wenn die Gedanken Zeit haben, dann fragen sie nicht nach der Richtung. Mir ist gerade bewusst geworden das Sven wahrscheinlich mitten in dieser Krise steckt und ich muss nachher unbedingt mal meine Freundinnen fragen, ob ihre Männer auch solche Symptome zeigen wie meiner. « » Genau Hanna, nachher und jetzt genieße vielleicht die letzten 15 Minuten noch, dann bist du erlöst. « » Ich werde es versuchen! «

*

Ich nutzte meine freien Minuten im Außenbereich und spazierte durch den kleinen Park. Bei jedem Schritt rebellierte mein Magen und das Schlimmste daran war, dass ich ihn verstand. Er hatte in den letzten Jahren immer etwas zu tun und fiel nur in eine Ruhephase, wenn ich schlief! Unverhofft blinkte mein Notfallrucksack vor mir auf und ich ärgerte mich, dass ich den nicht einfach ausblenden konnte. Ich schaute zum Kurhaus und rechnete, dass ich keine fünf Minuten bräuchte um meinem Magen eine Freude zu machen, vielleicht würde er dann keine bösen Signale mehr an mein Gehirn senden, aber NEIN, ich musste hart bleiben und ärgerte mich, dass ich diesen Rucksack überhaupt eingepackt hatte, denn die Versuchung lauerte ständig in mir. Vielleicht war ich esssüchtig? Oder zuckersüchtig? Ich meinte mal gelesen zu haben, dass Zucker tatsächlich eine Art Droge darstellen konnte und schlenderte den Parkweg weiter, als ich Hanna in Richtung Horst gehen sah. Sie wirkte sehr nachdenklich und ich ging ihr nach.

Hanna saß auf der versteckten Parkbank, holte ihr Handy hervor um sich bei Google nach der Midlife-Crisis zu erkundigen und speicherte Stichpunkte wie Erreichen der Lebensmitte, Grübeln, Stimmungsschwankungen, gesteigerte Reizbarkeit, …
>> Hanna! Bist du auch schon fertig mit deiner Anwendung? <<
>> Mensch Katja! Musst du so schleichen! <<
>> Ja natürlich, ich kann ja schlecht mit Pauken und Trompete heimlich unter dem Baum verschwinden,

oder? « Ich setzte mich neben sie auf die Bank. » Hast wohl ein schlechtes Gewissen, weil du jemandem schreibst, oder? «

» Quatsch! «

» Na na na! Komm, ich kenn dich, irgendwas beschäftigt dich doch. «

» Das stimmt, aber das ist kein Lover, sondern mein pubertierender Mann Sven. «

» Du meinst Fynn. «

» Nein, du hast schon richtig gehört. Sven. «

» Verstehe ich nicht. «

» Hatte ich auch bis vorhin nicht, aber, Katja, ich habe vorhin herausgefunden, dass Sven mitten in der Midlife-Crisis steckt und diese nennt man bei Erwachsenen die zweite Pubertät. «

Ich konnte mir das nicht vorstellen, doch Hanna zählte mir Punkte und Verhaltensweisen auf, die schon wiedererkennbar waren. » Ja und jetzt? Gibt es da irgendwelche Beruhigungskapseln oder Kräutermischungen? Du weißt, wir haben im Schildigehege genug Kräuter. «

» Hier steht, dass man möglichst bewusst und aktiv die zweite Lebenshälfte gestalten soll, bevor man in Depressionen rutscht. Sven müsste darüber reden, egal mit wem. Meinst du, er hat sich irgendeinem Freund anvertraut? «

Ich zuckte mit den Schultern. » Keine Ahnung. Wenn er Stefan etwas erzählt haben sollte, dann würde ich es sowieso nicht erfahren. Rede mit deinem Mann, Hanna. «

Sie nickte. » Mache ich. Mensch Katja, da hast du den Einen aus den Windeln, dann rutscht der Nächste hinein! Ich glaube, so langsam bekomme ich auch eine Krise. «

Ich grinste. » Ach du! Du kannst doch deine Hörhilfe abdrehen und hast Ruhe. «

» Na und! Du könnest dafür in solchen Fällen Kopfhörer aufsetzen. «

Wir lachten und dachten beide kurz über die vielleicht neue Phase des Lebens nach.

Kapitel 16
Besuch aus dem Kloster

Am Nachmittag trafen sich einige Kursteilnehmer am Kräutergarten. Wer an der Kräuterführung teilnahm, brauchte dafür den Abend keine Anwendungen mehr ausführen. Als ich uns alle in die Anmeldeliste eintrug, fiel mir ein, dass ich mit Jana schon einmal ein Kräuterseminar besucht hatte, das sehr interessant war, zumal wir im Anschluss an die Theorie die frischgepflückten Kräuter in einer zur Verfügung gestellten Küche zu Dips und Salaten verarbeiteten. Ich wusste noch, das Löwenzahn recht bitter schmeckte, der Bärlauch-Dip dafür überraschend erfrischend und jetzt waren wir alle selbst von uns überrascht, dass wir relativ locker am Kräutergarten auf die restlichen Teilnehmer warteten ohne vor Hunger die angelegten Beete abzugrasen.

Jana schaute sich suchend um, was Anke wieder als Angriff nahm. » Na, Jana! Wen suchst du denn diesmal? Den zärtlichen Kiron? Frau Krause oder den unbekannten Alex? «
» Quatsch. Ich frage mich gerade, ob unser buntes Vögelchen abgereist ist. Sie war schon nicht beim Essen. «
» Ach vermisst du sie jetzt oder was? «
» Vermissen? Du spinnst ja, Anke, ich denke gerade praktisch, denn sollte es so sein, dass unser Truthahn die Koffer gepackt hat, dann könnten wir später eine Party veranstalten! Nur so unter uns. «

Aber wenn man vom Teufel sprach, kam er bekanntlich, nur nicht alleine, sondern mit unserer Kursleiterin Claudia; genauer gesagt, mit Schwester Claudia.

Claudia war eine Ordensfrau, die unsere Truppe mit einem herzlichen Lächeln begrüßte. Mir war Schwester Claudia sofort sympathisch. Irgendwie hatte sie trotz ihrer strengen Kutte einen total neckischen Gesichtsausdruck und ohne viel Tamtam bekamen wir alle ein kleines Körbchen für Kräuter in die Hand gedrückt und folgten ihr lauschend durch die Beete. Schwester Claudia kannte jeden Kräuterhalm und ließ uns gerne alles erkunden und probieren. Wir lernten in dieser Stunde wirklich sehr vieles über Kräuter und deren Eigenschaften. Soviel Input konnte man sich gar nicht merken und hörte Schwester Claudia vom Löwenzahn reden.
»Der Löwenzahn ist ein wildes, essbares und extrem nahrhaftes Kraut. Mit seinen vielen Vitaminen und Mineralstoffen ist er unheimlich gesund. «
Anke war interessiert. » Darf ich mal fragen, welcher Teil der Pflanze so gesund ist? «
» Die Blüte enthält Carotine, Vitamine, Bitterstoffe und ätherische Öle. Sie eignen sich für verschiedene Rezepte wie zum Beispiel für Marmelade oder auch leckeren Löwenzahnschnaps. «
» Jetzt wird's interessant. « Jana wieder! » Endlich kommt Schwung in die Runde. Ich wusste nämlich spätestens nach Sister Act, dass es im Kloster hoch hergeht. «

Schwester Claudia überging Janas Worte. » Die Löwenzahnblätter enthalten eine hohe Menge an Vitamin A, Vitamin K, Kalium, Kalzium und Ballaststoffe! Erntet die Blätter im frühen Frühling, bevor der Löwenzahn blüht, denn danach werden die Blätter bitter. Die Löwenzahnwurzel besitzt starke medizinische Eigenschaften, die gegen viele Beschwerden helfen. Sie ist ein wichtiger Bestandteil bei Entgiftungskuren, vor allen Dingen die Bitterstoffe, die auch in den Blättern stecken, macht die Pflanze zu einem echten Detox Kraut. Wenn ihr möchtet, könnt ihr gerne mal ein Löwenzahnblatt probieren. «

» Ich würde lieber die Blüte nehmen, wenn die wie ein Kräuterschnaps schmeckt. « Jana meinte es ernst.

» Mit Speck? Löwenzahn mit Speck? «

» Speck? Ich sagte die Blüte probieren. «

» Ha! Und was willst du studieren? «

Schwester Claudia guckte etwas irritiert und ich ging zu meiner Freundin, nahm ihr Gesicht in beide Hände und rüttelte vorsichtig ihren Kopf, bis es Plöpp machte.

Hanna schaute zur Nonne. » Tut mir leid, mein Gerät spielt manchmal verrückt und hat dann Aussetzer. «

» Nur das Gerät, selbstverständlich! « Jana schaute Hanna kopfschüttelnd an und Claudia machte weiter.

» Merkt euch bitte hier die wichtigsten fünf Eigenschaften der Löwenzahnpflanze: sie entgiftet, stärkt die Blase, regt die Verdauung an, bekämpft Entzündungen und fördert eine gesunde Haut. Leider wird sie aber von uns Menschen oftmals nur getreten und missachtet, was wirklich sehr schade ist. «

Ich fand es total interessant zuzuhören, musste jedoch trotzdem kurz auflachen. » Hörst du? Entgiftet den Körper! Vielleicht solltest du deiner Schwiegermutter mal ein paar Samen schenken « und auch Anke lachte. Ich drehte mich zu Hanna und sprach leise zu ihr. » Frage doch mal die Ordensfrau, welche Kräuter während der Pubertät helfen, dann könntest du deinem Mann einen Blumenstrauß pflücken. « Hanna tippte sich an die Stirn. » Das ist mir zu blöde und was soll ich denn fragen? Gibt es einen Kräuterzauber, den meinem Mann aus seiner Midlife-Crisis hilft? « » Na warum nicht? « Doch sie schüttelte den Kopf.

Ines war sehr ruhig geworden, hörte zwar gespannt zu und sammelte ein paar Kräuter in ihrem Körbchen, wirkte aber irgendwie teilnahmslos, während uns Schwester Claudia durch Akeleien, Taubnesseln, Wegeriche und Malvenblüten führte. » Wenn Sie zu Hause selbst einen Kräutergarten anlegen möchten, dann sind die wichtigsten Küchenkräuter neben Petersilie, Schnittlauch, Dill und Thymian auch Borretsch, Koriander und Kerbel, für Teetrinker Pfefferminz, Zitronenmelisse und Kamille. « » Und für ein Schnäpsken? « Jana ließ nicht locker. Schwester Claudia drehte sich lächelnd zu ihr. » Ich würde dafür Sternanis, Ingwer, Kardamom, Myrrhe, Zimt, Rhabarber, Enzianwurzel und die Schale sizilianischer Orangen nehmen. Mit dieser Mischung kommt man einem Ramazzotti schon ziemlich nahe. « Frau Krause klatschte spontan in die Hände, als sie in Janas perplexes Gesicht sah.

>> Hat sonst noch jemand Fragen? <<

Jana konnte schlecht verlieren, sehr schlecht. >> Was macht man denn mit Vogelmiere und der Fetten Henne? <<

Frau Krause drehte sich spontan um. >> Meinen Sie mich? <<

>> Jeder zieht sich den Schuh an, der ihm gefällt! << Ich kannte Jana und ahnte, wohin die aufkommende Diskussion noch kommen konnte und war froh, das Ines sich endlich auch mal zu Worte meldete.

>> Darf ich Sie mal etwas fragen, Schwester Claudia? <<

>> Ja natürlich. <<

>> Ich möchte ehrlich sein und frage mich die ganze Zeit, wie so eine junge hübsche Frau auf die Idee kommt, in einem Kloster zu ziehen. <<

Schwester Claudia lachte auf. >> Die Frage haben mir schon so viele Menschen gestellt und ich kann immer nur antworten, dass ich diesen Schritt meines Lebensweges nie bereut habe. << Sie setzte sich zufrieden mit einem Körbchen voller frischer Kräuter auf eine Bank und alle Teilnehmer schauten gespannt zu ihr. >> Bevor ich mein Leben Gott verschrieb, war ich Flugbegleiterin. Ja, da guckt ihr! Es war tatsächlich mein Traumberuf, aber, wenn man es mal realistisch sieht, ist es am Ende doch nichts anderes, als eine Kellnerin in der Luft, die zwar viele Menschen kennenlernt, aber immer nur für einen bestimmten Zeitraum. Wisst ihr, ich hatte nie den Drang, eine eigene Familie gründen zu wollen, aber mit Menschen wollte ich immer gerne zusammenarbeiten, sehr gerne mit jungen Leuten. << Sie zwinkerte Ines zu. >> Auch, wenn ich diese Kutte hier trage, habe ich nie vergessen, wie ein Teenie zu fühlen und freue mich immer, wenn mich junge Menschen ansprechen. Manchmal erzählen sie mir ihre Sorgen, manchmal suchen sie nach einer Lösung und manchmal kommen sie vereinzelt in unsere Abtei, um einfach innezuhalten und für sich zu sein. « Schwester Claudia drehte in Gedanken ein Kleeblatt zwischen den Fingern. » Naja, ich suchte jedenfalls Menschen, die mich kannten, mit denen ich reden konnte und keine Reisenden, die man bedient und dann nie wiedersah, als ich just zu dieser Zeit auf einer Fernreise Pater Kai kennenlernte. Wir waren gerade auf dem Rückflug von Thailand nach Düsseldorf als ich durch die Sitzreihen ging und Decken verteilte. Mit Pater Kai kam ich sofort ins Gespräch. Er strahlte eine innere Ruhe aus und ich war fasziniert von ihm. Am Ende des Fluges konnte und kann ich bis heute nicht sagen, was mich plötzlich fesselte, aber ehe ich mich versah, googelte ich mich durch die Welt der Nonnen und Mönche und fühlte mich total angesprochen. Natürlich versuchte mir die Familie, meine Gedanken in ein Kloster zu gehen, auszureden und meine Freunde hielten mich für verrückt. Sie meinten, ich wäre mit der Fliegerei wahrscheinlich immer zu nahe an Gott gewesen, der mir solche Flausen zugeflüstert hätte, aber ich war wie in Trance und ließ mich von nichts und niemandem abbringen. Deshalb habe ich auch eine Abtei fern von meinem Heimatort gewählt. « Sie legte das Kleeblatt vorsichtig zurück ins Körbchen.

» Krass. « Anke war fasziniert. » Und wie lange folgen Sie schon Ihrer persönlichen Berufung? «

≫ Mittlerweile schon fünf Jahre und ganz ehrlich, ich habe kein einziges davon bereut und fühle mich wirklich angekommen und Zuhause. Im Franziskanerkloster leben wir mit 24 Frauen und 2 Männern und haben alle ein strukturiertes und ausgefülltes Leben. Mir war es wichtig, in einer Gemeinschaft den Glauben zu leben und für meine Mitmenschen da zu sein. Diese wichtigen Aspekte konnte ich in meinem früheren Beruf gar nicht wahrnehmen und genieße es nun jeden Tag aufs Neue. ≪

Ines räusperte sich. ≫ Aber wie stellt man sich denn so einen Tagesablauf vor? Ich meine, man kann doch nicht den ganzen Tag beten oder durch die Gärten wandern? ≪

Schwester Claudia grinste schief. ≫ So sehen uns viele Menschen, was ich nicht verurteilen möchte, aber unser Tag beginnt um sechs Uhr mit dem Morgengebet. Jeden Morgen, auch an den Wochenenden! ≪

≫ Ach du scheiße ≪, rutschte es Jana heraus. ≫ Sorry, ist mir so rausgerutscht, aber das ist doch wirklich ungöttlich. ≪

Schwester Claudia nickte Jana zu. ≫ Dann wird nach dem Gottesdienst gemeinsam, aber schweigend gefrühstückt. ≪

≫ Wie? Keiner spricht von euch? ≪ Hanna hatte sich extra schnell neue Batterien eingelegt und verfolgte das Gespräch interessiert.

≫ Kaum zu glauben, aber ja, schweigend und dann beginnt für uns pünktlich um acht Uhr der Arbeitstag. Jeder Bewohner hat eine bestimmte Aufgabe zu erledigen, damit das Zusammenleben funktionieren kann. Manche sind für das Kochen zuständig, andere arbeiten im Klostergarten, in der Bibliothek oder auch im Klosterladen, in dem selbsthergestellte Produkte verkauft werden. Das sind unsere alltäglichen Aufgaben, aber ihr müsst jetzt nicht meinen, dass wir keinen Spaß zusammen haben. Auch wir können Feiern, Instrumente spielen und zusammen lachen. Wir probieren gerne neue Gerichte und auch mal Schnäpsken aus. « Sie schaute zu Jana. » Deshalb kann ich dir auch gerne ein paar Kräuterschnaps Ideen aufzählen! «

Anke winkte ab. » Das lassen Sie mal lieber, sonst bekommen wir Jana heute nicht mehr aus dem Garten hier raus. Wir müssen doch gleich zum Abendessen. « » Das bisschen, was wir da aufgetischt bekommen, können wir auch pflücken. « Jana schmollte, doch langsam mussten wir uns leider auf den Weg machen, denn alle anderen Kursteilnehmer saßen wahrscheinlich schon im Speisesaal. Wir bedankten uns bei Schwester Claudia, wünschten ihr alles Gute und jeder ging nachdenklich mit einem Körbchen gepflückter Kräuter zum Haupthaus zurück.

*

» Oh, Ladies, es gibt Erbsensuppe! « Anke schielte auf den Nachbartisch.

» Echt? « Ines staunte und schon wurde unser Süppchen serviert. Wer jetzt von uns glaubte, dass wir eine deftige Erbsensuppe mit Fleischeinlage vorgesetzt bekamen, der irrte, denn wir bekamen eine dünne grüne Suppe gereicht mit ein paar grünen

Erbsen zur Deko. Vorsichtig löffelte ich die grüne Brühe und staunte. » Mädels, die Suppe schmeckt! « Alle anderen stimmten mir zu und wir hätten sogar noch Nachschlag verlangt, wenn die Beilage, ein Karottensalat mit Orangen-Kokos-Dressing, nicht ebenfalls total köstlich geschmeckt hätte. Ines schaute in unsere zufriedenen Gesichter. » Ich glaube wir haben es geschafft! Ich glaube wir sind entgiftet. « Und wir klopften zustimmend begeistert auf dem Tisch.

Ich nahm mir die blaue Mappe und schrieb meinen heutigen Eintrag nieder, auch alle anderen folgten ohne zu murren und knurren. Wahrscheinlich hatten wir es wirklich geschafft.

		Tag 1	Tag 2	Tag 3	Tag 4	Tag 5
F	=	Freude	Fortschritt	Fleiß	Freiheit	Frieden
A Anke	=	Abführen	Anmut	Ausdauer		
S Katja	=	Suppe	Stärke zeigen	Seiten- wechsel		
T Hanna	=	TEE	TRINKEN	TÄTIG		
E Jana	=	Extra- wurst	Ein- schränkung	Episode		
N Ines	=	Neubeginn	Nicht aufgeben	Nachdenken		

196

Kapitel 17
Kräutermischungen

Abends saßen wir noch etwas bei Anke auf der Terrasse. Selbstverständlich gab es wieder nur Wasser und Tee, doch es störte keinen mehr von uns, sogar Jana nicht, denn sie drängelte weder mit einem Besuch bei Horst, noch bekamen wir irgendwelche heimlich versteckten Flüssigkeiten angeboten und selbst ich merkte, dass mich der Gedanke an meinem Notfallrucksack nicht mehr nervös machte.

Hanna zog ihre Schuhe aus und hockte sich auf den Rasen. >> Wisst ihr was, ich glaube ich melde Fynn auch mal im Kloster an. <<

Ich musste lachen, doch Hanna guckte mich ernst an. >> Da brauchst du nicht lachen, Katja. Wenn ich gesehen habe, mit wie wenig Schwester Claudia zufrieden ist und dann meinen Sohn mit ihr vergleiche, liegen Welten dazwischen. Fynn ist doch nur noch online unterwegs und jeden Tag kommt der Paketbote, dem ich jetzt übrigens die Annahme verweigert habe. Die Kartons stapeln sich mittlerweile in Fynns Zimmer fast bis zur Decke. <<

Ines schüttelte den Kopf. >> Also unser Sohn kauft sich ja auch gerne mal neue Sachen, aber so extrem wie Fynn ist er nicht. Wer bezahlt denn sein exquisites Hobby? <<

Hanna nahm einen Schluck Wasser. >> Er bekommt von uns Taschengeld, von seinen beiden Großvätern auch und dann geht er ja nebenbei etwas arbeiten. Also, manchmal wenigstens. <<

Ich verschwieg, dass ich ihm als Patentante auch schon mal etwas zusteckte und prostete Anke zu, die für solch ein Luxusleben bei Heranwachsenden überhaupt kein Verständnis hatte. » Die Kinder heutzutage wissen doch den Konsum gar nicht mehr zu schätzen. Wenn ich an meine Kindheit denke, dann gab es Weihnachten ein Spielzeug und Süßkram, zum Geburtstag etwas zum Spielen und meistens noch etwas zum Anziehen und Ostern bunte Eier. Wenn ich die Zimmer von meinen Neffen sehe, wird mir vor lauter Gerätschaften schwindelig. Die haben nicht nur ein Videospiel dort stehen! NEIN! Es sind gleich zwei Hightech Geräte mit irgendwelchem Zubehör wie Brillen, Gaspedalen und so weiter. Aber ich muss auch sagen, dass sich die beiden ihr Taschengeld auch verdienen. Sie helfen viel im eigenen Haushalt und auch bei den Großeltern. «

» Na siehst du, das macht Fynn eben nicht. Sven nennt ihn nicht umsonst immer den Grafen von Anjou. «

Jana meldete sich jetzt auch mal zu Wort. » Wer war das eigentlich? Gab es ihn wirklich? «

» Weiß ich gar nicht, aber bestimmt. Anke, hol doch mal dein Handy und google mal. «

» Der Graf von Anjou lebte im Mittelalter in Frankreich. Er war ein sehr reicher und höchst angesehener Mann. Allerdings hatte er ein riesengroßes Problem, eine hässliche, dicke Geschwulst am Fuß und deshalb passten ihm die vornehmen Schuhe der damaligen Zeit nicht und er beauftragte einen Schuster, der ihm große, schnabelförmige Schuhe anfertigte. Da der Graf von Anjou ein so bekannter und geehrter Mann war, wollten seine Mitbürger der neuen Mode nachkommen und ebenso lange Schuhe haben wie er. Doch nur die reichen Leute konnten sich die großen Treter leisten - und deshalb sagt man auf großem Fuß leben. «

Ich musste gähnen. » Ich wusste gar nicht, dass Sven so ein Geschichtsgenie ist! «

Hanna auch nicht und stimmte meinem Gähnen zu. » Wie sieht denn morgen euer Ablauf aus? Es ist ja schon unser letzter Tag. «

» Stimmt. Als ich ankam, dachte ich, die Woche wird nie enden, doch jetzt ist sie doch recht schnell vergangen. Ich bin ja morgen auf das Wiegen gespannt. «

» Das kannst du auch, Anke, denn du hast bestimmt wieder 2 kg weniger auf den Rippen. «

» Ach quatsch. « Anke fühlte an ihren Bauch. » Der ist noch reichlich da. «

Wir lachten, als wir ihr trauriges Gesicht sahen und dann verabschiedeten wir uns alle, denn morgen früh stand für alle Pilates auf dem Programm!

*

Das skeptische Gesicht von Anke wurde am nächsten Morgen durch ein Strahlen ersetzt, denn sie hatte tatsächlich wieder 1.250 Gramm weniger auf dem Display stehen. Neidisch versuchte ich mein Glück und konnte mit ihr um die Wette strahlen. Ganze 1.105 Gramm standen nicht nur bei mir weniger, sondern bei allen hatte sich das Fasten gelohnt. Janina schaute zufrieden in unsere Gesichter, denn sie

wusste genau, dass die schwerste Hürde des Fastens geschafft war und erklärte, das die Entgiftung sowie Reinigung des Körpers langsam abgeschlossen war. Lächelnd wünschte sie allen noch weiterhin viel Kraft, Erfolg und auch Spaß bei den Anwendungen und wir machten uns auf den Weg zum Sport. Jana wirkte heute verdächtig ruhig, als wir uns zufrieden auf den Weg zum Pilatesraum machten, sogar als Frau Krause uns im engen Treppenhaus entgegenkam, reagierte sie in unseren Augen erstaunlich gelassen. » Ach Guten Morgen Frau Krause. Na, auch schon sportlich unterwegs? Wie sagt man immer, der frühe Vogel fängt den Wurm! Viel Spaß und Erfolg noch bei ihren Anwendungen und nie vergessen, ein Mensch ohne Ziel ist wie ein Vogel ohne Federn! «
Ich hatte eher mit einem neuen Angriff gerechnet, deshalb rieb ich mir die Augen und schaute Jana erstaunt an. » Na was? Ihr guckt mich alle so erstaunt an! Stimmt etwas nicht? «
Ines blieb auf einer Stufe stehen. » Ganz gewaltig nicht. Also entweder bis du vom Heilfasten kraftlos geworden, hast dich von Schwester Claudia inspirieren lassen oder hattest gestern Abend, nach unserem Abgang, noch irgendein heiliges Erlebnis. «
Jana schaute uns immer noch an. » Verstehe ich nicht. Nur weil ich freundlich einen anderen Gast gegrüßt habe? « Frau Krause war mittlerweile weitergegangen, ohne uns weiter zu beachten.
Ich staunte. » Nicht EINEN anderen, sondern DEN anderen! Deinen Paradiesvogel! Ich hatte jetzt damit gerechnet, dass du wieder einen Giftpfeil losschießt oder ein Vogellied trällerst! «

>> Ach so, ja das stimmt, das wäre wieder meine typische Jana-Art gewesen, aber wisst ihr was, ich glaube ich bin irgendwie geschafft. Ich weiß, wir sind keine Marathons gelaufen, aber ihr kennt mich, für mich ist Sport gleich Mord. Vielleicht liegt es auch an der gesunden Kurluft hier, am Essen, an zu viel Schlaf, an der Ruhe oder am nullprozentigen trinken. Ich weiß selbst nicht, was mit mir los ist. «

Anke tippte auf ihre Smartwatch. >> Egal was die Ursache ist, wir müssen zum Pilates. «

>> Können wir nicht einfach Blau machen? Ich bin echt platt. «

>> Obwohl Kiron den Kurs leitet «, versuchte ich sie zu ermutigen!

>> Na gut, dann komm ich eben mit. Aber eins sage ich euch, wenn ich die Kerze nicht schaffe, dann mach ich nur ein Teelicht. «

Lachend hakten wir uns ein und folgten Anke.

*

Der kleine Pilates-Raum wartete bereits mit nur zehn ausgelegten Sportmatten auf uns. Eine ruhige Entspannungsmusik lief leise und überall brannten kleine Duftkerzen, welches für eine angenehme Atmosphäre sorgte. Die ersten fünf Matten waren bereits belegt, somit gesellten wir uns in Reihe zwei und freuten uns, Laura kennenzulernen. Jana und ein paar weitere Teilnehmer kannten sie vom Sitztanzen, mir war sie neu und sehr sympathisch, als sie sich uns und Pilates vorstellte. >> Herzlich Willkommen zu Pilates. Pilates ist ein ganzheitliches Körpertraining, in dem vor allem die tief liegenden, kleinen und meist schwächeren Muskelgruppen angesprochen werden,

die für eine korrekte und
gesunde Körperhaltung sorgen sollen. Das Training
umfasst Kraftübungen, Stretching und eine bewusste
Atmung. Angestrebt werden die Stärkung der
Muskulatur, die Verbesserung von Kondition und
Bewegungskoordination, eine Verbesserung der
Körperhaltung, die Anregung des Kreislaufs und eine
erhöhte Körperwahrnehmung. Grundlage aller
Übungen ist das Trainieren des so genannten
„Powerhouses", womit die in der Körpermitte
liegende Muskulatur rund um
die Wirbelsäule gemeint ist, die so genannte
Stützmuskulatur. Die Muskeln des Beckenbodens und
die tiefe Rumpfmuskulatur werden gezielt gekräftigt.
Alle Bewegungen werden langsam und fließend
ausgeführt, wodurch die Muskeln und die Gelenke
geschont werden, gleichzeitig wird die Atmung
geschult. Bevor wir jetzt starten, muss ich noch einmal
eine Sicherheitsfrage stellen. Hat jemand von Euch
bestimmte Beschwerden durch zum Beispiel Unfälle
oder muss auf jemanden durch irgendwelche
Vorerkrankung Rücksicht genommen werden? «
Laura schaute in die Runde. Ines stieß Hanna an. » Du
Hanna. Du musst dich melden. «
» Wir alle können Helden sein, auch du, Ines. «
» Melden Hanna, melden. Wegen deinem Rheuma. «
» Genau! « Hanna grinste. » Man nennt es auch
Entwicklungstrauma. «
Ines rutsche zu Hanna und schüttelte an ihrem Kopf,
doch es machte nichts Plöpp. » Mensch Hanna, bist
du offline oder was? «

»Was schüttelst du denn meinen Kopf? Ist das bereits die erste Übung?«

»Nee, ich dachte dein Gerät boykottiert wieder und wollte es freischalten.«

Mittlerweile schauten wir alle zu den beiden und Laura erkundigte sich nochmal, ob es Probleme gäbe. Ines nickte. »Unsere Freundin hat ihre Hörhilfe nicht eingesetzt, also entweder du sprichst etwas lauter, oder…«

»Ich gucke mir die Übungen einfach ab und fertig.«

Hanna war die Aufmerksamkeit peinlich und wir konnten starten. Die erste Übung hieß Bridging, eine Ganzkörperübung, bei welcher Bauch-, Rücken-, Gesäß- und Beinmuskulatur zusammenspielen mussten, um den Rumpf gegen die Schwerkraft vom Boden zu heben. Laura machte uns die Übung vor. »Die Beine sind hüftgelenksbreit aufgestellt. Die Hände liegen neben dem Körper. Mit der Einatmung wird die Wirbelsäule gedanklich verlängert und die Fußsohlen verankern sich in der Matte. Mit der Ausatmung heben wir die Wirbelsäule im Stück in eine Brücke und mit der Einatmung stabilisieren wir den Rumpf über das Verlängern der Wirbelsäule und schieben zudem die Knie bewusst aus dem Hüftgelenk nach vorne. Mit der nächsten Ausatmung lassen wir den Rumpf wieder im Stück in den Boden sinken. Versucht es mal. Diese Übung sollte bitte acht Mal wiederholt werden, aber jeder, wie er kann.«

Ujujuj, es sieht doch immer alles so leicht aus, dachte ich, als ich krampfhaft meinen Rumpf hochstemmte und schaute vorsichtig zu Anke, die dabei noch lächelte.

>> Die nächste Übung nennt sich Boomerang. Sie ist mit einer kleinen Tanzchoreografie vergleichbar. << Ines schaute augenzukneifend zu Jana. >> Sitztanzen Teil zwei. << Doch auch hier ließ Jana sich nicht necken, sondern hörte der Beschreibung zu. >> Im Langsitzen mit leicht vorgebeugtem Oberkörper sind die Beine überkreuzt und die Sitzbeinhöcker gut verankert. In der Ausatmung die Beine von der Matte heben, den Oberkörper nach hinten verlagern und weiter auf dem Boden abrollen. Dabei bleibt der Abstand zwischen Oberkörper und Beinen gleich. Das Gewicht ruht jetzt auf den Schulterblättern. Arme sind über dem Kopf parallel zur Matte. Einatmend die Position halten und die Beinposition wechseln. Ausatmend aufrollen und das Körpergewicht auf dem Po balancieren. Arme werden mitgenommen, Finger zeigen zu den Füßen. Wirbelsäule verlängern. Einatmend die Arme wie bei einer Schwimmbewegung hinter den Körper bringen, die Hände zeigen hier zueinander. Ausatmend den Abstand zwischen Oberkörper und Beinen haltend, die Beine langsam und kontrolliert zur Matte bringen. Arme bleiben hinter dem Körper, der Blick geht zu den Knien. In der Einatmung wieder in die Ausgangsposition zurückkommen und die Übung dann insgesamt vier bis sechs Mal langsam wiederholen. << Es folgten noch Übungen wie Head Nods und Elephant, bis wir ruhend, fünf Minuten, auf der Matte zum Ausklang kommen sollten. Ich konnte nicht abschalten, setze mich aufrecht hin, schaute aus dem Fenster und beobachtete die fleißigen Gärtner, die mit ihren fahrbaren Rasenmähern über die

Grünfläche flitzten. Weiter hinten entdeckte ich dann Horst und freute mich gleich auf ein Wiedersehen mit ihm. Kurz schaute ich zu meinen Freundinnen, die völlig entspannt auf dem Boden lagen und abschalteten. Das konnte ich irgendwie noch nie und drehte mich wieder Richtung Fenster, just in dem Moment, wo ich sah, wie einer der Gärtner nicht nur auf, sondern durch Horst fuhr. Ach du Schreck! Jetzt flog unser Raucherbereich auf! Was machten wir denn jetzt? Ich hörte Hanna leise schnarchen, sah Laura völlig tiefenentspannt liegen und merkte, wie sich eine Art Panikattacke in mir ausbreitete. Ines, die neben Anke lag, hatte zum Glück Rücken vom Liegen bekommen und richtete sich ebenfalls auf. Ich nahm gebärdensprachlich Kontakt mit ihr auf, zeigte aufgeregt nach draußen und versuchte in der früheren Finger-Löffelsprache das Wort Horst in der Luft zu schreiben. Ines verstand mich, genau zu diesem Zeitpunkt, als die beiden Gärtner unsere Bank unter Horst hervorholten. » So meine Lieben, wir richten uns dann langsam wieder auf. Ich hoffe, ihr hattet etwas Spaß an meinem Kurs und wünsche euch noch einen schönen Tag. Vergesst bitte nicht, die nächste Trinkstation befindet sich direkt hier um die Ecke. « Alle Teilnehmer klatschten in die Hände, Anke weckte Hanna auf und sobald die Luft rein war, platzte es aus mir raus. Ines war erschrocken, Hanna irgendwie noch im Schlafmodus und Jana zuckte nur mit den Schultern. Also irgendetwas schien definitiv nicht mit ihr zu stimmen. » Was machen wir denn jetzt? «

» Ja nichts oder meinst du, ich gehe jetzt zu den beiden und beschwere mich, dass sie unser Versteck aufgeräumt haben. « Da hatte Ines recht. Anke hielt sich raus, schließlich hatte sie weder mit der Bank, noch mit Horst Kontakt aufgenommen und machte sich mit Hanna und Ines auf den Weg, nach freien Außenliegen Ausschau zu halten. Ich drehte mich zu Jana, die freiwillig einen zweiten Becher Wasser zu sich nahm. » Sag mal, hast du heute irgendwelche Medikamente eingenommen? Du bist so ruhig! Irgendetwas stimmt doch bei dir nicht! « Jana schaute mich an und jetzt sah ich, dass ihre Pupillen ganz klein waren. » Du hast doch etwas eingenommen! «

» Quatsch. «

» Das glaube ich dir nicht, Jana. «

» Ich weiß gar nicht, was du hast. «

» Ich habe auch nichts, aber du und das was du hast, kommt nicht von alleine. «

Jana kannte meine Hartnäckigkeit und bevor ich noch weiter bohrte oder womöglich die anderen um Mithilfe bat, erzählte sie mir, dass sie lediglich eine Tasse Tee aus den frischen Kräutern, die sie gestern gepflückt hatte, getrunken hatte.

» Was für Kräuter waren das denn? «

» Was weiß ich. Ich meine Minze hatte ich gepflückt, Hopfen, Lavendel, und Weißdorn. « Das hörte sich für mich eher gesund als gefährlich an und sah von Weitem, dass unsere Freundinnen vier Liegen ergattert hatten, als Jana noch etwas einfiel. » Ach und dann hatte ich noch etwas Eibisch, Kamille und wie hieß das Zeug noch? Afrikanisches Löwenrohr oder

Löwenohr? Aber das habe ich nicht getrunken,
sondern heute Morgen bei Horst geraucht. «
Ich kannte mich durch meine Schildkröten zwar etwas
mit Kräutern aus, wusste aber nicht, was für
Auswirkungen diese im Gemisch ergaben.

Jana legte sich entspannt auf die freie Liege, während
ich mich zu Hanna setzte. » Hanna? Du hast doch
bestimmt dein Handy in der Tasche, oder? «
» Ja, warum? «
» Könntest du bitte mal googlen was passiert, wenn
man Löwenohr und Kamille mischt und inhaliert? «
» Zelebriert? «
» Inhaliert. Raucht. « Ich sprach lauter.
Hanna verstand mich, holte ihr Handy hervor und las
vor. » Eibischkraut ist eines der beliebtesten Kräuter
zum Rauchen, da es ein dezentes und angenehmes
Aroma entwickelt, Löwenohr ist für milde
psychoaktive Eigenschaften bekannt und Kamille…
das ist ja der Brüller… « Ines schaute erschrocken zu
Hanna, da sie Zuhause gerne Kamillentee trank.
» Wer hätte das gedacht. Also Kamille ist eine gute
Blume zum Rauchen. Man ist nicht „nur" high,
sondern auch tiefenentspannt. «
» Seht ihr, alles easy «, kam es zufrieden von Jana und
Ines schwor sich, nie wieder Kamillentee anzurühren.

*

Anke hatte für Janas Kräuterexperiment überhaupt
kein Verständnis und tippte sich nur an die Stirn. »
Da merkt man, dass du mit Henning unter einem
Dach lebst. Ihr seid wohl beide sehr

experimentierfreudig, aber der Schuss hätte auch nach hinten losgehen können, Jana! « » Kräuter sind doch gesund, das hat Schwester Claudia doch gestern Abend selbst erzählt «, kam es verschlafen zurück. » Na vielleicht, wenn man die Zusammenstellung kennt, aber egal, du bist und bleibst halt unser Extrawürstchen. « Anke legte sich zurück, atmete ein paarmal tief durch und nahm bewusst ihre paar Gramm weniger auf den Rippen wahr. » Ach Mädels, so kann man es aushalten. Jetzt haben wir noch zwei Stunden bis zum Mittag. Bleiben wir hier liegen und genießen die Sonne oder geben wir nochmal Vollgas und leihen uns Walkingstöcke aus? « Hanna richtete sich auf. » Freiwillig? Ich bestimmt nicht! Ist doch nicht langweilig, einfach etwas abzuhängen! Vergesst nicht, der Alltag hat uns schnell wieder! « Naja, ich lag zwar nicht, sondern saß, aber auch ich musste mich nicht unbedingt bewegen. Ob es Nachwirkungen von dem Kräutergemisch waren, weiß ich nicht, aber plötzlich fing Jana an » was würdet ihr denn am liebsten machen, wenn euch langweilig wäre? « Anke überlegte kurz. » Vielleicht ein Buch lesen? « » Nein, ich meine etwas Verrücktes, etwas, was man sich eigentlich nie trauen würde. Irgendetwas Ausgefallenes, Personentypisches, Närrisches, na eben irgendetwas Ausgeflipptes! « Wir überlegten und Anke grinste. » Weil ich ja öfters meine Parkscheibe vergesse, würde ich gerne mal vielleicht 15 Minuten lang mit einer Politesse über ein Knöllchen am Auto diskutieren, anschließend mein

Fahrrad losketten und einfach wegfahren. Die haben mir schon öfters einen Strafzettel an die Scheibe geklebt, gerade wenn ich bei Renate in der Seniorenresidenz bin. Hier gibt es nicht viele Parkplätze am Haus und ich habe nicht immer Lust, durch die ganzen Nebenstraßen nach einer Lücke zu suchen, deshalb parke ich schon mal auf den Schwesterparkplätzen, was ich jetzt nicht für so schlimm empfinde, da ich mich ja nie stundenlang bei meiner Schwiegermutter aufhalte, aber genau dann, habe ich grundsätzlich solche Strafzettel an meiner Autoscheibe. Da muss doch eine Politesse irgendwo auf so Trottels wie mich lauern! «

Ines lachte auf. » Also ich hatte mal die Idee, in Parkhäusern kleine Zettel mit „Sorry für den Schaden" an die SUVs zu kleben und dann die Besitzer zu beobachten, wie sie panisch um ihr Auto rennen. Die großen Autos nehmen einem so extrem die Sicht weg, dass das Herausmanövrieren aus Parklücken immer ein Glückspiel ist und schlimm sind dann die, die von oben aus dem Seitenfenster auf einen hinunterblicken und hämisch grinsen, wenn man mit einem hochroten Kopf da rumorgelt. «

Jana klatschte begeistert in die Hände. » Jetzt du, Katja! «

Ich überlegte und Hanna war offensichtlich wieder online, denn auch unsere Miss Marple hatte eine Idee. » Also ich wüsste etwas. Ich würde gerne mal spätabends oder auch morgens im Nebel mit einer Schaufel und einem leeren Müllsack durch den Wald gehen und jedem Jogger freundlich zunicken. «

»Oh wie fies, aber lieber abends, morgens passt bei dir Langschläfer nicht. « Ich stupste meine Freundin an. » Also, ich würde tatsächlich bei unserem asiatischen Restaurant gerne den Buchstaben N mit einem P bei der Nudelsuppe austauschen. «
» Ihh, Katja! « Hanna schaute mich entsetzt an.
» Schon, aber verdient hätten die es. Wir hatten uns letztens dort etwas zu Essen geholt und konnten Zuhause alles wegschmeißen. Die Nudeln waren zu salzig, die Ente sah aus wie ein zerrupftes Huhn und die Frühlingsrolle triefte nur so vor Fett. «
» Das ist ärgerlich. «
» Eben. Und das habe ich jetzt schon von mehreren gehört und wenn du hingehst und dich beschwerst, dann schieben sie dir einen billigen Pflaumenschnaps zu und das war´s. Also Stefan und ich gehen da nicht mehr hin. «
Jetzt fehlte noch Jana und wir schauten sie gespannt an. » Ich «, begann sie spannend. » Ich würde mich tatsächlich gerne mal vor ein Standesamt stellen und dem Bräutigam „Ich werde dich trotzdem immer lieben" zurufen. «
Anke drehte ihren Kopf weg. » Mehr als typisch! «
Offensichtlich ließen die Kräuter bei Jana nach und sie wurde wieder zur Alten!

Kapitel 18
Andere Verhältnisse

Jetzt, wo Horst vermutlich unter Beobachtung stand, gingen wir direkt zum Mittag, um uns mit grüner Suppe und einem Schälchen Quark zu stärken, schließlich musste noch nachfolgende Anwendungen bewältigen werden. Ines ging zum Reiki, Anke zur Elektrotherapie, Hanna zum Detox, ich musste zum Radon, dessen Bekanntschaft Hanna bereits gestern gemacht hatte und Jana durfte zur Rasayana-Anwendung. Dort lag sie bequem auf der Liege und freute sich, Tamia kennenzulernen.

>> Hallo Jana und willkommen zur Rasayana-Kur. Sagt dir Rasayana etwas? <<

>> Nein, aber ich habe mal irgendwo gelesen, dass es eine revitalisierende Verjüngerungskur ist, oder? << Tamia lachte auf. >> Genau. Diese Kur eignet sich nach stressigen Zeiten, bei Erschöpfung und Energielosigkeit. Sie dient der Stoffwechselanregung, Entschlackung und Regeneration aller Gewebe. Die äußeren Anwendungen der Rasayana-Kur bestehen aus unterschiedlichen Massagen und Ölbehandlungen. <<

>> Gibt es auch eine innere Anwendung? <<

>> Die, meine liebe Jana, wirst du selbst finden. Ich bitte dich jetzt, dich bis auf deine Unterwäsche auszuziehen und dich dann hier auf die Liege zu legen. << Tamia füllte Öl in eine Metallschale und wartete, bis Jana fertig war. >> Ich werde jetzt deinen Körper mit Öl einmassieren, welches tief in das Gewebe eindringt und auf Knochen und

Nervengewebe wirkt. Rasayana ist eine Kombination aus Rasa, was so viel heißt wie Saft oder Geschmack und … «

» Trinken ist immer toll. «

Tamia schüttelte den Kopf, was Jana aber nicht sah, da sie mit geschlossenen Augen auf der Liege lag. » Ich fange jetzt im Schulter-und Nackenbereich an und arbeite mich langsam vor. Wenn dir etwas unangenehm wird oder du sonst etwas hast was dich stört, dann meldest du dich einfach, ok? Versuche mal abzuschalten und genieße die Anwendung. «

» Ich werde es versuchen, aber da bin ich wie meine Freundin Katja gepolt, die kann auch nie abschalten und hättest du so einen verrückten Mann wie ich Zuhause, der jeden Tag mit neuen Überraschungen um die Ecke kommt, würdest du mich verstehen, warum ich so unter Strom stehe. «

Aha, daher wehte der Wind. » Aber Überraschungen sind doch toll! «

» In Form von Blumen oder Shoppinggutscheinen vielleicht, aber nicht im Chaos verbreiten. «

» Also ich wäre froh, wenn mein Mann mich ab und an mal überraschen würde. «

» Kannst ja gerne Henning haben, dann brauche ich wenigsten kein schlechtes Gewissen zu haben. «

Janina lachte auf. » Ich bin eigentlich glücklich verheiratet … «

» … Ha, da ist das Wort! Eigentlich! Eigentlich bin ich auch zufrieden, eigentlich habe ich Henning auch gerne, eigentlich verstehen wir uns gut, aber das reicht manchmal nicht. Nicht mehr. «

Tamia massierte weiter Öl in die Haut. » Wo ist denn euer Problem? «

Kurz wurde es still im Raum, so dass Tamia schon dachte, mit ihrer Frage zu weit gegangen zu sein, doch dann platze es aus Jana heraus. » Es ist nicht unser Problem, sondern meins. Ganz alleine meins. Ich bin einfach nicht mehr glücklich mit Henning, schon länger nicht mehr. Im Prinzip weiß er das. Ich habe ihm mehrmals gesagt, dass er sich ändern soll, doch Henning ist ein Gewohnheitsmensch. «

» Darf ich fragen, worin sich dein Mann ändern sollte? «

» Er ist mir zu dick geworden, zu negativ, zu langweilig und zu kompliziert. Alle und alles ist blöd und mit Problemen verbunden, dann ist er mit seinem Bierbauch unzufrieden, trinkt aber trotzdem jeden Abend seine zwei Flaschen, für spontane Aktivitäten oder Ausflüge ist er zu müde und alles, was neu ist, muss ausdiskutiert werden. Eigentlich diskutiert er immer und das nervt einfach. «

Tamia bat Jana, sich auf den Bauch zu drehen, um die Hinterfront mit Druck einzuölen. » Hast du denn mal mit ihm über deine Punkte, die dich in euer Beziehung stören, geredet? «

» Andauernd, was meinst du denn? Erst letztens ist es wieder bei uns so eskaliert, dass ich ihm leider sagen musste, dass ich über eine Trennung nachdächte und tief in mir spüre, dass ich für andere Männer offen bin. «

» Uj, das sind aber klare Worte. «

» Für dich, für mich, für fast jeden Menschen, aber nicht für Henning. Er war zwar etwas schockiert, aber dann war ihm sein Alltag wichtiger und er diskutierte wieder über irgendwelche belanglose Sachen, die er im Fernsehen gesehen hat oder die ihm ein Kollege erzählte. Und in solchen Momenten, Tamia, da greifst du selbst irgendwann zum Wein, um es erträglicher zu machen. «

» Aber das ist doch keine Lösung. «

» Da gebe ich dir recht, deshalb habe ich mich auf die Suche nach einer Lösung gemacht und sie gefunden. Die Lösung heißt Bernd. «

Tamia stutze überrascht, verstand und arbeite sich weiter abwärts. » Bernd? Und weiß Henning von Bernd? «

» Ich habe es ihm am Abend vor unserer Abfahrt gebeichtet, was ich eigentlich gar nicht vorhatte, da ich mir mit Bernd auch nicht sicher bin, aber als ich an diesem Abend gestresst von der Arbeit nach Hause kam und mir wieder die Geschichten von seinem angeblich unfairen Chef anhören musste, ist mir der Kragen geplatzt, denn der ist nicht unfair, er ist eben, na wie soll ich es sagen? Er weiß genau, dass er sich auf Henning verlassen kann und traut ihm von daher eine Menge zu. Henning sieht es anders, eben unfair, dass er die speziellen Aufgaben immer zugeordnet bekommt, dabei sollte er doch eher stolz auf sich sein, zumal sein Chef ihn fest einplant, ihn in den nächsten Jahren eventuell als sein Nachfolger in sein Geschäft mit zu involvieren. «

» Da gebe ich dir recht, das hört sich doch sehr zuversichtlich an. Kennst du den Chef eigentlich? «

Jana schaute Tamia kurz an. » Ja natürlich, er heißt Bernd! «

» Hoppla «, kurz herrschte Stille.

» Genau, Tamia, du sagst es, hoppla. Ich weiß, es ist nicht die feine englische Art die ich da begonnen habe, aber es ist eben passiert. Ich habe Bernd vor ungefähr einem Jahr bei einem Firmenjubiläum kennengelernt und war sofort fasziniert von ihm, er hat eine Ausstrahlung wie Richard Gere und auch sein Verhalten ähnelt ihm. Bernd war mir von Anfang an sympathisch und ich merkte schnell, dass wir auf einer Wellenlänge waren, mit gleichen Interessen wie zum Beispiel das Bootfahren. Ich erzählte ihm auf dieser Feier, dass ich vorhatte, einen Bootsführerschein zu machen und eine Woche später kam Henning mit zwei Gutscheinen für einen Schnupperkurs am Ijsselmeer nach Hause. Dieser sollte schon in zwei Wochen beginnen und ich war außer mir vor Freude. «

» Scheint ja wirklich ein guter Chef zu sein, dein Bernd. « Tamia massierte das Öl in Janas Beinen ein.

» Das kann man jetzt so oder so sehen, denn zwei Tage, bevor wir nach Holland fahren wollten, schob Bernd meinem Henning einen nicht aufschiebbaren Auftrag zu. Du kannst dir ja vorstellen, wie enttäuscht Henning war und ich, ja, ich war auch enttäuscht. Vor Wut landete nicht nur meine neue maritime Kopfbedeckung direkt im Müll, sondern auch meine Freude und Planung und am Ende tat ich Henning so leid, dass er mich alleine zu dem Kurs schickte und wem begegnete ich beim Abendessen? Bernd! «

» Der das ganze wahrscheinlich im Vorfeld geplant hat! «

>> Das dachte ich zwar erst nicht, aber später, naja, sind wir uns nähergekommen und da hat er mir seinen Plan gebeichtet. «

>> Jetzt läuft eure Liebelei schon über ein Jahr hinter Hennings Rücken? «

Jana nickte. >> Genau und ganz ehrlich, Henning macht es mir durch seine ständige Nörgelei und der negativen Einstellung auch echt leicht, ihn anzulügen. Den Abend, bevor wir zu euch anreisten, fing er auch wieder mit seinen Geschichten an, dem Ärger, die Ungerechtigkeiten in der Firma und so weiter und das ganze natürlich untermalt mit einer ekeligen Bierfahne und da reichte es mir. Ich nahm einfach die Schlüssel und sagte ihm, dass ich zu Bernd fahre und es spät werden konnte. «

Tamia unterbrach ihre Massage. >> Ach herrje, und dann? «

>> Nix. Als ich nach Hause kam schlief Henning und morgens musste er ja schon wieder früh zur Arbeit. «

>> Aber er weiß schon, dass du mit deinen Freundinnen hier bist? «

>> Nö, glaube ich nicht oder sagen wir mal so, von mir weiß er es nicht, aber vielleicht von den Männern meiner Mitreisenden. «

Tamia massierte sich zum Endspurt vor. >> Dein Henning tut mir trotzdem leid. Hat er denn nicht versucht, dich telefonisch zu erreichen? «

>> Ich habe einige Anrufe in Abwesenheit auf meinem Handy, diese aber noch nicht abgehört, weil wir ja Handyverbot haben. «

>> Hier im Haus? Niemals. Wer hat euch das denn erzählt? «

>> Es ist ein Ritual unter uns Mädels. Wir finden es immer schrecklich, wenn Menschen mehr mit dem Gerät, als mit dem Umfeld beschäftigt sind. <<
>> Ja, das stimmt. Ich sage ja immer, dass diese Menschen nur die Hälfte vom Leben mitbekommen, weil sie ständig auf ihr Display gucken, aber erzähl das mal einem Teenie. << Tamia ließ noch etwas Öl aus der Schale auf Janas Beine gleiten. >> Wir kommen langsam in den letzten Abschnitt der Massage. Ich hoffe, du genießt es trotz der Unterhaltung etwas. <<
>> Sehr sogar. Nicht nur dass es sich alles angenehm anfühlt, sondern auch, dass ich mit dir reden kann. Meine Freundinnen möchte ich mit der Geschichte nicht belästigen. Die mögen Henning alle und würden mich nicht verstehen. <<
>> Ich möchte mich ja nicht einmischen, aber darf ich fragen, wie die Geschichte mit Bernd weitergehen soll? <<
>> Na wenn ich das mal wüsste. Ich bin so hin und her gerissen, denn er ist nicht meine große Liebe. Er verwöhnt mich, er macht mir Geschenke, liest mir jeden Wunsch von den Augen ab, wir verstehen uns, haben dieselben Hobbys, aber mehr weiß ich selbst noch nicht. Bernd möchte am liebsten, dass ich zu ihm ziehe, doch das ist mir zu schnell, schließlich ist er selbst gerade erst frisch geschieden und außerdem muss ich auch abwarten, was Henning morgen sagt, wenn ich nach Hause komme. <<
>> Naja, vielleicht hat er auch schon das Türschloss ausgewechselt? <<

» Ach was, mein Henning doch nicht. Der hat eher ein 3-Gang Menü gekocht, einen Blumenstrauß gekauft und die Wohnung auf Hochglanz poliert. «

» Überleg es dir gut, Jana, manchmal ist dem Vogel ein einfacher Zweig lieber als ein goldener Käfig. «

Jana drehte sich um und zog ihr Shirt über. » Apropos Käfig. Ich habe Frau Krause heute noch gar nicht gesehen. Ist sie schon abgereist? «

» Nein, Frau Krause bleibt meistens drei Wochen bei uns, deshalb nimmt sie auch nicht an jedem Kurs teil. Heute wollte sie eine Freundin vom Bahnhof abholen, die hier auch ein Arrangement gebucht hat. Habt ihr euch doch noch anfreunden können? «

» Ach du liebe Zeit! Nie im Leben! Ich hatte gehofft, dass der Vogel ausgeflogen ist, denn dann hätten wir uns heute an unserem letzten Abend vielleicht eine kleine Party gegönnt. «

» Eine Party? Hier im Haus der Ruhe? Ich glaube, das ist keine gute Idee. «

» Natürlich nur mit Wasser und Tee und vielleicht ein paar Kräuterlies! «

» Ich kann euch nur davon abraten, ansonsten…«

» … is klar, dann weißt du von nichts. Vielen Dank für die angenehme Anwendung und fürs Zuhören. Tat irgendwie gut « Tamia war überrascht, als Jana sie kurz umarmte.

Kapitel 19
Renate

Ankes Ehrgeiz wuchs. Sie zog sich nach der Elektrotherapie frische Sportsachen an und machte sich auf den Weg zum Trimmpfad, denn sie wollte sich gerne noch etwas bewegen, um unbedingt noch ein paar Gramm zu verlieren. Mit Walkingstöcken bewaffnet machte sie sich auf den Weg zum Wald und wunderte sich über Ines, die sie von Weitem mit einem jungen Mann zusammenstehen sah. Kurz dachte Anke, es sei Yannik, ihr Sohn, doch der hier war älter. Naja, vielleicht ihr Reiki-Therapeut? Sie drehte sich ab, walkte langsam auf den Rundweg zu und nahm sich vor, Zuhause erstmal einen Augenarzt aufzusuchen um sich eine neue bunte, aber richtig flippige Brille zuzulegen. Am besten in Rot, denn die Farbe hasste ihre Schwiegermutter, grinste Anke. Wenn sie an Renate dachte, bekam sie Bauchschmerzen und wenn sie an ihre silberne Hochzeit dachte, wurde sie nervös. Warum ist mein Peter bloß so ein Muttersöhnchen, fragte sie sich, als sie um eine Kurve bog. Zuhause machte er immer auf dicke Hose, seinen Freunden gegenüber spielte er oft den Allmächtigen vor und sobald seine Mutter durch das Gartentürchen kommt, macht er einen knicks wie bei Dinner for one! Es ärgerte Anke schon seit Jahren, deshalb war sie ja auch dankbar, dass Renate endlich einen Platz in einer Seniorenresidenz bekam. Anke hatte sich freiwillig angeboten, eine schöne Bleibe für ihre Schwiegermutter zu finden, denn wenn es nach Peter gegangen wäre, wäre Renate um die Ecke in eine Altenhilfe gezogen und womöglich jeden Tag im Garten erschienen, deshalb überredete Anke ihren Mann, Renate doch in der Residenz, welche 2 km entfernt lag, wohnen zu lassen, schließlich hätte sie doch etwas Besonderes verdient und da hätten die Zimmer nicht nur Balkone, sondern waren auch größer und luxuriöser ausgestattet. Am Ende siegten ihre Argumente und Renate zog in die Residenz. Anke stampfte kraftvoll ihre Stöcke in den Boden und lief weiter.

Zur selben Zeit sah auch Jana ihre Freundin Ines mit diesem netten jungen Herrn reden und lachen. Da schau sich doch mal einer unsere Ines an! Sie tut immer so scheinheilig und dann schnappt sie sich so ein Sahneschnittchen als Kurschatten. Sie zündete sich auf dem Parkplatz eine Zigarette an und schaute neugierig zum näherkommenden Taxi. „Frischfleisch?", hoffte sie, doch es war nur Frau Krause mit Begleitung, ebenfalls eine ältere Dame, ebenfalls sehr farbenfroh gekleidet. Jana bemerkte den stechenden Blick vom Vögelchen und konnte sich ein >> Na, Flügelchen kaputt? << nicht verkneifen, doch Irmgard Krause reagierte nicht. Jana drehte sich ´kommt ein Vogel geflogen` pfeifend ab und ärgerte sich, dass sie durch die Ablenkung der beiden Paradiesvögel nicht mitbekam, wohin Ines und ihr Schatten verschwunden waren.

Anke steuerte zielstrebig auf die Reifen zu, hüpfte durch und wunderte sich, wie leicht ihr das fiel. Ob das schon an den wenigen Grammverlusten lag?

Auch die Klimmzüge an einem Barren waren am Montag noch undenkbar, doch nun konnte sich Anke schon etwas hochziehen. Es machte ihr sogar Spaß und dachte mit Ansporn im Blut, dass sich ab jetzt Zuhause einiges ändern würde. Laut äußerte sie sich » mit mir nicht mehr, ich werde nicht mehr wegen euch jeden Samstag flüchten! «, bevor sie wieder die Stöcke aufnahm und weiterlief, bis sie ihren Parcours beendet hatte und sich zufrieden auf den Rückzug machte. Komisch, dass ihr Hunger und sogar der Appetit sich langsam verabschiedeten, wunderte sie sich. Früher drehte sich doch alles nur um das Essen. Noch beim Mittagessen überlegte sie gemeinsam mit Peter, was sie am nächsten Tag kochen konnten und ob noch genug Brot für abends vorhanden war. Sie machte ein paar Streckübungen, schaute zum Parkplatz, sah Jana rauchen, das vorfahrende Taxi und als sie zwei Damen aussteigen sah, schwor sie sich, umgehend den Augenarzttermin zu vereinbaren. Sie rieb sich die Augen, blinzelte erneut und drehte sich schnell weg, denn das, was sie sah, erinnerte sie an Renate. Renate, Renate! Anke drehte sich noch zum Dehnen zur Seite, wieder zurück, blinzelte vorsichtig, erstarrte erneut und schob es auf die Elektrotherapie. Irgendeine Frequenz musste falsch getroffen worden sein, jetzt sah sie schon Gespenster!

Hanna und ich hatten den Nachmittag faul mit einem Buch in der Hand auf meinem Balkon verbracht: Ich hatte erstaunlicherweise meinen Notfallrucksack völlig vergessen. Dachte ich!

» Sag mal, Katja, ist da eigentlich noch etwas in deinem Rucksack drin? «

Ich schaute zu Hanna. » Natürlich, ich habe ihn doch die ganze Zeit ignoriert! «

» Echt? Das hätte ich nicht geschafft. Ich hatte sogar schon mit dem Gedanken gespielt, die Zimmerschlüssel zu tauschen, um an deine Tasche zu kommen. «

» Hättest du doch was gesagt, ich hätte ihn dir doch auch gegeben. Möchtest du etwas haben? «

» Möchten? Muss, Katja, ich muss langsam was haben. Brauchst du nichts für die Nerven? «

» Eigentlich nicht, aber ich lasse dich bestimmt nicht im Stich «, machte mich daran den Rucksack zu holen und ärgerte mich schon auf dem Weg zum Schrank für meine aufkommende Schwäche, denn schließlich kannte ich mich.

Eine gute Stunde später war ich so von mir enttäuscht, dass ich schimpfte. » Ich ärgere mich gerade schwarz, Hanna! «

» Warum? « Sie schaute von ihrem Thriller auf.

» Na wegen der Naschereien. «

» Aber das waren doch nur ein bisschen Schokolade, etwas Käse und ein paar Kekse. «

» Ein paar? «

» Wieso ärgerst du dich denn so? Jetzt ist es doch sowieso zu spät. «

» Das weiß ich selber. Trotzdem. Ich bin morgen bestimmt die einzige, die wieder mit einem +/- 0 vom Wiegen kommt. «

» Besser als plus. «

Ich gab es auf. >> Ach Hanna. Deine Ruhe und Geduld hätte ich gerne mal. <<

>> Kann man dran arbeiten. <<

Zum Glück sah ich in diesem Moment Anke in die Hotellobby marschieren und stopfte schnell leere Verpackungen in den Rucksack zurück und zog Hanna sogar den Käse am Stiel aus der Hand. Wacker versteckte ich den Rucksack unter dem Bett.

>> Was soll das denn? <<

>> Anke kommt. <<

Hanna schaute sich um. >> Wo denn? << In diesem Moment klopfte es an der Zimmertür. >> Na, da! <<

*

>> Anke! Mensch, du hast aber auch einen Ehrgeiz! Chapeau und komm herein. Hanna ist auch da. <<

>> Ich hatte euch von Weitem gesehen. Sagt mal, riecht das hier nach Essen? <<

Ich schnupperte völlig übertrieben. >> Also ich rieche nichts. <<

Hanna reagierte nicht. Na warte, dachte ich, jetzt stellt sie sich taub! Ist ja auch die einfachste Lösung.

Anke ging auf den Balkon, während ich den Rucksack, dessen Riemchen noch unterm Bett hervorguckten, mit den Füßen schob. >> Möchtest du ein Wasser trinken? <<

>> Gerne << und setzte sich auf meine Liege. >> Was sind denn das hier für Krümel überall? Bei mir auf der Terrasse sind die aber nicht. <<

Oh shit! Hanna reagierte natürlich wieder nicht. >> Ach die! Ja da haben wir uns vorhin auch schon drüber unterhalten, ne Hanna? << Ich stupste sie von hinten an.

>>Hmmm. «

>> Ihr habt genascht! « Au Mann, ich war keine gute Lügnerin aber was blieb mir jetzt anderes übrig?

>>Weißt du, Anke, wir haben tatsächlich, ich meine, also eigentlich … «

Anke starrte erschrocken in Richtung Lobby.

>> Kneif mich mal bitte, Katja. «

>> Was soll ich machen? Dich kneifen? «

>> Nun mach schon. Sonst glaub ich das nicht. «

>> Was denn? Hast du ein Gespenst gesehen, oder was? « Ich folgte ihrem Blick, konnte aber nichts erkennen. Anke stand abrupt auf, drehte sich wortlos um und verließ uns türzuknallend.

>> Was war das denn für ein Abgang? «

>> Oh, sind wir wieder online? «

Hanna grinste nur. >> Was oder wen hat Anke denn jetzt entdeckt, dass sie so schnell verschwand? Es wird doch hoffentlich nicht Peter mit unseren Männern im Schlepptau sein, oder? «

>>Mal den Teufel nicht an die Wand, Hanna. Das fehlte uns noch. «

>>Stimmt! Wer weiß, was für ein Gespenst Anke gesehen hat. «

*

Später trafen wir uns alle an unserem Tisch im bereits gefülltem Speisesaal. >> Ein letztes Mal Abendbrot. «

Ines hatte sich langsam an das Heilfasten gewöhnt.

>> Vor allem Brot! « Hanna hatte nach der heimlichen Nascherei noch mehr Appetit bekommen.

>>Naja, du weißt doch was ich meine « und wie auf Kommando wurden uns wieder Suppenschälchen, Salate und oh Wunder, Spargelenden vor die Nase

gestellt. » Oh Toll «, klatschte Jana begeistert in die Hände. » Das passt ja super als Grundlage. «
Ich schaute sie verwundert an. » Grundlage? Für welche Grundlage? «
» Lasst euch überraschen! Es ist nicht nur alles abgesprochen, sondern auch abgesegnet. «
Ines schaute skeptisch. » Fragt sich nur von wem? «
» Wo wir gerade bei Wahrheit oder Pflicht sind, liebe Ines, verrate du doch erstmal der Tante Jana wer denn der Sunnyboy vorhin an deiner Seite war und warum wurde der mir noch nicht vorgestellt? Ich meine, unsere Zeit hier rennt und ist fast vorbei, da wäre so ein leckeres Schnittchen für mich doch ein absolut tolles Finale gewesen. Oder ist er hier gar kein Gast im Haus? Na klar! « Jana schlug sich mit der Hand vor die Stirn. » Du hast ihn im Gebüsch getroffen, du Luder. Als wir vom Supermarkt kamen und du angeblich irgendeine Brause nicht vertragen hast. Ines, Ines, tztztz. Kein Wunder, dass ich den Adonis hier nicht im Speiseraum gesehen habe! «
Ines verstand kein Wort. » Wen meinst du denn? «
» Jetzt tu doch nicht so scheinheilig. Ich sag nur jung, sexy, sportlich, Traumbody! Na, klingelt es bei dir? «
Ines schüttelte den Kopf. » Also entweder hast du getrunken oder bist auf Null-Entzug und halluzinierst. «
» Von wegen, ich habe dich auch gesehen. « Anke schaute sich unruhig um.
» Aber wo denn? «
» Na vorhin am Parkplatz. «
Ines überlegte und dann fiel der Groschen. » Ach, ihr meint Alex. «

>> Alex? Hast du den Namen nicht schon einmal erwähnt? << Janas Augenbrauen gingen hoch.

>> Alex ist hier seit ein paar Wochen Gast und hat glücklicherweise über 24 kg abgenommen. Er meidet Menschenmengen, ist ein Einzelgänger und bekommt deshalb sein Süppchen aufs Zimmer serviert. <<

>> Oh, ein Prestige? <<

>> Nein, einfach nur jemand, der Ängste hat und dazu steht. Ich meine, er nannte das Syndrom Depologie, oder so. <<

Anke schaute mit großen Augen und stotternd zur Tür. >> Demophobie und ich solche Ängste verstehe ich gerade nur zu gut. << Sie rieb sich erschrocken die Augen. >> Erklärt mir mal bitte einer, warum ich keine Buchstaben mehr aus der Nähe erkennen kann, aber Drachen aus der Ferne? <<

Wir drehten uns um und konnten Anke nichts erklären, denn Irmgard Krause steuerte, gefolgt von einer adrett gekleideten gertenschlanken Dame, hochstolzierend in den Saal. Renate!

Keiner wagte sich, beim Essen etwas zu sagen, alle sahen wir in Ankes blasses Gesicht und auch als ich ihr wortlos die blaue Mappe hinhielt, nahm sie diese und erledigte spontan ihren heutigen Eintrag: Alptraum.

	Tag 1	Tag 2	Tag 3	Tag 4	Tag 5
$\mathcal{F}$ =	Freude	Fortschritt	Fleiß	Freiheit	Frieden
$\mathcal{A}$ = Anke	Abführen	Anmut	Ausdauer	~~Alptraum~~ Abstand	
$\mathcal{S}$ = Katja	Suppe	Stärke zeigen	Seiten-wechsel	Selbst-schutz	
$\mathcal{T}$ = Hanna	TEE	TRINKEN	TÄTIG	TAT → Kraft	
$\mathcal{E}$ = Jana	Extra-wurst	Ein-schränkung	Episode	Erfahrung	
$\mathcal{N}$ = Ines	Neubeginn	Nicht aufgeben	Nachdenken	Neugeboren	

Ich las es als Erste. » Das ist nicht fair, Anke, was können Janina und die anderen Mitarbeiter denn dafür, dass deine Schwiegermutter hier aufkreuzt? Es geben sich alle Mühe, dass du zufrieden nach Hause fährst und jetzt trägst du hier Alptraum ein. « Anke nahm wortlos die Mappe zurück, strich Alptraum und ersetze die Spalte mit Abstand. » Den brauchte ich dringend und jetzt sitzt mein größter Feind mit mir hier im Saal! Unfassbar! « Sie schob Hanna die blaue Mappe zu und verließ mit gesenktem Kopf den Speisesaal.

Kapitel 20
Abwechslungsreicher Besuch

Wir standen bereits eine halbe Stunde am verabredeten Treffpunkt, doch von Anke weit und breit keine Spur. Ines schaute auf ihre Armbanduhr. » Wir müssen uns so langsam auf dem Weg zum Kneipp-Becken machen. Ob ich Anke abholen soll? « » Gute Idee, wir gehen schon mal langsam vor. « » Ok, ich versuche mal mein Glück. Drückt mir die Daumen « und wir anderen machten uns auf den Weg zum kleinen Becken. Einige ältere Herrschaften drehten bereits ihre Runden und wir, die auf Anke und Ines warten wollten, setzten uns erstmal auf eine Bank. Hanna brach das Schweigen. »Ob Peter seiner Mutter gesteckt hat, wo sich Anke befindet? « » Nee «, ich schüttelte den Kopf. » Er weiß doch gar nicht wo seine Frau ist. « » Und wenn einer unserer Männer gequatscht hat? « »Das glaube ich nicht und ganz ehrlich, Stefan hat den Ortsnamen bestimmt schon wieder vergessen. « » Mein Sven aber nicht. Er kannte sogar das Hotel, aber er würde nie etwas weitersagen. « Wir schauten Jana an. » Und Henning? « Jana machte eine abwertende Handbewegung. » Ach, erinnert mich nicht an Henning, obwohl dicht halten würde er. « Hanna nahm Janas linke Hand, mit der sie gerade die Bewegung gemacht hatte. » Gicht? Hier in der Hand? Hat man das beim Shitsu festgestellt? «

Jana verdrehte nur die Augen. » Dicht, Hanna, dicht, was man von deinem Hörrohr nicht unbedingt behaupten kann. «

» Auch im Ohr? Also Gicht im Ohr habe ich auch noch nie gehört. Sachen gibt's! «

Jana war genervt. » Wem sagst du das. « Sie wandte sich an mich. » Ich weiß gar nicht, wie du über Hannas Hörschwäche immer nur grinsen kannst. Mich nerven diese Wiederholungen. «

Jetzt musste ich doch lachen. » Manchmal nervt es mich auch, aber ich finde es auch wiederum ganz witzig, was sie so versteht. Sie hat eben die falsche Hörhilfe eingepackt. «

» Jetzt schon? «

Jana drehte sich weg, und ich fragte nochmal etwas lauter nach, was Hanna meinte.

» Na das du schon deine Sachen eingepackt hast. Wir fahren doch erst morgen gegen Nachmittag nach Hause. Aber das bist wieder typisch du, Katja, stets organisiert! «

Ich beließ es dabei, da ich Ines mit Begleitung entdeckte. » Ist das dieser Alex? « und zeigte in ihre Richtung. Jana setzte sich sofort aufrecht hin, erkannte aber Anke, die sich mit Baseballkappe und Sonnenbrille inkognito versuchte » Anke? Dich hätte ich jetzt fast nicht erkannt. «

» So sollte es ja auch sein, ich habe nämlich null Bock auf meine Schwiegermutter zu treffen « und schaute vorsichtig zu den Kneipp-Drehern. Ich verstand die Situation nicht. » Erstens bist du ja nicht alleine und zweitens kannst du doch stolz sein, dass das

Heilfasten bei dir so gut angeschlagen hat. Ich wünschte, bei mir hätte es auch so geklappt. «

Hanna räusperte sich. „Komisch", dachte ich, „was sie hören sollte, hörte sie nicht und was nicht, das schon". Ich schaute in ihr grinsendes Gesicht und Jana wurde ungeduldig. » So Mädels, dann lasst uns mal eben schnell ein paar Runden im Planschbecken drehen und dann treffen wir uns gleich bei mir auf der Terrasse. Ihr braucht nichts mitbringen, ich habe alles vorbereitet. Und du, meine liebe Ines, kannst gerne deinen Adonis mitbringen. «

*

Hanna setzte sich mit ihrem Handtuch auf dem Rasen vor Janas Zimmer. » Übrigens habe ich gerade mal gegoogelt, wozu Kneippen gut sein soll. Es soll zum Beispiel Krampfadern vorbeugen und auch Migräne. Abends durchgeführt, soll es zudem sogar einen erholsamen Schlaf fördern. «

Jana stellte einen Putzeimer mit Sand auf ihre Terrasse. » Kneipp-Wasser? Wo alle mit ihren Füßen durchlaufen? «

Es klopfte und Ines fischte unsere letzten Worte auf. » Was habt ihr denn für ein ekeliges Thema drauf? Macht ihr das extra, damit ihr keinen Appetit bekommt? «

Hanna lachte auf. » Auch eine Idee! «

Jana schaute Ines fragend an. » Nicht direkt aber indirekt frage ich dich, wo du Adonis gelassen hast? «

Ines setzte sich auf einen Stuhl. » Ich weiß nicht wo er ist. Warum? «

» Na, hast du ihn nicht angerufen? «

» Wie denn? Mein Handy liegt doch im Safe. «

Jana wurde sauer. »Mensch Ines, jetzt stell dich doch nicht so dumm an. Wir haben doch gesagt, für Notfälle kann es jeder benutzen und wenn das kein Notfall ist, was dann?« Einstimmig schüttelten wir nur den Kopf, so dass Jana abwinkte. »Manchmal frage ich mich, wie alt ihr eigentlich seid« und warf einen nervösen Blick auf ihre Armbanduhr. »Ach Mensch, schon gleich 19:30 Uhr.«

Ich gähnte. »Stimmt. Noch 1 ½ Stunden, dann müssen wir alle in unsere Zimmer huschen. Hast du vielleicht ein Wasser für mich?«

»Gleich, Katja, gleich.«

Nebenan öffnete sich die Terrassentür und Anke kam mit einem Becher Tee rüber. Sie trug immer noch ihre Baseballkappe und just in diesem Moment, fuhr ein Auto am Parkplatz vorbei in Richtung Hoteleingang und dann langsam weiter über die Rasenfläche direkt in unsere Richtung.

»Jetzt geht's loo oooss!«, sang Jana und sprang wie auf einer Hüpfburg auf und nieder.

Ich guckte hoffnungsvoll. »Ein Pizzataxi?«

»Nicht ganz, aber warte es ab.« Jana winkte wild und der kleine Caddy parkte rückwärts am Gehweg, knapp vor der Terrasse. Ein junger Mann stieg lächelnd aus »Guten Abend, die Damen, mein Name ist Nico und ich hoffe, ich bin hier richtig mit meinem … «

»… Ja ja, wir haben nicht viel Zeit.« Jana unterbrach ihn aufgeregt. »Fang bitte einfach an und schick die Rechnung an die Adresse, die ich dir per Mail geschickt habe. Und jetzt Let´s go!«

Nico ging um sein Auto, öffnete galant die hintere Türklappe und in diesem Moment ging nicht nur eine Lichtorgel an, sondern auch Partymusik.

Wir wussten gar nicht was los war und Anke drehte sich sofort ab, denn sie wollte keinen Ärger mit den Hotelangestellten bekommen. Jana grinste breit und versprach uns, dass alles abgesprochen und genehmigt sei.

Vor uns stand ein Cocktail-Taxi!

*

Jana war völlig aufgedreht und als sie nun auch noch Alex entdeckte, der sportlich aus dem Waldstück angelaufen kam und staunend stehen blieb, winkte sie wild mit den Händen und lud ihn spontan zu uns ein. Sie war in Stimmung! Aber auch bei uns stieg sie, denn Nico überreichte uns allen Flyer von seinem Getränkesortiment und ließ uns in Ruhe aussuchen. Zuerst suchte ich in der Karte nach Light oder Zero Produkten, doch als ich nichts fand, versuchte ich es mit einem Fruchtigen ohne Sahne, um am Ende den Klassiker Pina Colada zu schlürfen. Ines schaute mich skeptisch an. » Also an für sich ist die Idee ja toll und auch sehr verlockend, aber ich hungere doch nicht vier Tage, um mir mit einem Cocktail alles wieder zunichte zu machen. «

» Welche Nichte? Du hast doch gar keine. « Hanna schaute erstaunt auf.

» Zunichte, Hanna, zunichte. Vernichten, ruinieren. «

» Also Ines, so kenn ich dich ja gar nicht! Also den möchte ich auf gar keinen Fall, das ist ja widerlich. «
Ich schaute zu Hanna. » Was denn? «

»Na Ines hat einen Cocktail der wie uriniert schmeckt.«
Zum Glück verstand Nico durch die laute Musik nichts von unserem Gespräch, aber er hörte uns lachen. Anke entspannte sich langsam und Jana ebenfalls, als Alex frisch geduscht vor ihr stand und gerne ihre Einladung und den angereichten Flyer annahm.

*

Normalerweise würde ich nach zwei Cocktails noch keinen Alkohol merken, doch nun, nachdem ich bis auf die kleinen Rucksackausrutscher wirklich standhaft geblieben war und ich mich fast nur mit Wasser und Tee ernährt hatte, schlugen bereits zwei Schlucke vom leckeren Pina Colada Alarm. Jana, die sich und Alex selbstverständlich einen Sex on the Beach bestellte, fing nach einem halben Cocktail auch schon an zu tanzen und Hanna, die heute selber keine Lust mehr auf Wackelkontakte im Ohr hatte, gönnte sich einen Zombie.
» Ist klar, unsere Miss Marple muss ja wieder etwas mit Mord und Totschlag trinken. « Anke schlürfte an ihrem Caipi, denn dieser sah wenigstens nach Wasser und somit kalorienarm aus. Nico überreichte Ines ihr Getränk. » Bitteschön, meine Dame, dein Samba, mit Vodka, Zitrone, Lime, Cocos, Ananas, Maracuja und Blue Curacao. Lass ihn dir schmecken. « Ines bedankte sich, zog genüsslich an dem Strohhalm und bekam direkt einen Hustenanfall, denn sie entdeckte Maren mit Oh Gott, Janina, die direkt auf uns zusteuerten. Ich, bei der der Cocktail langsam Kontakt mit dem Gehirn aufnahm, versteckte rasch mein

Getränk unter dem Stuhl und schielte blass zu Anke, die sich sofort aus den Staub machte und sich hinter die Palisade quetschte, Hanna trank schnell ihr Getränk aus und stellte sich offline und Jana, deren Idee das ganze ja hier war, blieb erstaunlich cool und ging den beiden sogar mit einem Flyer entgegen.

Na Prost Mahlzeit, ich sah uns schon „Ich packe meinen Koffer" spielen.

Kapitel 21
Alkohol machte redselig

>> Hey, da seid ihr ja, genau pünktlich! <<
Ich dachte, ich hörte nicht richtig. Hatte Jana die
Hotelangestellten etwa eingeladen? Ines schaute
ebenfalls völlig unsicher und noch verwirrter, als es
an der Zimmertür klopfte. Ich gab mit dem
Zeigefinger und Kopfschütteln an, dass ich sitzen
bleibe und niemandem die Tür öffnen werde.
Obwohl, vielleicht war das ja meine Chance zu
fliehen? Ach du Heimatland, wir saßen dermaßen in
der Patsche, dass man sich mindestens vier Jahrzehnte
zurückversetzt fühlte. Ines warf hektisch ihr Halstuch
über den Sandeimer und ignorierte ebenfalls das
Türklopfen.
Janina begrüßte uns freundlich. >> Hallo zusammen,
ich hoffe wir stören nicht. <<
Ines und ich nickten mit großen Augen, Hanna
verstand nichts und was Anke hinter der Wand tat,
konnten wir nicht erkennen.
>> Gibt es einen Cocktail, den ihr empfehlen könnt? <<
>>Ähm, ja, also, ähhh …<< räusperte Ines sich und
schaute hilfesuchend zu mir.
>> Pinanana Colalada. <<
Janina grinste. >> Ah, genau. Pina Colada, daran hatte
ich tatsächlich auch schon gedacht. Wo ist Anke denn
abgeblieben? <<
>> Ach, Anke schläft bestimmt schon. Sie war vorhin
schon so müde. <<
>> Das ist aber schade. <<
>> Hmm. <<

» Hanna? Wie nennt sich denn dein Getränk? «
» Handgelenk? «
Janina grinste. » Getränk! Ich wollte wissen, wie dein Drink heißt. «
» Ach so, sorry, ich bin offline. Er heißt Zombie. «
» Oho, das hört sich aber gefährlich an. Und Ihr? Was trinkt ihr? «
» Bier gibt's hier nicht, nur Cocktails. « Ich musste Hanna diesmal in Schutz nehmen, denn die Musik lief wirklich schon recht laut, woran ihre letzte Hörkraft scheiterte, deshalb drückte ich Janina einfach den Flyer in die Hand, denn mir fehlten immer noch die Worte. Erneut klopfte es an der Zimmertür. Mensch, das hatte ich ja ganz vergessen. Ines schüttelte den Kopf, also erhob ich mich und ging die Tür öffnen. Komisch, dass ich mich nicht wunderte nun noch Laura und Tamia gegenüberzustehen, zuckte mit den Schultern, bat beide höflich einzutreten, denn auf die beiden kam es augenscheinlich auch nicht mehr an. Gut gelaunt nickten sie mir zu, gingen direkt zur Terrasse durch und bestellten sich sofort ihr gemixtes Getränk. Langsam verlor ich die Schockstarre und dachte mir, wenn die Angestellten sich einen Cocktail trinken dürfen, dann wohl auch die Gäste und studierte nochmal die Getränkeliste. Jana ging völlig in ihrer Rolle als Gastgeberin auf, bestückte sich gleich mit zwei Cocktails und tänzelte zu uns. » Na Mädels, werdet ihr langsam etwas lockerer? «
» Sehr witzig «, kam es hinter der Trennwand hervor. Anke hielt sich immer noch versteckt.

» Was machst du denn da? « Jana sah ihre Freundin versteinert an der Wand stehen. » Und vor wem versteckst du dich? «

» Vor wem wohl. Mensch Jana, weißt du was das jetzt hier für einen Ärger gibt? Wahrscheinlich schmeißt uns sogar die Krankenkasse aus der Datei. «

» Kartei! «

» Was? «

» Kartei. «

» Ist ja jetzt auch egal, weg ist weg. «

» Quatsch, warum sollte sie das machen? «

» Warum? Vielleicht wegen dem Lärm und dem Alkohol? Hast du vergessen wie die Kuranlage hier heißt? «

» Haus der Ruhe. «

» Eben und was machen wir? Ehrlich Jana, du und deine Ideen! «

Jana verstand das Spektakel nicht und wandte sich an Ines. » Ines? Hast du auch so Bedenken? «

» Ach gar nicht, nur, dass ich gleich schon mal meine Sachen packen werde und mich direkt morgen nach einem Dritt-Job umsehen kann. Wenn Thomas von der Sache erfährt, flippt er aus. Er fand es doch eh zu teuer und jetzt kommt noch eine Strafe hinzu. «

» Aber warum denn? Ich meine, wir machen doch nichts und die Angestellten trinken sogar mit. Glaubt, mir, genießt den Abend, es ist alles abgesprochen, aber nur, « sie blickte auf ihre Armbanduhr. » Nur noch knapp zwei Stunden. «

Das konnte nicht sein, denn mittlerweile war es kurz nach 20 Uhr. » Wenn überhaupt kann das Cocktailtaxi maximal noch eine halbe Stunde bleiben, denn dann ist es 21 Uhr und Zapfenstreich. «

Jana zwinkerte mir zu. » Du hast recht, Katja, aber heute hat die Heimleitung ihren großen Auftritt in der St. Jakob Kirche. Ich habe den Aushang im Supermarkt gesehen und da sehr viel älteres Semester hier im Kurhaus gastiert, habe ich etwas Werbung gemacht. Ich hatte das Kirchenplakat abfotografiert, es an der Rezeption vervielfältig und unter die Zimmertüren geschoben und siehe da «, Jana drehte sich ihre eigene Achse um zu demonstrieren, dass in keinem der Zimmer Licht brannte. » Alle Vögelchen ausgeflogen, sogar mein Paradiesvogel mit Renate und da die Veranstaltung bis 22 Uhr geht und die Herrschaften erst wieder den Anstieg rauf müssen, haben wir noch etwas Zeit. «

Aha, daher wehte der Wind. » Und woher kanntest du das Cocktailtaxi? «

Jana zog am Strohhalm. » Augen auf beim Einkauf, Schätzelein, dann entdeckt man manchmal wichtige Aushänge. « Sie winkte mit der Hand ab. » Aber davon mal abgesehen habe ich auch zum ersten Mal davon gehört, als Bernd seiner Tochter Mia zum Sechzehnten Geburtstag einen bestellte und da ich Bernd heute Morgen geschrieben habe, dass wir hier auf dem Trockenen sitzen und die Stimmung etwas trüb sei, hat er auf seine Kosten Nico bestellt und Taraaa, jetzt lassen wir es uns gutgehen. «

Ich versuchte zu folgen, stoppte aber an einem Punkt. » Wer ist denn Bernd? «

» Ach das ist eine andere Geschichte, jetzt trinkt mal fleißig und lasst es euch schmecken! «

*

Anke traute sich nun doch langsam hervor, doch sie blieb eisern bei ihrem einen Getränk. » Ich habe mein Ziel noch nicht erreicht, aber ihr könnt ja Einen für mich mittrinken. «

Ines, die sich von Nico eine Nährwertetabelle geben ließ, überlegte es sich zweimal, ob sie sich noch einen Cocktail gönnen sollte oder nicht und ließ sich die Entscheidung von Hanna abnehmen, die ihr einen Giftgrünen in die Hand drückte. » Hier Ines, probiere du mal den Whirlpool und ich den Swimmingpool « und stieß mit ihr an. Ich saß immer noch recht sprachlos im Stuhl, nippte am Pina Colada Nummer zwei und wunderte mich nicht, als es erneut an Janas Zimmertür klopfte. Automatisch stand ich auf und öffnete diesmal Kiron. Oh, dachte ich in diesem Moment noch als ich ihn hereinbat, jetzt bekommt der schöne Alex Konkurrenz und Jana wahrscheinlich Entscheidungsprobleme oder einen kompletten Höhenflug, aber auch das Erlebnis blieb unspektakulär, da Kiron direkt auf Alex zuging, ihn mit einem Kuss begrüßte und sich bei Jana, die beide mit offenem Mund anstarrte, für die spontane Einladung bedankte. So, wie sie dort stand, tat sie mir schon wieder leid, aber sie schlug sich tapfer. » Wenn man mal einen oder wie bei euch gleich zwei feine Kerle findet, dann sind sie entweder vergeben oder schwul, dabei wäre ich gerne der Grund für eure schlaflosen Nächte. « Sie zog an ihrem Strohhalm und wandte sich an die Belegschaft, die solch einen Feierabend scheinbar auch mal genoss. Ich ging langsam auf Janina zu. » Sag mal Janina, kannst du

die Waage morgen früh nicht irgendwie manipulieren? «
Janina lachte auf. » Ne, das geh nicht, die ist ja vernetzt. «
Ich starrte auf. » Vernetzt? Online? «
Wieder lachte Janina. » Nein, aber sie wird durch ein Programm gesteuert. Da müsstest du mal unseren IT-Mann fragen. «
» Ist der hübsch, Single und hetero? «
Anke verdrehte die Augen. » Mensch Jana, du hast doch Henning. «
» Und Bernd «, rutschte es Tamia raus. Tja, Alkohol machte redselig...
» Ach neee! « Ines baute sich vor Jana auf. » Wieder ein neues Geheimnis aufgeflogen? «
» Quatsch « und sah Tamia fragend an. » Ähm, sorry, auch wenn es keine Absicht war, solltest du deinen Freundinnen reinen Wein einschenken. «
Wein war Hannas Stichpunkt, um sich bei Ines einzuhaken und Griechischer Wein zu singen.
Tamia zuckte mit den Schultern. » Wirklich sorry, ist mir ehrlich so rausgerutscht, aber wer weiß, wofür das gut war. Ich muss jetzt auch los. Danke, Jana, für die spontane Einladung, wir sehen uns bestimmt morgen noch mal. Euch allen einen schönen Abend und vergesst die Uhrzeit nicht! « Wir winkten ihr und Maren zu, die gemeinsam zu den Fahrrädern gingen.

*

Ich reichte Ines eine Zigarette. » Kennst du Bernd? «
» Nein, den Namen habe ich auch noch nie bei ihr gehört. Wer soll das sein? Ein Kollege? «
» Hm, glaube ich nicht. Meinst du? «

» Wer weiß. «Ines zuckte mit den Schultern. » Ich frag mich nur gerade, warum Jana es immer schafft, im Mittelpunkt zu stehen. «

» Weil es ihre Art oder vielleicht auch ihre Krankheit ist und mal unter uns Ines, am Ende stand sie doch auch oft als Verlierer da. «

Ines nickte. » Das stimmt, aber was fehlt ihr, dass sie ständig Anerkennung sucht? «

Ich zog an meiner Zigarette. » Ich glaube, sie hat eine starke Persönlichkeitsstörung. «

» Hallooo, Halllooohooo. «

Anke, die gerade mit Hanna nach einem Lied von Roland Kaiser schunkelte, bekreuzigte sich, obwohl sie evangelisch war, denn Schwester Claudia stand in voller Montur vor uns. Nico schaltete vor Achtung sofort die Musik herunter, klappte vor Schreck die Heckklappe zu und ich sah noch, wie Kiron mit Alex sowie Laura und Janina leise davonschlichen. Witzigerweise nahmen aber alle vier Ihren Cocktail mit.

Jana reagierte als erste von uns. » Schwester Claudia, Mensch was für eine Überraschung. Toll! Nico? Hast du auch Kräutercocktails im Programm? «

Schwester Claudia stellte ihr Fahrrad ab und schlug die Einladung mit einem wink auf ihre Uhr ab. » Ich möchte nichts trinken, sondern euch nur warnen. Ich komme nämlich gerade aus der Kirche und wollte nur noch schnell meine Kräuter gießen gehen, als ich euch und eure Musik hörte. Der Bass dröhnte ja den halben Berg zum Zentrum hinunter und es tut mir leid euch jetzt die Stimmung zu nehmen, aber wenn ihr ohne Ärger davonkommen möchtet, solltet ihr hier alles

schnell aufräumen und in eure Zimmer verschwinden. «
» Aber es ist doch erst halb 10 Uhr! Wir haben doch noch eine halbe Stunde, oder nicht? «
Nico sammelte bereits seine Sachen ein. » Hey, nicht so eilig. Warte doch erstmal. Was ist denn mit einem Scheidebecher? « Doch er bekreuzigte sich vor Schwester Claudia, stieg ins Auto und fuhr los. Anke fand zuerst wieder Worte. » Vielen Dank, das ist sehr freundlich von dir. Kommt Mädels, lasst uns wacker alles aufräumen, ist ja zum Glück nicht viel. « Ines atmete hörbar aus. » Gott sei Dank, dass du uns benachrichtigt hast. «
» Im wahrsten Sinne «, entfuhr es mir und räumte schnell die Stühle auf die Terrasse und warf die Handtücher über eine an der Wand angebrachte Leine. Hanna hatte nur die Hälfte von dem Ganzen mitbekommen und stand immer noch summend auf, da sie unsere gehetzten Gesichter sah. » Was ist denn plötzlich los? Es wurde gerade so gemütlich und schon ist alles vorbei? Holt Nico Nachschub? «
Ich schubste sie von hinten an. » Leider nein, es ist Feierabend für heute und wir gehen jetzt hoch in unsere Zimmer. «
Jana blieb noch recht cool. » Schade, einen hätte ich gerne noch getrunken. «
Anke verabschiedete sich eilig, ging durch ihre Terrassentür ins Zimmer und schloss gleich die Vorhänge.
Wir bedankten uns schnell bei Schwester Claudia, die es selbst bedauerte, nicht eher nach ihren Kräutern geschaut zu haben, bevor sie wieder losradelte.

» Komm Ines, wir gehen nach oben. Hanna, kommst du auch und Jana? Vielen Dank für die außergewöhnliche Überraschung und ja, vielen Dank an Bernd, wer auch immer der edle Spender ist. «

Kapitel 22
Die Abschlussgespräche

Unser letzter Morgen! Ich wachte wie meistens vor dem Wecker auf, zog die Vorhänge zur Seite, stellte mich auf dem Balkon und genoss noch einmal tief durchatmend den Ausblick auf die Waldlandschaft.

» Ich gehe mich gleich nicht wiegen. «

Ich schnellte herum. » INES! Mensch hast du mich erschreckt. «

» Ich gehe trotzdem nicht wiegen und frühstücken auch nicht. «

» Guten Morgen erstmal. Was ist passiert? «

» Seit gestern Abend bin ich bestimmt wieder 3 kg im Plus. «

Aha, daher wehte der Wind. » Ehrlich Katja, solche Fastengeschichten sollte man besser alleine durchziehen, dann wird man nicht abgelenkt und die Chance auf einen Erfolg steigt wesentlich. «

Ich rieb mir die Augen und gähnte. Ihre Diplomatie war mir ein bisschen zu viel am frühen Morgen.

» Lass mich erstmal wach werden und überlegen, Ines, denn ich kann mir nicht vorstellen, dass ein Cocktail über Nacht ansetzt. «

» Ha! Hast du eine Ahnung. Außerdem war es nicht einer, sondern zwei! «

Ich nickte und verschwand ins Zimmer; das war mir zu anstrengend.

*

Komischerweise riss sich an unserem letzten Morgen niemand um das Wiegen, also standen wir im Kreis und losten mit Schnick Schnack Schnuck aus. Das war noch nie mein Spiel und ob ich wollte oder nicht, ich durfte mit dem Wiegen starten. Auf dem Weg zur Waage überlegte ich, ob die Waage weniger anzeigen würde, wenn ich mich auf die Zehenspitzen stellen würde oder vielleicht doch besser nur auf die Fersen, doch dann musste ich der Realität ins Auge sehen und was soll ich sagen, ich hatte trotz des ungeplanten Abends von unserer Ankunft bis jetzt insgesamt 3,5 kg abgenommen, aber das wollte ich meinen Freundinnen nicht gleich freudig übermitteln, zog einen Flunsch und wünschte der Nächsten mehr Erfolg. Im Augenwinkel sah ich Ines, die sich nervös am Kopf kratzte und musste mir doch ein Grinsen verkneifen. Am Ende konnten wir uns alle beruhigt an unserem Frühstücktisch platzieren und die letzte Fastenmahlzeit zu uns nehmen.

Anke, natürlich wieder mit Sonnenbrille und Käppi bestückt und ganze 4,7 kg leichter, war total stolz auf sich und wir alle gönnten ihr den Sieg von Herzen. Schließlich mussten wir ihr offen zugestehen, dass sie von uns auch die effektivste war. Freiwillig nahm sie die blaue Mappe vom Tisch, füllte ihr letztes leeres Kästchen aus und wir machten es ihr stolz und zufrieden nach.

	Tag 1	Tag 2	Tag 3	Tag 4	Tag 5
$\mathcal{F}$ =	Freude	Fortschritt	Fleiß	Freiheit	Frieden
$\mathcal{A}$ = Anke	Abführen	Anmut	Ausdauer	~~Alptraum~~ Abstand	Applaus Applaus
$\mathcal{S}$ = Katja	Suppe	Stärke zeigen	Seiten-wechsel	Selbst-schutz	Stimmung :)
$\mathcal{T}$ = Hanna	TEE	TRINKEN	TÄTIG	TAT → Kraft	TOP
$\mathcal{E}$ = Jana	Extrawurst	Einschränkung	Episode	Erfahrung	Erfolg
$\mathcal{N}$ = Ines	Neubeginn	Nicht aufgeben	Nachdenken	Neugeboren	Nochmal

Janina hielt nach der Mahlzeit erneut eine kurze Rede und dann folgte ein persönliches Abschlussgespräch für alle Abreisenden. Die Uhrzeit wurde jedem auf einem Zettel notiert ins Zimmer gelegt und diesmal durfte Anke als Erstes starten. Wir anderen besuchten ein letztes Mal Horst.

*

»Guten Morgen, Anke. Na, wie geht es dir an deinem letzten Tag bei uns? « Anke staunte, dass die blaue Mappe vom Speisesaal bereits vor Janina lag. » Guten Morgen Janina und sehr gut, wirklich sehr gut. « Sie nahm Sonnenbrille und das Käppi ab. »Das freut mich, bitte setzt dich doch. « Sie zeigte auf einen freien Stuhl vor ihrem Schreibtisch und schaute in Ankes Akte und schlug die blaue Mappe parallel auf. Anke glühte vor Stolz. »Ich fühle mich leichter, energievoller, stärker, also eigentlich alles toll und ich staune selbst, dass man mit eurer Hilfe Disziplin erlernen konnte. Ich hatte bisher nie meinen eigenen Schweinehund überwinden können, viele Diäten gestartet, doch leider immer erfolglos. Wahrscheinlich habe ich auch oftmals zu schnell aufgegeben, aber wenn du einen Mann zu Hause hast, dessen Lebensaufgabe Essen und Kochen ist, ist es auch verdammt schwer sein Ziel durchzuhalten. Peter kocht nicht nur gesund und nährwertig, sondern meistens fleischhaltig und seit dem Lockdown in der Coronaphase, backt er jetzt auch noch und guckt sich fast täglich das perfekte Dinner an. Aber damit, das sag ich dir Janina, damit ist jetzt Schluss. Statt Fernsehen gehen wir walken oder fahren Fahrrad und statt Fleisch gibt's Fisch und viele Salate. Euer Kräutergarten hat mich völlig begeistert und ich überlege ernsthaft, uns auch einen anzulegen. Du siehst, mir hat nicht nur Aufenthalt bei euch gefallen, sondern auch sehr gutgetan. Ich nehme einiges davon mit nach Hause. «

» Das höre ich gerne «, Janina lächelte zufrieden. » Unser Ziel ist es, dass der Mensch mit einem guten Gefühl nach Hause fährt. Ob er die ein oder andere Anwendung oder auch unsere Ratschläge Zuhause weiterhin berücksichtigt, liegt an jedem selbst, aber freuen würden wir uns und wenn ich mir euren Terminus-Bogen ansehe, kann man deinen Erfolg auch herauslesen. « Sie grinste kurz. » Angefangen von Abführen, Ausdauer und jetzt sogar ein Applaus am Ende, finde ich toll. «

» Ihr wart ja auch alle nett und man hat sich hier sofort wohl gefühlt. Ich werde das Haus der Ruhe auf jeden Fall weiterempfehlen und selbst nicht zum letzten Mal besucht haben. Ich komme bestimmt wieder. «

» Uns würde es freuen. Hast du denn dein Wunschziel erreicht? «

» Ja und wie! Und wie gesagt, ich werde weiter daran arbeiten, denn ich habe bis zu meiner Silberhochzeit noch etwas Zeit um vielleicht noch ein paar Kilos verschwinden zu lassen und freue mich jetzt schon auf das Gesicht meiner Schwiegermutter, wenn ich doch noch in mein Brautkleid passe. « Anke grinste schief.

» Na dann bleibt mir nichts Anderes übrig als dir alles Gute zu wünschen. Ich freue mich über deinen Erfolg und natürlich auch, dass es dir bei uns gefallen hat. « Janina stand auf und reichte Anke die Hand. » Komm gut nach Hause und ich würde mich wirklich freuen, wenn du nochmal als Gast unser Haus besuchen würdest und ja, eine schöne Silberhochzeit wünsche ich dir und deinem Peter. «

Anke bedankte sich, bekleidete sich wieder mit Sonnenbrille und Käppi, reichte Janina zum Abschied die Hand und kurz bevor sie an der Tür war, drehte sie sich noch einmal um. » Mein Outfit hier verdanke ich übrigens der neuen Begleitung von Frau Krause. «

» Wegen Frau Meschke? «

» Genau. Weißt du wie Frau Meschke mit Vornamen heißt? «

Janina überlegte kurz. » Ich meine Renate. «

» RICHTIG! Renate - mein Schwiegerdrachen! « Anke zwinkerte und schloss die Tür.

*

Draußen stieß sie auf eine nervöse Ines. » Und? Hat Janina noch etwas über den Cocktailabend gesagt? Meldet sie den Verstoß der Krankenkasse? «

» Mensch Ines, jetzt bleib doch mal locker. Ich weiß gar nicht was du immer für einen Film wegen der Kosten machst. Janina hat den Abend mit keinem Wort erwähnt und jetzt gehe endlich rein, sie wartet bestimmt schon auf dich « und damit Ines jetzt wirklich ins Büro ging, klopfte sie für ihre Freundin an die Tür und schob sie gleichzeitig rein.

Janina sah noch etwas irritiert aus, als Ines vor ihr stand.

» Guten Morgen Janina. «

» Ines, Guten Morgen, ich war jetzt gerade etwas überrascht, dass Frau Renate Meschke wirklich Ankes Schwiegermutter ist, aber manchmal ist die Welt sehr klein und vielleicht passend, das ihr heute abreist, wo

Renate noch ein paar Tage bleibt. Setzt dich doch bitte, Ines. «

Sie nahm Platz und kam sich irgendwie komisch vor. Janina schien es zu merken. » Geht es dir nicht gut? «

» Doch doch, alles gut. «

» Prima, ich habe auch nochmal in deine Akte geschaut und gesehen, dass ... «

» Es war nicht meine Idee mit gestern Abend, Janina, aber natürlich habe ich mich strafbar gemacht, da ich ja dabei war, aber wenn mein sparsamer Mann Thomas erfährt, dass ich die gesamten Kosten des Aufenthaltes hier alleine bezahlen muss, also ohne den Zuschuss der Krankenkasse, dann flippt der völlig aus. «

Janina lehnte sich zurück. » Und warum? Ich meine warum flippt er aus und natürlich auch, warum solltet ihr wegen gestern die Kosten des Aufenthalts selber tragen? «

Ines schluckte. » Thomas und ich hatten früher immer Probleme. Rückblickend hatten wir uns manchmal richtig gehasst, aber wegen dem Haus und unserem Sohn irgendwie nie die Kurve bekommen, uns zu trennen. Erst ein Urlaub mit meinen Freundinnen tat unserer Beziehung gut und seitdem war Thomas wie ausgewechselt. Der einzige Streitpunkt in unser Beziehung, ist mein Drang nach Sauberkeit. Er meint immer, es sei eine Sucht, aber das glaube ich nicht. «

» Warum hast du das nicht direkt bei unserer ersten Sitzung erwähnt? Natürlich ist Reinheit und Sauberkeit sehr wichtig, aber es sollte kein Zwang werden. «

» Es ist ja nicht so, dass ich Tag und Nacht mit einem Lappen in der Hand durch das Haus laufe, da fehlte mir auch die Zeit zu, da ich ja noch zwei Jobs habe, aber es ist schon etwas Zwang, wo anders zu essen, mich woanders hinzusetzen, manchmal andere Menschen anzupacken, Gerüche und so weiter. Ganz ehrlich, Janina, ich mach mir schon manchmal Gedanken um mich selbst. «

Janina klickte mit dem Kugelschreiber. » Okay, Ines, das ist das eine Problem und ich möchte ehrlich zu dir sein. Ein ausgeprägter Putzzwang ist eine psychische Erkrankung, die in den Bereich der Zwangsstörungen einzuordnen ist. Betroffene werden von Unruhe und Angst geplagt, wenn eine Reinigung ausbleibt. Auch wenn sie wissen, dass ihre Gedanken und Rituale irrational sind, bekommen sie ihr Denken und Handeln nicht selbstständig in den Griff. Der Putzzwang erfolgt teilweise auch aus Angst vor Bakterien und Viren und ist häufig mit einem Waschzwang des eigenen Körpers oder der Kleidung verknüpft. Wenn dem Zwang zur Reinigung der Gegenstände oder des Haushalts nicht nachgekommen wird, bildet sich Unruhe und auch Angst. «

Ines nickte. » Genauso! «

» Wie bei den meisten psychischen Erkrankungen gibt es auch bei Zwangsstörungen eine erbliche Vorbelastung. Häufig haben Betroffene in der Vergangenheit schlechte Erfahrungen gemacht, die sie mit einem Gefühl des Kontrollverlustes verbinden. Eine Zwangsstörung ist der Versuch, das Gefühl von Sicherheit und Kontrolle zurückzuerlangen. Das

Zwangsverhalten stellt eine innere Struktur her, die der Unsicherheit entgegengestellt wird und Stabilität herstellen soll. Das kann Betroffene in einen Teufelskreis führen, denn wenn die Zwangshandlungen nicht ausgeführt werden können, kommen Angst und Unsicherheit umso stärker zurück. Leider haben wir jetzt nicht so viel Zeit, Ines, aber du solltest dir vielleicht professionelle Hilfe suchen. «

Ines nickte wieder. » Das sagt mein Mann ja auch immer. «

Janina trank ein Schluck Wasser und schaute Ines ernst an. » Ich kann dir leider nur raten, vielleicht mit einem festen Putzplan zu beginnen sowie Putzutensilien schwerer oder aufwendiger erreichbar zu verstauen und die Freizeit für andere Hobbys zu nutzen oder sogar eine Reinigungskraft einzustellen. Wichtig wäre aber auch Hilfe durch Gespräche mit Freunden. «

» Ach, die ziehen mich doch immer nur auf und nennen mich Pingelkopp. «

» Dann erkläre es ihnen in Ruhe und denke daran, ein Putzzwang lässt sich behandeln und ist genauso wenig ein Grund für Scham, wie eine krumme Nase. Und jetzt würde ich gerne noch deinen zweiten Punkt, deinen Mann, ansprechen. «

» Der Punkt ist nicht so wichtig. Thomas möchte nur, dass ich keinen Zweitjob mehr tätige. Er meint, mit dem Geld kommen wir hin und ich sollte mir etwas Ruhe gönnen, doch ganz ehrlich Janina, wenn man knapp Zwanzig Jahre eine Ehe mit mehr Tal wie Bergfahrten hinter sich hat, dann wird man Vorsichtig

und sollte unsere Ehe wieder kippen, dann hätte ich keinen Job, kein Geld und mit Ü50 kaum noch eine Chance auf dem Arbeitsmarkt. Thomas überwacht unsere Kontobewegungen fast täglich und war über die Kosten für die paar Tage hier absolut nicht einverstanden. Er fand es für etwas Brühe und einem Bett viel zu teuer und wie sagte er, einen Nepp. «
Janina schaute heimlich auf die keine Uhr auf ihrem Schreibtisch und räusperte sich. » Na gut, Ines, ich brauche mir also keine Sorgen machen, dass dein Mann dich, sagen wir mal, nicht gut behandelt. «
» Nein nein, im Gegenteil! Thomas würde mir nie etwas antun. «
» Dann bin ich ja beruhigt. Leider fehlt uns die Zeit, aber Ines, ich finde du bist eine starke Frau, die genau weiß, was sie will. Lass dir von keinem ins Gewissen reden, höre auf dein Bauchgefühl und habe Spaß am Leben. Du scheinst mir immer sehr ernst zu sein. «
Janina stand auf und hielt Ines die Hand hin. » Ich würde mich freuen, wenn wir uns vielleicht nochmal wiedersehen und schön, dass sich deine Wortwahl im Terminus-Bogen positiv ausgewirkt hat. «
» Das stimmt, obwohl mir das Eintragen ganz schön schwerfiel. Nicht, dass mir keine Worte einfielen, aber diese auf einen bestimmten Buchstaben einzuschränken, war manchmal nicht einfach. «
» Dafür hast du es doch super hinbekommen. «
Ines stand auf und bedankte sich nochmal lächelnd bei Janina, bevor nun Hanna als nächstes eintreten durfte.

» Hallo Hanna, komm herein. Ich hoffe, auch dir geht es gut! «
» Hallo Janina, ich finde eher, du bist gut. Ich fand es echt klasse, dass du dich gestern zu uns gesellt hast. «
Janina lachte auf. » Bevor wir mit unserem Abschlussgespräch anfangen…hast du deine Hörhilfe eingeschaltet oder muss ich lauter sprechen? «
Hanna setzte sich. » Ach du Schande. Wie viele Cocktails hattest du denn getrunken? Oder ist dir immer noch schlecht? Nicht das an den Zutaten irgendetwas nicht in Ordnung war. «
Janina lachte laut auf. » Jetzt versteh ich dich. Ich musste nicht brechen, sondern ich fragte, ob ich lauter sprechen soll. «
Das machte Hanna immer wieder sympathisch, denn sie konnte mitlachen und rüttelte zeitgleich an ihrem Gerät, bis es wieder Plöpp machte. » So, startklar. «
» Gut, ich auch. Wie hat es dir denn bei uns im Haus gefallen? «
» Ja, unverhofft sehr gut. Ich hatte wirklich meine Bedenken und als ich die Mahlzeiten sah, war ich froh, Katja mit ihrem Notfallrucksack neben mir wohnen zu haben, denn ich war gar nicht satt .… Ach scheiße, jetzt habe ich Katja in die Pfanne gehauen. «
Janina kam aus dem Lachen nicht raus. » Glaube mir, das ist nichts Neues für mich und ich werde dich auch nicht verraten. Aber dafür, dass du hier und da vielleicht mal genascht hast, hast du doch schön abgenommen und auch deine Worte im Terminus-Bogen fand ich überraschend. Kurz und knapp. «
» Naja, für einen Satz war ja auch zu wenig Platz vorhanden. «

Janina nickte. »Ich glaube zwar nicht, dass die paar Tage Ernährungsumstellung etwas an deinem Gesundheitszustand verändert haben, aber in zukünftig gesehen, glaube ich schon, dass sie etwas bewirken können. Meine Großmutter hatte auch eine rheumatische Erkrankung und ich weiß, dass sie ihre Ernährung umstellen musste und auch, dass es ihr danach besserging. Ich möchte dir jetzt keinen Stundenplan aufschreiben oder besserwisserisch vor dir sitzen, aber ich meine es nur gut mit dir. «

Hanna schaute Janina an. »Du hast natürlich recht, ich weiß das auch, aber es fällt mir schwer, meine Ernährung umzustellen. Weißt du, Fynn und Sven sind beide dürre, kochen dementsprechend alles, worauf sie Appetit haben und ich esse alles mit, obwohl ich es eigentlich nicht dürfte. Aber vielleicht werde ich jetzt im Garten mal ein paar Kräuter anpflanzen und etwas bewusster essen. Ich habe ja gelernt, wie und vor allem, dass es geht. «

» Na, das hört sich ja schon mal gut an. Wenn jeder Gast hier etwas an Erfahrung mit nach Hause nimmt, dann hat sich der Aufenthalt und manchmal auch das Hungern schon bewährt. «

» Mir hat die Auszeit wirklich gutgetan, was aber nicht nur am wenigen Essen lag, sondern an einem selbst. Ich hatte Zeit für mich, habe über manches nachgedacht und bin während meiner Radonanwendung zu der Erkenntnis gekommen, dass mein Mann in einer Midlife-Crisis stecken muss. «

Janina musste erneut lachen. » Und was möchtest du daran ändern. «

>> Ich habe gelernt, dass Zeit sehr kostbar ist und diese Erkenntnis nehme ich mit nach Hause und gebe sie an meine Familie weiter. Es ist schade, dass immer alles zwischen Tür und Angel besprochen wird, Medien unseren Alltag bestimmen und wir keine Zeit für Gespräche und unsere Mitmenschen haben. Das werde ich ab sofort ändern. ‹‹

Janina fand, dass es keine schöneren Schlussworte gab, stand auf, drückte Hanna zum Abschied und wünschte ihr alles Glück der Welt.

Jetzt stand ich wartend vor der Tür. Ich war wie immer viel zu früh dran und war beruhigt, dass ich Hanna und Janina lachen hörte, da ich auch etwas Bedenken hatte, dass wir uns wegen gestern Abend noch eine Predigt anhören mussten.

Als Hanna strahlend und zufrieden aus dem Büro trat, trat ich ein.

>> Moin Janina. ‹‹

>> Guten Morgen Katja. Mensch, das läuft bei euch ja wie am Fließband. Setz dich doch bitte. Möchtest du noch ein Wasser? ‹‹

>> Nein danke, ich hatte ja gerade erst Tee und wenn ich jetzt noch Wasser trinke, müssen wir unterwegs so oft anhalten. ‹‹

>> Verstehe. Und? Wie geht es dir? Hat es dir bei uns gefallen? ‹‹

Ich nickte. >> Ich mache es ungerne, aber ich muss ehrlich gestehen, dass ich mir eine Wiederholung vorstellen könnte. Nicht jetzt oder morgen, aber vielleicht so einmal im Jahr könnte so eine Entgiftung nicht schaden. ‹‹

» Das freut mich zu hören und wir würden uns natürlich immer sehr freuen. Wie fandst du denn unsere Anwendungen? «

» Also Yoga ist definitiv nichts für mich und Pilates? Ich weiß nicht. Aber ich fand es toll, dass wir uns viel draußen bewegen konnten und auch noch Zeit zur freien Verfügung hatten. «

Janina schmunzelte. » Um heimlich Vorrat zu besorgen und sich unter der Trauerweide zum Rauchen zu treffen? «

Ach du Schande, hatte man uns doch erwischt? Ich merkte, wie ich rot anlief. » Ähm, naja, also wir wollten uns nicht öffentlich mit einer Zigarette zeigen und da wir wussten, dass Frau Rottenmeier eine absolute Nichtraucherin ist, haben wir uns bei Horst, wie wir den Baum genannt haben, ab und zu mal getroffen. Also so wenig wie hier, habe ich schon lange nicht mehr geraucht. «

Janina grinste. » Vielleicht könnte das ja deine neue Herausforderung werden? «

» Aufhören zu rauchen? «

» Warum nicht? Haben doch auch schon andere geschafft! «

» Bestimmt, aber jetzt reichte mir diese Herausforderung schon und ich will es ja auch nicht übertreiben. «

» Genau, denn dafür gibt es ja Notfallrucksäcke. « Wieder wurde ich rot. » So langsam habe ich das Gefühl, als ob hier überall Kameras versteckt sind. Kann das sein? «

» Keine Angst, das dürften wir aus Datenschutzgründen ja gar nicht. «

» Trotzdem komisch, aber ja, ich gebe zu, dass ich so einen Rucksack in meinem Schrank versteckt hatte und ja, ich bin zweimal schwach geworden, aber einmal nicht alleine, aber das ist egal. Ich muss ehrlich sagen, dass mir diese Tage hier auch etwas die Augen geöffnet haben. «

» Aha und inwiefern? «

» Mir ist bewusst geworden das Essen oft total überbewertet wird. Natürlich muss es schmecken, es wäre auch schön, wenn das Fleisch kein Billigfleisch ist und so weiter, aber ist dir mal aufgefallen, wie viele Kochshows es gibt? Es gibt zig Sterneköche, die vor Publikum kochen, die irgendein Restaurant durch eine gute Küche retten möchten, Kochduelle, Grillduelle, Promidinner, perfekte Dinner, Backshows und so weiter. Wenn man sich solche Shows ständig anguckt, da nimmt man doch schon beim Einschalten zu. «

» Das stimmt. « Janina nickte nachdenklich. » Darüber habe ich mir noch nie Gedanken gemacht. «

» Ich auch nicht, aber, wenn man hungrig im Bett liegt und dann die Programme im Fernsehen durchzappt, schaltet man freiwillig ab. Wir Menschen schauen zu viel Mist im Fernsehen, lassen uns dadurch beeinflussen und vergessen das Wesentliche. «

» Und das wäre für dich? «

» Na, das Leben zu genießen und das immer in Maßen. «

Janina stand auf. » Dann wünsche ich dir eine gute Heimreise und dass du deine Vorsätze beibehältst. «

Jetzt fehlte noch Jana, die natürlich nicht vor der Tür stand. Typisch unser Extrawürstchen. Ich ging, gleich zwei Stufen auf einmal, die Treppe hoch, staunte kurz selbst über mich und machte mich auf die Suche. Anke, immer noch inkognito, und Hanna, die sich auf einer Bank sonnten, hatten Jana nicht gesehen, nur Ines, aber die sei in ihrem Zimmer, um die restlichen Sachen zu packen. Na Prima. Ich schaute auf meine Armbanduhr. Wo sollte ich Jana denn jetzt suchen? Mir fiel Horst ein und ich machte mich auf den Weg. Zuerst hörte ich sie und das auch schon von Weitem, denn sie telefonierte. Auch das noch. Ich blickte erneut auf meine Armbanduhr und beschloss, ihr Telefongespräch zu unterbrechen, als ich hörte, mit wem sie sprach.

Kapitel 23
Klare Worte

»Nein Bernd, das geht heute und an diesem Wochenende nicht. Wie soll ich das Henning erklären? … Wie eine Reifenpanne und wir kommen später an…. Nein, da spielen meine Freundinnen nicht mit, auch wenn du für uns alle eine Zusatzübernachtung bezahlen würdest… NEIN – du kommst auf gar keinen Fall hierhin und natürlich fanden wir deine Idee mit dem Cocktailtaxi toll, aber trotzdem bleibst wo du bist und ich fahre direkt nach Hause… ja mit meinen Freundinnen…nächste Woche? Das kann ich dir noch nicht sagen…doch, ich finde du erwartest etwas zu viel von mir…es hat doch das eine mit dem anderen nichts zu tun, überhaupt nichts…wir brauchen jetzt auch nicht weiter zu diskutieren, ich muss auch gleich noch zu einem Abschlussgespräch und warte mal…«
Ich hatte genug gehört und pfiff vor mich hin, um Jana auf mich aufmerksam zu machen.
»Ich muss auflegen, da kommt jemand, vielleicht sogar jemand von meinen Mitreisenden. Wir hören uns. «
Ich rief nun. »Jana? Bist du hier? «
» Hallöle, ich bin hier bei Horsti! «
Da war sie wieder, die typische Jana Art, alles schön verniedlichen. Ich schlüpfte durch die herunterhängenden Äste. » Ach, hier steckst du. Ich komme gerade von Janina, sie erwartet dich. «
» Ist es schon so spät? « Jana schaute auf ihre Handyuhr. » Ach du Schande, irgendwie habe ich die

Zeit total verpennt. Na dann mache ich mich mal besser auf den Weg. Muss ich auf irgendetwas gewappnet sein? «

» Wieso? Hast du ein schlechtes Gewissen? «

» Quatsch, ich dachte nur, weil Ines so etwas erwähnte. «

» Also bei mir war Janina freundlich und nett. Ich weiß ja nicht, was oder ob du dir etwas zu Schulden hast kommen gelassen? «

» ICH? Niemals, das weißt du doch. Ich bin die Unschuld vom Lande. «

Schwester Claudia fuhr mit dem Fahrrad bei uns vorbei, bekam die letzten Worte mit und konnte sich ein » Dein Wort in Gottes Gehörgang « nicht verkneifen.

*

Jana hetzte ins Gebäude und gerade, als Janina aus der Bürotür kam, stand sie vor ihr.

» Sorry Janinachen, tausendmal Sorry, aber ich hatte einen wichtigen Anruf und dabei völlig die Zeit vergessen. «

Janina schaute auf ihre Smartwatch. » Du hast Glück, dass sich Herr Schmidt heute Morgen beim Schwimmen einen heftigen Wadenkrampf zugezogen hat und ich bei ihm keine Lymphdrainage anwenden kann. Dann komm mal mit rein. «

» Natürlich. «

» Möchtest du etwas trinken? «

» Na das, was ich möchte, gibt's sowieso nicht, also nein, danke. «

» Gut das du den Punkt selber angesprochen hast. «

Janina trank ein Schluck Wasser aus dem Glas, lehnte

sich zurück und schaute Jana tief in die Augen. » Jana, nicht das du mich falsch verstehst, aber ich mache mir tatsächlich Gedanken über dich und bin zu dem Entschluss gekommen, dass du dir entweder ärztliche Hilfe suchen müsstest, wozu ich dir absolut raten würde oder dein Leben total umkrempeln müsstest. « Jana schaute erstaunt. » Aber warum das denn? « » Ich habe bei dir komplett das Gefühl, das du unter einer Persönlichkeitsstörung leidest. « » Unter was? Und warum leide. Ich leide doch nicht oder sieht so ein Mensch aus, der leidet. « » Nun lass mich doch erstmal ausreden und dann kannst du alle meine Vermutungen auch gerne korrigieren. Okay? « Jana nickt artig, aber ihr Blick wurde zornig.

» Bei unserem Erstgespräch, du erinnerst dich bestimmt, saßen wir mit deinen Freundinnen zusammen und haben uns über Anwendungen und das Heilfasten unterhalten. Ich merkte da bereits, dass du ständig abgelenkt warst, aber nicht abgelenkt von irgendeinem Tier oder so, sondern von dir selbst. Du bist in einer Tour mit dir beschäftigt, stellst Fragen, damit du im Mittelpunkt stehst und machst Fehler, damit du im Mittelpunkt stehst. Ich habe das Gefühl, du heischst permanent nach Aufmerksamkeit. « Jana fühlte sich etwas angegriffen, tat aber relaxt locker. » Wenn du das so siehst, Janina, muss es ja stimmen, schließlich bist du darin die Expertin. « » Jetzt sei nicht eingeschnappt, Jana, ich meine es tatsächlich gut mir dir. Ich zähle dir mal ein paar histrionische Symptome auf: Menschen mit einer Persönlichkeitsstörung verhalten sich übertrieben emotional, neigen zur dramatischen Selbstdarstellung, sind sehr kontaktfreudig und können nur schwer allein sein, sind sehr sprunghaft und leicht zu beeinflussen. Kommen dir da ein paar Punkte von bekannt vor? « Jana schüttelte trotzig den Kopf und Janina machte weiter, denn sie wollte auf einen bestimmten Punkt hinaus. » Histrioniker sind oberflächlich, leiden unter Stimmungsschwankungen, haben Probleme, sinnige und dauerhafte Beziehungen einzugehen! « Immer noch keine Reaktion, deshalb bohrte Janina ruhig weiter. » Je nachdem, wie geschickt sie vorgehen, gelingt es vielen Histrioniker tatsächlich, die gewünschte Beachtung zu finden. Andererseits können sie mit ihrem Verhalten aber auch anecken. Manche Betroffene neigen zu Depressionen. Eine histrionische Persönlichkeitsstörung tritt häufiger zusammen mit Abhängigkeitserkrankungen auf: Betroffene greifen etwa zu Alkohol oder anderen Drogen, um ihr starkes Verlangen nach Spannung und Aufregung zu befriedigen. «

Jetzt meldete sich Jana kopfschüttelnd. » Ich weiß gar nicht, was du von mir möchtest. «

» Ich finde schon, dass du, naja, wie soll ich es ausdrücken? Sagen wir es so, dass dir Alkohol sehr wichtig ist. Das hat jetzt nichts mit dem Cocktailtaxi zu tun, welches ich echt toll fand, sondern im Allgemeinem. Ich habe das Gefühl, du flüchtest dich in Alkohol, verlierst dadurch selbst den Druck perfekt zu sein und wirkst entspannter. Aber Jana, das ist keine Lösung, glaube mir, wir haben hier genug Gäste die ähnlich denken und so handeln. Ich möchte darauf auch nicht weiter eingehen, aber ich wollte es wenigstens einmal gesagt haben, denn ich möchte dir, wie schon gesagt, helfen und raten, ärztliche Hilfe anzunehmen. Jana – in jedem der gerade aufgezählten Punkte, habe ich dich kennengelernt und das ist eigentlich keine schöne und für deine Mitmenschen auch keine leichte „Krankheit", wobei ich jetzt Krankheit mal in Anführungsstriche setzen würde, aber sie ist nervig. Darf ich fragen, wie lange ihr Freundinnen euch schon kennt? «

Jana überlegte kurz. » Bald zwanzig Jahre. «

» Hut ab, da haben deine Freundinnen gute Nerven oder dich wirklich gerne. Und darf ich auch fragen, wie lange deine Beziehung zu Henning läuft? «

» Auch ungefähr zwanzig Jahre. «

Janina versuchte das ernste Thema zu lockern und kniff Jana ein Auge zu. » Respekt, das muss ich selbst erstmal schaffen. « Es folgte keine Reaktion. » Und warum trennst du dich nicht von Henning, wenn er so nervig und chaotisch ist? «

» Warum wohl nicht! Vielleicht weil ich ihn noch mag?! «

» Warum suchst du dir dann andere Männer? Möchtest du Henning damit verletzen oder ist es ein Spiel? Dein Spiel? Und was ist mit Bernd? «

Jana winkte ab. » Ach Bernd, der ist ein Zeitvertreib, aber er hat Geld. «

» Und er ist der Chef deines Lebenspartners. «

» Henning weiß es doch wahrscheinlich nicht. «

» Bist du sicher? Und was, wenn er es erfährt? Meinst du, dein Freund wird dann dort weiterhin arbeiten? Jana, du machst mit solchen Spielereien nicht nur eine

Beziehung kaputt, sondern eine ganze Existenz. «
Janina merkte, wie sie sich selbst zu sehr in die
Geschichte einmischte, nahm noch ein Schluck Wasser
und atmete tief durch. Jana schaute betroffen zum
Fußboden. » Was und wie du dich entscheidest, musst
du wissen, ich wollte dir nur die paar Punkte mit auf
den Weg geben. Vielleicht denkst du doch nochmal
darüber nach und nach wie vor, würde ich mich sehr
freuen, wenn du uns nochmal besuchen würdest.
Vielleicht dann ohne Prosecco, Cocktail und Horst. «
Janina zwinkerte Jana aufmunternd zu und sie
verabschiedeten sich.

*

Draußen warteten wir schon auf unsere Freundin.
» Na endlich, warum hat es bei dir denn so lange
gedauert? « Anke schaute auf ihre Uhr. » Jetzt lasst
uns mal langsam zum Parkplatz gehen, bevor ich
noch auf …! «
» Anke? « Fragte eine ältere Stimme hinter uns.
» Renate? « Riefen wir alle erschrocken im Chor!

Anke legte ganz ruhig ihre Sonnenbrille und das
Käppi ab. » Ich dachte, ich schaffe es noch dir aus
dem Weg zu gehen, aber tja, Hallo Renate. «
» Anke? Aber was machst du denn hier? «
Sie räusperte sich. » Das ist purer Zufall. Katja musste
unbedingt ein paar Gramm abnehmen, deshalb haben
wir sie als Freundinnen begleitet. «
Ich schaute Anke mit offenem Mund an. Ines stieß
mich in die Seite und flüsterte nur ein » sag jetzt
nichts Falsches. « „ICH? Hallo? Wer hat denn hier
was Falsches gesagt?"

Renate staunte ebenfalls, nur anders. >> Ach das ist aber nett vor dir. So kenne ich dich ja gar nicht. << >> Du gibst mir ja auch keinen Grund dazu. Aber was treibt dich denn hierhin? << >> Ich bin nur auf Besuch hier. Frau Krause aus meinem Seniorenheim fährt bereits seit Jahren in dieses wunderbare Haus und bat mich, sie doch mal zu begleiten. Naja, dank Peters Silberhochzeit hatte ich leider nicht so viel Geld zur Verfügung und konnte mich nur für eine Woche einbuchen, aber es ist wirklich ein tolles Kurhaus. << Hanna schaute Renate an. >> Aber warum bleiben Sie dann nicht einfach ein paar Tage länger? Gönnen sie sich doch die Zeit. << >> Das geht nicht, wissen Sie eigentlich, was so eine Silberhochzeit kostet? Raummiete, Catering, Blumen und und und. Also wenn ich schon die Ausrichterin sein muss, dann bitteschön doch auch nach meinem Geschmack und der ist nicht billig. <<

Anke nahm verdammt ruhig ihre Reisetasche zur Hand und stellte sich Auge um Auge ihrer Schwiegermutter gegenüber. >> Weißt du Renate, vielleicht meinte das Schicksal es mit unserem Treffen doch noch ganz gut, denn von uns aus, kannst du liebend gerne an der Rezeption nach freien Zimmern und somit Verlängerung fragen. Es wird keine Silberne Hochzeit in deinem Sinne geben, denn Peter und ich werden unser Jubiläum alleine verbringen und das ganze weit weg, so weit weg, dass du nicht hinterherkommen kannst. Und jetzt wünsche ich dir

noch einen schönen und hoffentlich nie endenden
Aufenthalt. «
Aus Anke sprudelten diese Worte nur so heraus.
Dann schnappte sie sich ihren Rucksack, drehte sich
Richtung Parkplatz ab und wir folgten ihr
schweigend, als sie plötzlich stehen blieb.
» Aber bevor ich jetzt nach Hause fahre und mit Peter
ein Reisebüro aufsuche, werde ich mich von Horst
verabschieden. Seid ihr dabei, Mädels? «

~ E N D E ~

DANKE

Ich möchte mich bei meinen Mädels bedanken, die mich immer wieder inspirieren, Bücher über uns zu schreiben. Natürlich habe ich hier und da etwas am Charakter verändert und zugebaut, aber im Großen und Ganzen erkennt sich bestimmt jeder in seiner Rolle wieder.

Es macht Spaß, Euch zu Freundinnen zu haben.

Und ich bin dankbar für Dich.

Dafür, dass Du Interesse an meinem Buch gezeigt und es bis hierhin gelesen hast.